Une troublante ressemblance

*

Rencontre à North Beach

ANNIE O'NEIL

Une troublante ressemblance

BLANCHE

HARLEQUIN

Collection : Blanche

Titre original :
HER KNIGHT UNDER THE MISTLETOE

Ce roman a déjà été publié en 2018

HARPERCOLLINS FRANCE
83-85, boulevard Vincent-Auriol, 75646 PARIS CEDEX 13
Service Lectrices — Tél. : 01 45 82 47 47 - www.harlequin.fr
ISBN 978-2-2804-9799-2 — ISSN 0223-5056

Composé et édité par HarperCollins France.
Imprimé en novembre 2023 par CPI Black Print (Barcelone)
en utilisant 100% d'électricité renouvelable.
Dépôt légal : décembre 2023.

FSC www.fsc.org
MIXTE
Papier issu de sources responsables
FSC® C159065

Pour limiter l'empreinte environnementale de ses livres, HarperCollins France s'engage à n'utiliser que du papier fabriqué à partir de bois provenant de forêts gérées durablement et de manière responsable.

1

Matthew était conscient de ne pouvoir cacher à quel point il était contrarié.

N'ayant obtenu aucune réponse à sa question, il la répéta.

— Vous disiez que j'avais le job, non ?

À voir l'expression affichée par le Dr Menzies, on aurait pu croire qu'il venait d'affirmer que le Père Noël n'existait pas.

Ho, ho ! Joyeux non-Noël !

Son mentor se tortillait nerveusement sur sa chaise et évitait de croiser le regard de son visiteur, préférant tourner les yeux vers les fenêtres du bureau.

Matthew avait l'impression que le sol venait de se dérober sous ses pieds, et le directeur des services de médecine et de chirurgie de l'hôpital paraissait aussi ennuyé que lui par la tournure des événements. Mais peut-être le Dr Menzies était-il seulement en train de surveiller de loin les bénévoles de l'hôpital qui mettaient en place des décorations de Noël, accrochant partout des guirlandes, des grosses boules scintillantes et du gui. Dehors, il faisait un froid glacial qui annonçait l'arrivée de la neige. Un vrai temps de Noël.

Matthew restait immobile. Il en était ainsi chaque fois qu'il se trouvait en état de stress. Comme en cet instant.

— Vous le savez bien, docteur Chase, les choses sont souvent plus… plus *fluides* que ce qui avait été prévu.

— Fluides…

Comment le job qui lui avait été promis pouvait-il soudain lui échapper ?

— Nous savons combien vous avez été généreux...

Matthew l'arrêta d'un geste en laissant échapper une sorte de grognement. Il n'avait pas donné de l'argent pour la nouvelle aile de l'hôpital dans le but d'*acheter* son poste.

— Je mérite d'avoir ce job. Cela n'a rien à voir avec l'unité de Soutien à nos Soldats.

— Au contraire, Matthew, cela a *tout* à voir avec l'unité SOS. C'est vous qui l'avez fondée. Pensez à toutes les vies qui ont déjà été sauvées grâce à votre clinique dans le Sussex. Et si vous me le permettez, je veux rappeler...

— Je ne vous le permets pas.

Il connaissait les statistiques mieux que personne. Depuis des années, on comptait plus de suicides chez les anciens combattants qu'il n'y avait eu de soldats tués au combat. Aux États-Unis, une douzaine de militaires se donnaient la mort chaque jour. Il ne voulait pas que le Royaume-Uni atteigne de tels chiffres car il était bien placé pour savoir quel impact ces morts pouvaient avoir sur les proches.

— Sans vouloir vous offenser, Donald, il est inutile que le conseil d'administration insiste encore pour que je prenne la direction de cette unité. Je ne suis pas l'homme qu'il vous faut pour ce poste. Je ferai du bien meilleur travail ici, acheva-t-il en pointant le doigt vers la salle des urgences.

Ce service lui procurerait l'anonymat qu'il recherchait. Sa proximité avec l'unité SOS était simplement... pratique.

Comme son regard tombait sur deux aides-soignants qui essayaient de dresser dans un coin de la salle d'attente un grand sapin de Noël, il se renfrogna. Noël semblait arriver de plus en plus tôt d'année en année. *Sottises que tout cela !* Tout comme ces choristes qui bloquaient l'entrée de l'hôpital à cause de tous ces gens qui s'agglutinaient autour d'eux pour écouter leurs chants de Noël. Et sottise aussi que le nouvel an, pendant qu'il y était ! *Chaque* jour marquait le début d'une nouvelle année.

— Docteur Chase, je pense qu'il y a eu des inquiétudes concernant...

— Ne me dites surtout pas que cela aurait à voir avec...

Matthew s'arrêta net. Il ne pouvait pas s'aventurer sur ce terrain. Pas encore, en tout cas. Peut-être même jamais. Mais à cette époque de l'année, dans cette ambiance de Noël, comment ne pas penser à sa famille qui avait volé en éclats ?

— Il y a eu des inquiétudes liées au fait que vous êtes souvent parti en mission à l'étranger, reprit le Dr Menzies.

— Et alors ? Je ne faisais que mon devoir.

Et, surtout, je choisissais la fuite.

— Matthew, je *sais* que si vous dites que vous allez prendre un job, vous vous y tiendrez, et j'ai une confiance totale en vos compétences, mais...

— Mais quoi ? J'ai l'habitude de travailler au milieu des tirs de mortiers qui pilonnent tout autour de la tente me servant d'hôpital de campagne. Vous pensez que je ne serai pas capable de diriger un service des urgences situé en plein cœur de Londres ?

Le Dr Menzies se frotta le menton.

— Ce n'est pas le problème. C'est plutôt une question... d'engagement. Si vous vouliez travailler pour l'unité SOS...

— Je vous l'ai déjà dit, je soutiens à cent pour cent l'unité spécialisée dans le stress post-traumatique des soldats, mais je ne veux pas y travailler. Disons que je reste traumatisé.

Le traumatisme physique, il se sentait capable de le surmonter. Mais le traumatisme émotionnel ? Il n'en était pas si sûr. Et puis, qui voudrait être confronté tous les jours au souvenir d'un frère qu'il n'avait pas pu sauver ? Le frère dont il avait promis de prendre soin.

— Vous savez bien, docteur Chase, que je suis complètement de votre côté et prêt à me battre pour vous, mais le conseil d'administration a pris sa décision. Pendant un mois, vous allez partager la direction du service des urgences avec l'autre personne dont la candidature a été retenue en même temps que la vôtre et, à l'issue de cette période d'essai, il sera décidé lequel de vous deux aura le poste. Cela n'a rien à voir avec vos compétences, c'est la politique habituelle.

— La politique...

Incroyable. S'il était revenu pour de bon à Londres, c'était uniquement pour prendre *ce* job dans *cet* hôpital. Et voilà qu'on lui parlait d'une période d'essai… Mais il avait conscience que la situation devait être délicate pour le Dr Menzies. Il trouvait que son mentor avait considérablement vieilli depuis la dernière fois où ils avaient travaillé ensemble, dix ans auparavant. Juste avant sa première affectation en Iraq.

Il le regarda droit dans les yeux.

— Depuis quand sommes-nous revenus à *Dr Chase* ?

La question eut l'effet désiré. La tension s'effaça et l'atmosphère, sans devenir véritablement amicale, se rapprocha de celle qu'ils avaient connue autrefois, à l'époque où il faisait son internat.

— Bon, c'est donc à ça que je dois m'attendre ici, à Bankside ? À de la *fluidité* ?

Le Dr Menzies se mit à rire. Il avait été pour Matthew une figure paternelle qui l'avait beaucoup plus marqué que son propre père. Mais il n'en voulait pas à celui-ci. Le chagrin avait parfois des effets étranges. Surtout quand votre unique fils en vie avait fait la seule chose que vous l'aviez supplié de ne jamais faire — s'engager dans l'armée.

— Écoutez, Matthew, ne nous énervons pas, d'accord ?

— Et pourquoi pas ? rétorqua-t-il.

Il s'appuya contre l'encadrement de la porte, n'ayant pas pris la peine de s'asseoir pour cette conversation avec son mentor.

— Hier, reprit-il, je croyais prendre mon poste aux urgences dans quelques jours, et voilà que j'apprends aujourd'hui que je dois partager ce job. Ma mémoire me joue peut-être des tours, mais il me semble vous entendre encore me dire : « Matthew, vous avoir comme directeur du service des urgences serait comme…

— … Mettre du beurre sur la tartine », acheva le Dr Menzies. Écoutez, Matthew, je suis désolé, mais ce n'est pas de mon ressort. Vous savez que, si je pouvais, je vous donnerais le poste immédiatement, mais…

Il hésita un bref instant.

— Si nous voulons pousser la métaphore, disons que l'autre personne qu'ils ont en vue serait… heu… de la confiture.

— De la confiture ? Moi, je suis du beurre et l'autre mystérieux candidat est de la *confiture* ?

Il aurait pu aussi bien rester en Iraq. S'il était revenu à Londres, c'était pour *travailler*. Aider les patients. S'assurer de l'ouverture de l'aile abritant l'unité SOS. Et, ce faisant, peut-être échapper un peu à ses propres démons. Mais, surtout, il voulait travailler. Lorsqu'il travaillait, il ne pensait à rien d'autre qu'à faire de son mieux pour soulager le patient dont il s'occupait.

Le Dr Menzies se leva de sa chaise et se percha sur un coin de son bureau.

— Je sais que ce n'est pas ce que vous souhaitiez. Moi non plus. Mais l'autre personne a une énorme expérience.

— Moi aussi, j'ai une énorme expérience.

Des années de formation médicale. L'entraînement militaire. Travailler au milieu des combats. La transformation de l'usine de plastique de son père en un centre de fabrication de prothèses qui avait obtenu de nombreuses récompenses. La création d'une fondation destinée à aider les soldats à se réintégrer dans la société. Que fallait-il de plus pour qu'on reconnaisse qu'il avait fait ses preuves ?

— Qui est ce candidat ?

— En fait, Matthew, il s'agit... d'*une* candidate.

— Partager un poste ? s'exclama Amanda.

Ses joues que le froid avait rosies lors de son trajet à pied jusqu'à l'hôpital étaient devenues toutes rouges.

L'assistante particulière du Dr Menzies leva les mains comme pour dire qu'elle n'était pour rien dans cette décision.

— À voir votre réaction, j'imagine que notre bon Dr Menzies ne s'était pas montré très clair à ce sujet... Voulez-vous une tasse de thé ? Il fait un froid de canard, dehors. Vous prendrez bien quelques biscuits ? C'est ma mère qui les a faits, ajouta l'assistante en poussant une assiette de gâteaux vers Amanda, assise de l'autre côté du bureau.

Tout en acceptant un biscuit en forme d'étoile, Amanda jeta un coup d'œil sur le badge que portait l'assistante. Deena Stokes. Celle-ci n'avait pas l'air d'être une écervelée, même si ses ongles vernis étaient décorés de motifs évoquant Noël. Elle semblait habituée à annoncer de mauvaises nouvelles aux gens qui venaient la voir. Son ton et son attitude montraient qu'elle se considérait comme la gardienne du domaine sur lequel son directeur régnait en maître absolu. Mieux valait se concilier ses bonnes grâces...

— Votre mère est une excellente pâtissière, dit Amanda après avoir croqué la moitié de son biscuit.

Elle souriait alors qu'elle avait les nerfs à vif et n'était pas d'humeur à apprécier la qualité d'une pâtisserie, fût-elle la meilleure au monde. Elle regarda la porte close du bureau du Dr Menzies, puis se tourna vers Deena.

— Je n'ai encore jamais rencontré le directeur, reprit-elle. Je n'ai vu que les membres du conseil d'administration. Je pensais que cet entretien était une simple formalité et que j'avais déjà le poste.

Deena haussa les sourcils, l'air inquisiteur.

Ah ! Mieux valait ne pas faire de vague, se dit Amanda. Sinon elle se retrouverait obligée, pour élever son enfant, d'enchaîner les remplacements qui se présenteraient dans tous les services d'urgence de la ville.

Mais elle ne devait pas se plaindre. Elle avait sa tante Flo. Ainsi qu'un étage entier dans l'antique demeure que Flo possédait dans l'un des quartiers huppés de Londres. Cette grande maison de quatre étages était assez délabrée et ne disposait toujours pas d'un chauffage central, mais elle offrait à Amanda des conditions de logement bien supérieures à celles de la plupart des mères célibataires.

Elle faillit demander quelle réduction de salaire elle subirait, compte tenu de ces nouvelles dispositions, mais elle se ravisa. Ce job était tout près de chez elle, dans un service qui l'attirait particulièrement, et elle ne pouvait pas se permettre de faire la fine bouche. Le seul fait de *s'imaginer* assurant des remplacements la nuit suffisait à l'épuiser.

Deena pointa son stylo dans la direction du bureau du Dr Menzies.

— Il est en rendez-vous, mais il devrait avoir bientôt fini. Si vous voulez bien vous asseoir, vous n'aurez pas longtemps à attendre.

— Il reçoit l'autre candidat ?

L'assistante eut un haussement d'épaules qui fit comprendre à Amanda qu'elle avait vu juste.

Tendant l'oreille, elle distingua un bruit de voix dans le bureau voisin. Deux voix masculines.

Elle imagina à quoi pouvait ressembler cet entretien. Une rencontre entre deux hommes appartenant au même club fermé. La promesse d'un job faite dans la fumée des cigares en sirotant un whisky, très probablement. Elle entendait presque le tintement des glaçons contre le cristal tandis que les deux hommes levaient leur verre pour célébrer la nomination du nouveau directeur médical devant un feu de bois ronronnant dans la cheminée.

C'était ainsi que son père concluait toujours ses affaires...

Elle haussa les épaules. C'était bien la peine de s'être mise sur son trente et un et d'avoir chaussé ses ridicules talons hauts. Elle aurait pu aussi bien se présenter dans sa vieille blouse de travail avec aux pieds ses tennis préférées, car, de toute évidence, elle allait devoir reprendre ses remplacements dans un quelconque centre de traumatisme qui voudrait bien l'embaucher. Les horaires réguliers que lui offrait ce job auraient été une bénédiction du ciel, mais...

Comme d'habitude, il semblait que, malgré tous ses efforts, le ciel s'évertuait à la priver de la moindre récompense.

Soudain, de grands éclats de rire émanant du bureau du Dr Menzies la firent sursauter. C'était bien ce qu'elle avait soupçonné : une rencontre entre deux membres du même club.

Ses doigts se crispèrent sur la poignée de son sac à main.

La naissance de son fils Tristan l'avait amenée à fuir les mondanités pendant un bon moment. Durant les trois premiers mois, sa vie avait tourné exclusivement autour des couches, de l'allaitement et des lessives. Une fois que Tristan avait commencé à faire des nuits complètes, elle avait effectué des remplacements ici ou là, sans se soucier de passer du temps à cultiver ses relations. Pourquoi l'aurait-elle fait alors que sa priorité n° 1, c'était son fils ?

Travailler, élever son enfant, voilà à quoi elle consacrait tout son temps. Avant, il n'y avait eu que le travail. Et avant... Elle ferma les yeux et se frotta les paupières, comme si elle voulait effacer de vieux souvenirs. Avant, il n'y avait *rien* eu.

D'autres rires s'élevèrent dans la pièce voisine.

Soudain, ne supportant pas l'idée d'être le dindon de la farce dans ce simulacre d'*entretien*, Amanda fut tentée de se lever et de rayer son nom dans le carnet de rendez-vous de Deena. Mais à cet instant la porte du bureau s'ouvrit. Deux hommes en sortirent et échangèrent une chaleureuse poignée de main en se tapant sur l'épaule comme pour se féliciter mutuellement du marché qu'ils venaient de conclure.

À coup sûr, elle n'avait pas la moindre chance de...

Oh ! non !

Amanda porta ses doigts à sa bouche. Elle avait du mal à respirer, sa vision se brouillait, et elle crut que son cœur s'arrêtait de battre tandis qu'un flot d'émotions l'envahissait en revoyant cet homme qui lui avait prouvé un jour que la vie valait encore la peine d'être vécue. L'homme qui avait tout changé.

Matthew Chase.

Elle se passa la langue sur les lèvres. Même si les années s'étaient écoulées, elle avait l'impression de conserver encore le goût de ses baisers, comme si cela s'était passé la veille.

Un goût à la fois sucré et salé. Un mélange d'excellent champagne et de caviar de qualité supérieure, si elle se rappelait bien celui dégusté lors des réceptions chez ses parents.

La troisième composante de ce goût dont elle se souvenait brusquement, un goût épicé, tenait à un désir violent, irrépressible.

Elle avait un faible pour les beaux bruns aux yeux bleus et, en cette nuit de printemps, elle s'était sentie emportée par une envie irrésistible de passer les doigts dans cette belle chevelure sombre et de plonger son regard dans ces admirables yeux bleu saphir.

Matthew Chase avait été la première personne à réveiller en elle l'étincelle enfouie si profondément dans son cœur qu'elle en avait même oublié son existence.

Amanda sentit que Deena la regardait d'un air intrigué. Tout comme le Dr Menzies. Mais elle ne pouvait pas bouger, tel un chevreuil pris dans la lumière des phares d'une voiture.

L'odeur de Matthew — ou, plus exactement, son aura — était

aussi quelque chose qui la fascinait. Lorsqu'il s'avança vers elle, il y eut comme une... Comment diable faisait-il pour avoir l'odeur d'un forestier des pays nordiques en train d'éplucher une orange sanguine alors qu'il se trouvait en plein centre de Londres ? Et qui plus est, dans un hôpital ?

Et ses yeux bleus dardaient sur elle un regard brûlant. Visiblement, cette rencontre était aussi inattendue pour Matthew que pour elle.

Une seule nuit. C'était tout ce qu'ils avaient partagé. Mais... Si elle fermait les yeux, elle savait que le souvenir de cette nuit-là lui reviendrait, aussi vif que si elle en revivait chaque instant.

C'était lui qui l'avait aperçue le premier. Elle l'avait su parce qu'elle avait senti son regard se poser sur elle à travers la pièce, avec autant d'intensité que ce qu'elle ressentait en cet instant. Il ne s'était pas contenté de la dévorer des yeux. C'était presque... *tactile*. Comme s'il la déshabillait déjà. Et lorsque leurs regards s'étaient croisés...

Cela avait été un vrai *feu d'artifice*. L'un de ces moments privilégiés que certaines personnes attendent toute leur vie sans qu'il ne leur soit jamais donné de le connaître. Elle avait su que ce que cette nuit-là lui offrait serait pour elle une bouée de sauvetage. Un signe venu du ciel — ou d'ailleurs — pour lui dire qu'elle ne devait pas baisser les bras. Pas encore.

Elle toussota nerveusement tandis que Matthew faisait un pas vers elle. La chaleur qui lui brûlait la poitrine se mua en barres d'acier destinées à la protéger. Il ignorait ce qui était arrivé aussi durant cette fameuse nuit.

Au cours de la réception, elle avait entendu parler de lui comme étant un célibataire endurci. Un play-boy, d'après ce que disaient les gens. Un médecin militaire très engagé, si l'on se fiait à ce que racontaient les journaux. Mais n'avait-il pas récemment quitté l'armée ? Peut-être pour profiter davantage des plaisirs de ce monde ?

Play-boy ou pas, si c'était lui qui menaçait de lui prendre le poste qu'elle méritait d'avoir, elle allait devoir sortir le grand jeu.

Ce job était à *elle*. Elle ne s'était pas pliée à de multiples entretiens ni vêtue de ce ridicule tailleur un nombre incalculable de fois pour laisser ce poste lui échapper sans qu'elle se batte.

— Vous vous êtes déjà rencontrés, tous les deux ? demanda le Dr Menzies en leur jetant tour à tour un regard anxieux.

Amanda s'aperçut que Matthew et elle s'étaient lentement avancés l'un vers l'autre — comme le feraient deux prédateurs. Un guépard affrontant une panthère ? Ou un tigre se battant avec un lion ? Elle aurait aimé jouer la lionne dans ce scénario.

— Pas officiellement, répondit-elle en regardant à peine Matthew.

Affichant un grand sourire, elle s'avança vers le Dr Menzies, la main tendue.

— Vous devez être Donald Menzies ?

2

Matthew dut faire appel à tout son savoir-vivre pour ne pas s'esclaffer bruyamment en entendant la réponse de la Reine des Glaces.

Pas *officiellement* ?

À vrai dire, il n'avait jamais su son nom et il n'avait pas jugé bon de lui donner le sien. Mais la soirée où ils s'étaient rencontrés avait été des plus officielles. Cela remontait à deux ans, presque trois. C'était l'une des nombreuses réceptions mondaines auxquelles il avait assisté à l'époque, dans le seul but de lever des fonds pour que la création dans le Sussex de la Résidence de SOS devienne une réalité.

Après le décès de son père et le départ de sa mère pour l'Australie, transformer le manoir familial en un centre de rééducation lui était apparu comme une excellente idée. Car il était exclu pour lui d'y habiter.

— Nous nous sommes rencontrés…

Il marqua une pause, feignant de devoir réfléchir pour s'en souvenir. Pourtant, il savait parfaitement où il l'avait connue, et combien de temps il avait fallu pour qu'il la serre dans ses bras, aussi nue que lui. Il savait aussi qu'après cette nuit-là toutes les autres femmes lui avaient paru bien ternes. Non qu'il en ait fréquenté des quantités. Une seule nuit passée avec la Reine des Glaces avait suffi à modifier ses critères.

— À l'occasion d'un gala de bienfaisance, n'est-ce pas ? intervint la jeune femme d'un ton sec.

Ramenant une mèche blonde derrière son oreille, elle se tourna vers le Dr Menzies et le gratifia d'un sourire éblouissant.

— Ce sont d'excellentes occasions de rencontrer des gens qui ont les mêmes goûts que vous.

— C'était pour financer le Soutien à nos Soldats ? lança le Dr Menzies. Vous savez donc que c'est Matthew qui a créé cette fondation puisque vous étiez à l'un de ses galas.

— C'est une œuvre admirable, répondit-elle d'une voix calme. Et je vois tous les avantages que présente le fait d'établir une proximité entre l'aile réservée à SOS et le service des urgences.

Soudain, Matthew perdit le sourire. Il venait de comprendre qu'il avait devant lui la candidate qui convoitait le même poste que lui.

Mais, après tout, avoir comme rivale la femme qui lui avait laissé le souvenir d'une nuit torride modifiait quelque peu sa façon de voir les choses. Ce mois de collaboration forcée pouvait se révéler… distrayant.

Il tenta de se rappeler si les salles de repos réservées aux médecins étaient équipées de portes fermant à clé.

— À quelle époque était-ce, ce gala ? demanda le Dr Menzies. Je m'étonne qu'aucun de vous deux n'ait fait le rapprochement avec le Bankside Hospital.

Amanda eut l'air de ne pas se souvenir de la date, mais Matthew aurait juré qu'elle se la rappelait parfaitement, tout comme lui. La preuve en était le battement de cette petite veine à la base du cou qui montrait que le pouls de la jeune femme s'accélérait.

— C'était il y a longtemps, dit-il en la regardant, faisant mine de réfléchir.

En réalité, il en profita pour la contempler à loisir, admirant sa silhouette moulée dans un tailleur de coupe classique. Ses courbes étaient plus marquées que la dernière fois où il l'avait vue. Les rondeurs de ses hanches et de son décolleté étaient… troublantes.

— Je dirais que cela remonte à deux ans… Ou peut-être trois ? ajouta-t-il.

— Oui, quelque chose comme ça, répliqua-t-elle froidement.

— N'étiez-vous pas encore dans l'armée ? s'enquit le Dr Menzies qui semblait ne pas avoir conscience de la tension qui régnait dans la pièce.

Ou peut-être faisait-il exprès de l'ignorer.

— Je venais de démissionner.

En réalité, il était revenu depuis un an déjà. La maladie de son père l'avait ramené brutalement vers la vie qu'il avait essayé d'oublier. Au moins avait-il été là lorsque son père était décédé. Contrairement à sa mère, qui n'avait même pas pris la peine de lui envoyer une carte.

La tristesse qui l'accablait l'avait forcé à faire un choix. Le manoir désert et l'affaire florissante que son père lui avait laissée ne pouvaient combler le vide affectif dont il souffrait. Loin de là. Mais, lorsqu'il avait vu toute cette énergie et ces moyens inutilisés, son chagrin s'était mué en un désir brûlant de tirer au moins quelque chose de positif de la mort de Charlie.

Lorsque l'idée lui était venue de créer SOS, il avait cru que ce serait pour lui une façon de se racheter de n'avoir pas été là pour Charlie lorsque celui-ci avait accroché cette maudite corde à une poutre du grenier.

La nuit où il avait fait connaissance avec la Reine des Glaces, il était sur le point d'abandonner son projet. Rien ne semblait pouvoir combler le vide laissé par la mort de son frère. Mais sa rencontre avec la jeune femme avait fait voler en éclats sa vision du monde et, depuis, il n'avait cessé d'essayer de rassembler tous ces morceaux.

Passer la nuit avec elle s'était révélé être le remède dont il avait besoin. Cela lui avait redonné espoir et prouvé qu'il était encore capable d'établir une connexion avec un être humain. Il avait compris que si *lui* pouvait encore être sensible à la magie d'une rencontre avec une âme sœur, il pouvait espérer que l'unité qu'il voulait créer pour les soldats leur serait effectivement d'un grand secours.

Pourtant, il ne pouvait pas dire que la jeune femme s'était comportée comme un ange, cette nuit-là. Bien au contraire.

Il se tourna vers le Dr Menzies.

— Comme vous le savez, je ne souhaitais pas prendre en charge la société de mon père qui avait besoin d'une nouvelle direction. J'ai alors décidé de voir si nous pouvions transférer SOS à Londres. En fait, je garde de cette soirée un souvenir assez vague, il y avait tant de visages nouveaux…

Il prit tout son temps pour regarder de nouveau la jeune femme, la détaillant des pieds à la tête, avec dans les yeux une petite flamme qui n'avait rien d'innocent, il le savait.

Des hauts talons. Des jambes superbes. Une taille de guêpe. Une poitrine qui était une invitation aux caresses. Il la vit s'agiter sous son regard insistant. *Bien.* Cela voulait donc dire que le charme du bon vieux Chase fonctionnait encore.

Elle dardait sur lui ses yeux noisette, le défiant d'en dire davantage sur cette soirée. Qu'avait-elle répondu lorsqu'il lui avait murmuré à l'oreille qu'il voulait savoir son nom ?

Cendrillon !

Voilà quelle avait été sa réponse alors qu'elle se débarrassait de ses escarpins.

— Je disparais à minuit si le prince n'est pas charmant, avait-elle ajouté.

De nouveau, il esquissa un sourire, mais faire durer le suspense et maintenir la jeune femme en haleine était bien plus amusant que de s'avouer qu'elle l'avait marqué au fer rouge, faisant perdre tout intérêt à toutes les brèves aventures qu'il avait pu avoir par la suite.

— Ainsi, vous vous connaissez tous les deux depuis ce fameux gala ? dit le Dr Menzies. Faisiez-vous partie des généreux donateurs, Amanda ?

Amanda. C'était donc ainsi qu'elle s'appelait.

— Non, déclara Matthew en secouant la tête. Non… J'avoue ne pas très bien me souvenir de cette rencontre.

Il prit plaisir à voir le regard furibond qu'Amanda lui lançait tandis que ses joues s'enflammaient.

Bien sûr, il mentait.

Il gardait un souvenir très vivace de l'heure qu'ils avaient passée ensemble dans le grand lit où ils avaient fait l'amour. Il se rappelait cette peau crémeuse, la plus douce qu'il ait jamais touchée. Cette blonde chevelure étalée sur l'oreiller.

— Mais si c'était un gala donné au profit de SOS, vous étiez sûrement présent, insista le Dr Menzies. Et comme Amanda dit qu'elle y était aussi...

Il était présent, évidemment, songea Matthew. Il n'était pas seulement le fondateur de SOS, mais aussi sa figure emblématique. S'il n'assistait pas à toutes ces soirées, les poches ne s'ouvraient pas. Et s'il devait enfiler un smoking et passer la nuit à bavarder avec tous ces gens pour que les soldats obtiennent l'aide dont ils avaient besoin, eh bien, c'était le moins qu'il pouvait faire pour eux. Lorsque des hommes étaient prêts à sacrifier leur vie pour leur pays, ils devaient en être récompensés, naturellement. Surtout lorsqu'ils avaient l'impression, à leur retour, qu'il n'y avait rien pour eux.

— Je m'étonne que vous posiez votre candidature pour ce job, dit Amanda.

Matthew haussa les épaules et esquissa un sourire.

— Et pourquoi donc ?

— Ne seriez-vous pas plus à votre place à la tête de la nouvelle aile ?

— Bien au contraire. Je suis sûr qu'il y a tout un tas de médecins qui seraient bien meilleurs que moi à ce poste. Comme pour l'établissement que j'ai créé dans le Sussex, nous mettons en place un personnel des plus qualifiés, ce qui permettra à cette structure de fonctionner parfaitement sans moi.

Amanda ouvrit la bouche, comme pour dire quelque chose, puis elle se ravisa. Cela n'avait sans doute rien à voir avec SOS, pensa Matthew. Ce devait être plus personnel.

— Eh bien, je ne vous imaginais pas si engagée dans cette cause, Amanda, dit le Dr Menzies.

Visiblement, il faisait tout son possible pour entretenir une conversation à laquelle ni Amanda ni Matthew ne semblaient vouloir participer.

— Je ne le suis pas, répondit-elle. Mes parents organisaient ce gala. J'ai bien peur de n'avoir pas fait grand-chose pour donner du lustre à cet événement.

Matthew réprima un sourire amusé. Mais si, bien sûr, elle avait fait beaucoup, ce soir-là !

Il était arrivé depuis vingt minutes et tenait une coupe de

champagne à la main lorsqu'il avait vu cette jolie blonde vêtue d'une longue robe bleu pervenche et, dès lors, il n'avait eu d'yeux que pour elle. Elle affichait un air détaché, semblant indifférente à tout, comme si elle avait laissé son cœur au vestiaire, en même temps que son sac à main.

Non. Ce n'était pas exactement cela.

On aurait dit plutôt qu'elle cherchait désespérément à oublier quelque chose dont elle n'arrivait pas à se débarrasser. Il connaissait bien ce sentiment depuis la mort de Charlie. Cela s'était passé il y avait très exactement neuf ans et trois jours.

Alors que le Dr Menzies commençait à parler du temps qu'il faisait, Matthew s'autorisa à regarder de nouveau la ravissante silhouette de la Reine des Glaces, mise en valeur par le tailleur qui la moulait. Ce qui le força à revivre une fois de plus tous les instants de cette fameuse nuit.

Comment aurait-il pu oublier le moment où ils avaient connu ensemble la même jouissance ? Ils avaient eu une entente sexuelle exceptionnelle.

Et maintenant elle était sa rivale. La vie n'était-elle pas pleine de surprises ?

— Oh ! J'adore cette époque de l'année et j'attends toujours avec impatience qu'on annonce de la neige pour Noël.

Amanda répondait d'un ton enthousiaste à la question du Dr Menzies qui s'était inquiété de savoir si elle n'avait pas eu trop froid en venant à l'hôpital.

— Mais la glace et la neige provoquent des blessures bien différentes de celles qu'on voit l'été aux urgences, ajouta-t-elle. Ce sont des défis saisonniers. Ils peuvent surprendre.

Elle avait fait cette dernière remarque en se tournant vers lui. C'était une façon inhabituelle d'envisager la saison des fêtes. Il n'y avait pas pensé. *La saison où l'on peut être allergique au houx...*

Bien. Il adorait les défis. Il avait tout particulièrement apprécié celui qui lui avait été lancé autrefois par une ravissante jeune femme vêtue d'une robe de soirée dont le tissu diaphane laissait deviner les charmantes rondeurs.

Il avait attendu que l'orchestre joue un slow pour inviter cette belle inconnue à danser avec lui. Dès qu'il avait traversé la pièce et prit sa main, il avait su qu'ils finiraient la soirée ensemble.

Après avoir connu la nuit la plus érotique qu'il ait jamais vécue avec une femme, il avait conclu que c'était là la plus parfaite des brèves aventures. Il n'aurait jamais pensé qu'il existait sur terre une femme capable de concilier ardeur et pureté et de manifester un désir aussi violent que le sien. Il avait presque regretté de n'être pas amené à la connaître davantage.

— Désolé, je manque à tous mes devoirs, bredouilla le Dr Menzies. Amanda Wakehurst, j'aimerais vous présenter le Dr Matthew Chase. Mais...

Il jeta un regard gêné à Matthew et baissa le ton.

— Voulez-vous que je vous appelle « sir » ?

— Certainement pas.

Il n'était pas encore pleinement convaincu de mériter ce titre. Mais, ayant combattu au nom de la reine, il n'avait pas voulu refuser son geste généreux lorsqu'elle avait décidé de le faire chevalier.

— Matthew Chase.

Il tendit la main à Amanda et fut ravi de constater qu'à ce contact les joues de la jeune femme s'étaient enflammées. Il s'empara de son autre main, la tenant captive.

— C'est un plaisir de faire votre connaissance. Officiellement...

— J'aimerais vous dire que ce plaisir est partagé, mais je crois que nous savons tous les deux que ce n'est pas vrai.

Il réussit à afficher un grand sourire.

— Cela vient-il du fait que vous êtes l'autre candidate qui aspire à devenir directrice médicale ?

— Vous parlez de ce poste qui sera partagé jusqu'au moment où la femme la meilleure l'emportera ? dit-elle en libérant sa main. C'est exact. Considérez cela comme le compte à rebours d'un calendrier de l'Avent. Voyez cela comme des vacances.

Matthew lui retourna son sourire ironique.

Si elle s'était empressée de rompre le contact avec lui, c'était pour éviter que son corps ne la trahisse. Ce n'était pas le moment de se laisser déborder par ses émotions alors qu'elle essayait d'avoir l'attitude la plus professionnelle possible.

Elle n'était pas au bal et il n'était pas son prince charmant, même s'il la troublait profondément.

Elle tourna les talons en espérant que cela apparaîtrait comme le signe que Matthew la laissait indifférente. En réalité, elle voulait se donner le temps de se ressaisir.

Comment allait-elle faire pour partager un poste avec le père de son fils ?

Plus précisément, comment pourrait-elle avoir sur son bureau la photo de son fils — photo qu'elle avait déjà fait encadrer dans cette perspective — sans que Matthew ne reconnaisse ces grands yeux bleus ? Tristan était le sosie de son père, version miniature. Mis à part le fait qu'il était blond. Mais, à mesure qu'il grandissait, ses cheveux devenaient plus foncés… Comme ceux de Matthew.

Elle avait l'esprit en ébullition, face à une situation qui lui paraissait complètement folle. Matthew était censé se trouver dans le Sussex, ou bien en Syrie, ou Dieu sait où. Là où les hommes épris d'aventures allaient lorsqu'ils commençaient à se lasser de l'altruisme. Mais sûrement pas ici, alors qu'elle allait avoir *son* entretien d'embauche !

Elle entendit le Dr Menzies répéter que rien n'était gravé dans le marbre, que le conseil d'administration était en pleine réflexion et qu'avec deux candidats aussi talentueux l'un que l'autre…

Tout cela était assez flou.

— Amanda ?

Le Dr Menzies lui posa une main sur le bras, et elle était tellement plongée dans ses pensées qu'elle faillit sursauter. Elle s'aperçut alors que les deux hommes, et même Deena, la regardaient fixement.

— Vous êtes toute pâle, poursuivit le Dr Menzies. Voulez-vous vous asseoir un instant ?

— Non, non, pas du tout. C'est que… je ne suis pas habituée à cette chaleur.

— Ah ? dit le Dr Menzies en fronçant les sourcils, l'air inquiet.

Arrête de dire n'importe quoi, espèce d'idiote !

— Je suis habillée trop chaudement.

Elle déboutonna la veste de son tailleur et secoua légèrement le devant de son chemisier de soie vert pastel avec un soupir de contentement comme si elle venait d'atterrir sur une île tropicale.

— C'est le chauffage central, ajouta-t-elle avec un petit rire. Chez moi — en fait, chez ma tante —, il n'est pas encore installé. Nous n'avons que des poêles à bois, une vieille chaudière et un risque permanent d'attraper des engelures.

— Cela existe encore ? s'étonna Deena. Où donc vivez-vous ? Vous n'êtes pas à Londres ?

Amanda ne put s'empêcher de rire.

— Aussi bizarre que cela puisse paraître, notre antique système de chauffage représentait la pointe du progrès à Londres lorsqu'il a été mis en place, au XVIIIe siècle.

— Laissez-moi deviner, intervint Matthew. Vous êtes une Wakehurst, et donc... Vous habitez à Bedford Square.

Amanda ouvrit de grands yeux, surprise. Mais le nom des Wakehurst était étroitement associé au centre de Londres, où ils possédaient plusieurs demeures. Des plaques étaient posées sur les maisons, indiquant les personnalités qui y avaient vécu, et beaucoup de Wakehurst y étaient mentionnés.

Elle se mordit l'intérieur des joues. Cela faisait bien longtemps qu'elle n'avait pas utilisé son titre de noblesse. Lady Amanda Wakehurst.

— J'ai vu une exposition de votre tante au British Museum, expliqua Matthew.

— Tante Florence ? dit-elle, les sourcils froncés.

Sa tante peignait des portraits. Certains étaient d'un style contemporain, d'autres plus traditionnels, et en général, destinés à des collectionneurs privés.

— Je crois qu'il s'agissait d'une collection de poteries africaines datant du XVIIIe siècle.

— Ah, vous parlez de ma grand-tante Tilda. Elle a beaucoup voyagé.

Christophe Colomb aurait fait piètre figure à côté de la tante Tilda, une femme impatiente qui était allée partout et avait toujours essayé de découvrir sa place dans le monde sans jamais y être vraiment parvenue. Amanda s'était toujours trouvé une certaine ressemblance avec cette femme qu'elle n'avait jamais connue.

— Oui, ce doit être elle, répondit sèchement Matthew.

Amanda haussa les épaules. Elle n'allait pas s'excuser d'être née dans une famille dont les collections étaient exposées dans les musées. Matthew n'avait pas été confronté au problème de devoir prouver sa propre valeur au sein d'une famille qui comptait de nombreux cas de réussite exceptionnelle, dont plusieurs prix Nobel. Des départements d'université portaient le nom des Wakehurst. Amanda avait essayé de montrer qu'elle aussi valait quelque chose, mais sa vie n'avait été qu'une suite d'échecs.

Avant la naissance de Tristan, elle avait espéré réussir en menant une brillante carrière médicale. Après avoir mis au monde un fils illégitime et refusé de dire le nom du père à ses parents, il était devenu évident qu'elle ne pourrait jamais être une « vraie » Wakehurst.

— Je n'aurais jamais pensé que vous vous intéressiez à la poterie, dit-elle.

Elle était consciente que c'était là une riposte plutôt minable, mais elle ne supportait pas de le voir si calme, si maître de lui, alors qu'elle-même ne parvenait pas à oublier la nuit torride qu'ils avaient partagée autrefois. Si elle ne reprenait pas le contrôle de la situation, cela revenait à lui servir le job sur un plateau Mais elle avait plus besoin que lui de ce poste. Elle devait gagner de l'argent pour élever *leur* fils.

Matthew la regarda en affichant un grand sourire.

— J'étais allé au musée afin de voir une exposition d'instruments médicaux grecs et romains. Pour y accéder, il fallait passer devant les collections de votre tante, je n'avais donc pas le choix.

Était-ce sa façon à lui de lui dire : « Tu as pu faire ta maligne avec moi une fois, mais cela ne se reproduira plus, ma belle » ? Parfait ! Tout comme lui, elle ne voulait plus penser à cette fameuse nuit. Le seul fait d'être dans la même pièce que lui suffisait à la rendre nerveuse.

Oh ! Qu'il aille au diable !

— Tante Tilda était la paria de la famille, dit-elle.

Elle aussi. Mais révéler qu'aux yeux des siens elle n'était pas digne de porter le nom des Wakehurst ne modifierait en rien ce que Matthew pensait d'elle. Il l'avait déjà cataloguée comme étant une aristocrate, donc une privilégiée. Si seulement il savait la vérité…

— On dirait que vous avez de l'admiration pour elle, commenta-t-il.

— Il n'y a rien de mal à vouloir tracer sa propre route.

Matthew fronça les sourcils puis il se détendit.

— Ce n'est pas ainsi que nous voyons les choses dans l'armée.

Elle le *savait*. L'armée avait un avis tranché sur toute chose. Comme ses parents. Et comme John.

Il valait mieux ne pas aller sur ce terrain.

Le Dr Menzies les observait avec autant d'attention que s'il suivait une finale à Wimbledon. Tout comme Deena.

— Votre tante a des choses au British Museum ? demanda-t-elle.

— Oui. Ma grand-tante. Elle était… très originale. J'ai beaucoup d'admiration pour tout ce qu'elle a fait, d'autant plus qu'elle n'a jamais reçu le moindre soutien de la part de sa famille.

Tout comme elle. Ses parents ne l'avaient jamais aidée et, lorsque les choses devenaient trop difficiles, elle pensait à sa grand-tante qu'elle appelait l'Aventurière Victorienne. Une vraie folle, selon ses parents. Ils disaient la même chose de tante Florence qui avait reçu en héritage la maison de Tilda, lorsqu'elle avait décidé de devenir artiste peintre. Et maintenant, bien sûr, c'était Amanda qui était traitée de folle à cause de… sa jeunesse mouvementée.

Dépenser une fortune pour aller passer le week-end à Las Vegas et y épouser un garçon venu de l'East End de Londres n'avait certainement pas été la meilleure idée qu'elle ait eue.

Cela aurait été différent s'il l'avait aimée. Mais elle avait été anéantie lorsqu'elle avait découvert que l'affection que lui portait son tout jeune mari avait disparu à l'instant précis où elle lui avait annoncé que ses parents lui avaient coupé les vivres. Il ne lui avait pas caché alors tout le mal qu'il pensait d'elle, lui disant qu'elle n'était décidément bonne à rien.

Lorsqu'elle lui avait répondu que, de son côté, elle n'avait pas meilleure opinion de lui, il avait décidé de la quitter, préférant s'engager dans l'armée.

— Autant se battre pour la liberté plutôt que de vivre enchaîné, avait-il lancé en claquant la porte derrière lui.

Et elle avait ri. *Beaucoup ri.*

Lorsqu'elle s'était retrouvée veuve à vingt et un ans, tout avait changé. Brusquement, toute joie s'était éteinte en elle, d'autant plus lorsqu'elle était allée voir ses parents en espérant qu'ils la soutiendraient. Considérant qu'elle était venue uniquement pour leur soutirer de l'argent, ils lui avaient dit qu'il était temps pour elle de grandir. De montrer qu'elle avait du caractère.

Du caractère ? Voilà ce qu'ils attendaient d'elle ? Eh bien, ils ne seraient pas déçus, s'était-elle dit.

À partir du moment où ils lui avaient fermé leur porte, elle n'avait eu de cesse de leur prouver qu'ils l'avaient mal jugée. Qu'elle valait mieux que de figurer dans la rubrique mondaine des journaux.

Ce n'était pas comme s'ils lui avaient témoigné de l'attention et de la tendresse durant son enfance. Elle connaissait bien mieux les filles au pair qui s'occupaient d'elle que ses propres parents qui allaient à tous les dîners et à tous les galas auxquels ils étaient invités. Ne voyaient-ils pas à quel point elle se sentait seule ? Et combien elle souffrait de leur manque d'affection à son égard ?

Il lui avait fallu attendre d'être reconnue comme le plus jeune médecin de Grande-Bretagne jugée apte à diriger son propre service de traumatologie pour retrouver sa place parmi les Wakehurst. Et c'était ainsi qu'elle avait assisté au gala où elle avait rencontré Matthew.

Quelques mois plus tard, lorsque sa grossesse était devenue visible, elle était redevenue *persona non grata*. Comment un enfant illégitime aurait-il pu être accepté dans une famille qui dressait un mur infranchissable entre les gens privilégiés — les aristocrates — et les autres ? Amanda ne comprenait pas comment sa mère n'avait jamais réalisé que tout cela n'était qu'une question de chance…

— Bon, dites-moi si j'ai vu juste, dit Matthew. Cette grande maison glaciale où vous vivez est-elle à Bedford Square ?

— Exactement. C'est très pratique d'habiter si près de l'hôpital. Je peux être ici en un clin d'œil.

Elle adressa au Dr Menzies un sourire éclatant, puis voulut lancer à Matthew un regard condescendant, mais elle dut y renoncer. Il était trop sexy pour qu'elle n'en fût pas troublée. Il mesurait plus d'un mètre quatre-vingts. Elle lui arrivait à peine au menton. Non pas qu'elle s'imaginât se blottir dans ses bras... Des bras protecteurs qui lui donneraient l'impression que tout allait bien, que son fils aurait toujours quelqu'un pour veiller sur lui... *Leur* fils.

Comment lui dire que je suis la mère de son enfant ?

— Matthew aussi habite tout près, intervint le Dr Menzies. De l'autre côté de la rivière. N'est-ce pas, Matthew ?

Celui-ci lui jeta un regard bizarre, comme s'il lui en voulait d'avoir donné cette information. Comme elle en avait voulu à Matthew d'avoir deviné qu'elle vivait à Bedford Square. Elle tenait à son intimité, et Matthew aussi, de toute évidence. Ils avaient cela en commun. Et leur fils.

Elle toucha son sac à main où elle gardait toujours le cliché en noir et blanc de la première échographie de Tristan.

Après la dernière mission de son mari... Eh bien, elle avait cru qu'elle ne pourrait plus jamais éprouver de sentiments pour qui que ce soit. Porter sur ses épaules le poids de la mort absurde de quelqu'un provoquait ce genre de réaction. Amanda avait vu dans le regard incendiaire de sa belle-mère une colère qu'elle ne pourrait jamais oublier.

Même si elle ne voulait pas que Matthew Chase lui vole ce job, elle se sentait redevable envers lui. Tristan était tout pour elle. Sa naissance lui avait redonné l'envie de vivre. Elle avait repris goût aux choses les plus simples. Le lever du soleil. La lune. Les étoiles. Des yeux bleu saphir...

Elle n'avait jamais songé, avant cette fameuse nuit, à devenir mère un jour, mais à présent elle ne pouvait s'imaginer vivre sans son enfant. Elle avait donc intérêt à mettre toutes les chances de son côté si elle voulait décrocher ce poste. Et elle n'avait pas l'intention de faire le moindre cadeau à Matthew.

Elle se savait parfaitement capable de diriger seule le service des urgences et elle était prête à le prouver. Si elle se fiait au costume que portait Matthew, celui-ci semblait n'avoir pas besoin d'argent. Mais, à voir la flamme qui brillait dans ses yeux, il n'était pas du genre à abandonner la partie.

Elle lui donna une brève poignée de main et s'adressa ensuite au Dr Menzies.

— Je crois avoir rendez-vous avec vous ?

— Mais oui, ma chère, bien sûr.

Elle le suivit dans son bureau. Au moment de franchir la porte, elle jeta un coup d'œil par-dessus son épaule et eut la satisfaction de constater que Matthew avait encore les yeux fixés sur elle. Les mains sur les hanches, il secouait la tête comme s'il venait de se faire dépouiller de tout son argent.

Ce n'était pas son argent qu'elle voulait, mais ce job. Il serait pour elle l'assurance d'avoir un rythme de travail régulier, et de quoi payer une nounou afin de soulager sa tante. C'était aussi la chance pour elle de redécouvrir la femme qu'elle avait essayé de devenir durant toutes ces années. Une Wakehurst volontaire, honnête et travailleuse.

Peut-être fallait-il voir un signe dans cette rencontre avec Matthew. Le signe que de bonnes choses pouvaient encore lui arriver. Comme un job, par exemple. Elle lui adressa un clin d'œil et referma la porte d'un léger coup de talon.

Tu auras plus de chance la prochaine fois, mon ami !

3

— Merci beaucoup de m'avoir reçue.

Amanda sourit en serrant la main du Dr Menzies qui la reconduisait dans la salle d'attente jouxtant son bureau.

Comme par magie, durant leur entretien, la pièce s'était muée en une sorte de temple dédié à la fête de Noël.

— Oh ! Quelle belle décoration ! dit-elle à Deena. Vous voulez que je vous aide ?

Perchée sur son bureau, Deena achevait d'accrocher une guirlande autour du plafonnier.

— Non merci, répondit-elle, j'ai pratiquement terminé. Je tiens beaucoup, chaque année, à fêter Noël comme il se doit. Est-ce que tout va bien, docteur Menzies ? ajouta-t-elle.

Elle avait repris son ton de parfaite secrétaire avec une grande aisance, comme si être debout sur son bureau était la chose la plus naturelle au monde.

— Oui, à merveille, affirma-t-il en l'aidant à descendre du bureau, utilisant une chaise en guise de marchepieds.

Visiblement, ils avaient l'habitude de ce genre de situation.

— Le Dr Wakehurst et moi avons bien discuté.

Amanda fit de son mieux pour réprimer un sourire satisfait. Elle avait l'impression que le Père Noël était déjà passé pour elle.

Elle n'était pas du genre à se vanter, mais là, elle savait qu'elle s'était montrée brillante durant cet entretien. On aurait dit que le fait d'avoir revu Matthew l'avait dopée plutôt que désarmée.

Pourquoi ne pas jouer le tout pour le tout ?

— Si cela vous convient, dit-elle, j'aimerais beaucoup assurer quelques gardes en tant que simple membre de l'équipe, afin de me mettre « dans le bain ».

— Ah, c'est amusant ! s'exclama quelqu'un derrière elle.

Elle n'eut pas besoin de se retourner pour voir à qui appartenait cette voix de baryton qu'elle trouvait si sensuelle.

— J'allais justement suggérer la même chose, poursuivit Matthew en venant près d'elle. Les grands esprits se rencontrent, n'est-ce pas, madame Wakehurst ? Ah, excusez-moi... Dois-je dire madame ou mademoiselle ?

— Docteur, répondit Amanda d'un ton ferme.

Il sourit. Elle vit qu'il avait saisi le message. Cela ne le regardait pas.

— Ah, très bien..., lança le Dr Menzies dont le regard exprimait une certaine inquiétude.

Il s'éclaircit la gorge.

— Bien sûr, nous sommes en train de finaliser la façon dont tout cela fonctionnera, et nous espérons que les choses seront fixées avant le nouvel an. Comme je vous le disais, nous n'avons pas encore décidé de tous les détails. Peut-être dans une semaine... Lorsque nous aurons établi les horaires.

— J'aimerais commencer dès maintenant, dit Amanda.

— Je serai ravi de travailler ici en attendant qu'une décision soit prise, intervint Matthew au même moment.

Quel bosseur !

Elle aussi était une bosseuse. Mais, contrairement à *Sir* Matthew, elle avait des factures à payer.

Elle lui jeta un regard oblique et reçut le même en retour, accompagné d'un clin d'œil qui semblait vouloir dire « touché ».

— Jusqu'à Noël et le nouvel an, nous avons beaucoup de cases vides dans le planning, docteur Menzies, intervint Deena. L'infirmière en chef a menacé de faire appel à tous les remplaçants dans un rayon de trois cents kilomètres et de faire exploser le budget de l'année prochaine si vous...

— Oui, bon, d'accord..., bredouilla le Dr Menzies en écartant les bras, comme si cela réglait le problème.

Deena poursuivit d'un ton presque badin.

— Certaines gardes sont à prendre dès maintenant. L'infirmière en chef dit aussi que le Dr McBride va finir par perdre la tête s'il n'est pas davantage aidé.

— Ah, oui, le Dr McBride a été vraiment débordé, ces derniers temps…

Amanda se sentait mal à l'aise. Elle voulait travailler, bien sûr, mais elle n'avait pas prévu de commencer *maintenant*.

Elle savait qu'elle pouvait faire appel à tante Florence qui s'était si souvent occupée de Tristan depuis sa naissance, mais celle-ci avait plus de soixante ans et, même si elle ne se plaignait jamais, depuis une semaine ou deux elle se couchait plus tôt le soir.

Amanda ne voulait pas que sa tante se sacrifie. Elle n'avait pas à payer le fait que sa nièce rebelle ait eu un fils hors des liens du mariage et qu'elle ait cherché refuge chez elle au lieu de retourner vivre chez ses parents en les suppliant de lui pardonner.

Pour passer toute sa vie sous le regard réprobateur de son père et de sa mère ? Ah non ! Elle n'acceptait pas que des gens supposés l'aimer se permettent de la juger. L'amour devait être donné sans condition. Il ne pouvait s'accompagner d'une injonction à suivre un code de bonne conduite.

Le Dr Menzies reprit la parole.

— En voyant la charge de travail qui existe ici… ce serait probablement une bonne idée que vous ayez tous les deux l'occasion de voir comment cela se passe dans cet hôpital. De comprendre son fonctionnement.

Il se tourna vers Amanda.

— Venir travailler ici au pied levé vous semble-t-il faisable ? Cela vous laisse bien peu de temps pour organiser les choses pour votre fils.

Amanda sentit son sang se glacer dans ses veines.

— J'ignorais que vous étiez mère…

Les yeux bleus de Matthew la fixaient avec curiosité.

— Il n'y a aucune raison pour que vous sachiez quoi que ce soit sur moi.

Elle se rappelait parfaitement avoir évité toutes ses questions lors de cette nuit-là, endiguant le flot des « qui êtes-vous ? » et « d'où venez-vous ? » par des baisers torrides.

— Alors, vous pensez pouvoir le faire garder sans problème, dans un délai aussi court ? insista le Dr Menzies.

— Mais oui.

Elle ne voulait rien laisser voir de son désarroi à un homme qui pouvait découvrir que Tristan était son fils, mais qui ne se souciait nullement d'être père.

Elle se força à afficher un air serein et sourit.

— Si vous voulez bien m'excuser ? Je dois juste passer un coup de téléphone rapide.

Elle avait un gamin ? Eh bien, c'était plutôt inattendu.

Matthew ôta sa chemise sans même prendre la peine de la déboutonner, la passant par-dessus la tête. C'était plus simple.

Tout comme son habitude de s'en tenir à une aventure d'une seule nuit. Il ne voulait pas nouer de lien durable avec une femme. Ni même avoir des rendez-vous. Si l'on s'attachait à quelqu'un, tôt ou tard on laissait tomber cette personne. Il éprouvait déjà une culpabilité assez lourde sans ajouter encore un poids supplémentaire sur ses épaules.

Il se passa une main dans les cheveux, essayant de chasser de pénibles souvenirs.

Le travail. Voilà ce qui pouvait le sauver. Il devait se dépêcher de troquer son costume de ville contre une blouse blanche et quitter le vestiaire.

Décembre était un mois difficile pour lui. Dès qu'il avait un instant de libre, il pensait à son frère, se demandant toujours ce qu'il aurait pu faire pour l'empêcher d'accomplir son geste fatal. Il ne cessait de s'adresser des reproches.

Voilà pourquoi il était si vital pour lui d'obtenir ce job. Il voulait prouver que, s'il s'était montré défaillant à l'époque, maintenant il était capable d'être à la hauteur.

Comparé aux cas qu'il avait dû traiter en Afghanistan et en Syrie, s'occuper des patients qui se présentaient aux urgences d'un hôpital londonien apparaissait comme un jeu d'enfant. Mais, pendant la période de Noël, bien des gens étaient amenés à dresser le bilan de leur vie. Ils faisaient le point. Pour beaucoup, c'était un grand moment de solitude.

Les personnes qui se suicidaient pendant les fêtes — nombreuses à ce moment-là de l'année — pensaient-elles à tous les cœurs déchirés qu'elles laissaient derrière elles ?

Il claqua la porte de son placard, voulant y enfermer ses sombres pensées. Pour s'en débarrasser.

Il ferait aussi bien ne plus penser à Amanda ni à la nuit qu'ils avaient partagée. Elle ne faisait pas partie de la liste de ses cadeaux de Noël. S'il en avait une.

Pourquoi perdre son temps en de vaines spéculations ? Ils avaient eu une brève aventure, trois ans auparavant. Il n'y avait pas lieu d'y attacher plus d'importance que cela n'en méritait.

Mais ce serait sans doute amusant de travailler avec elle. Et intéressant de voir jusqu'où irait leur esprit de compétition. Sans compter que cela l'empêcherait de revoir l'image de la jeune femme lorsqu'elle était nue dans ses bras.

Mais non. Pourquoi se mentir ? *Rien* ne pourrait lui ôter le souvenir d'Amanda Wakehurst, nue devant lui.

Il sortit du vestiaire et se dirigea vers le service des urgences. Il respira un grand coup, comme s'il prenait un bain d'air pur. Il *adorait* l'ambiance des urgences. Le chaos. L'action permanente. L'obligation qu'avait le médecin de réagir rapidement, car chaque patient était important et méritait qu'on fasse le maximum pour lui.

Il repéra un praticien qui notait quelque chose sur le tableau d'affectation. Comment Deena avait-elle dit qu'il s'appelait ? McBride ?

Il passa devant deux femmes âgées assises dans des fauteuils roulants et évita de justesse deux ambulanciers qui couraient en amenant une civière où était allongé un homme se plaignant d'une douleur dans la poitrine.

— Tous les box sont occupés, lança le Dr McBride. Mettez-le dans le couloir.

Visiblement, il ne se réjouissait pas de cette situation.

Matthew se présenta.

— Je suis le Dr Matthew Chase, dit-il en lui tendant la main. Voulez-vous que je m'occupe de ce patient ?

Il désignait l'homme sur le brancard.

— Volontiers, répondit le Dr McBride. Nous avons soixante-douze patients sur la liste. La moitié d'entre eux attendent depuis des heures après avoir eu un premier examen rapide.

Matthew laissa échapper un sifflement étouffé. C'était beaucoup trop. L'idée de partager le job entre Amanda et lui n'était peut-être pas stupide, après tout. Comme sur les champs de bataille. Trop de blessés et jamais assez de médecins. C'était partout la même chose, et il était prêt à y faire face.

— Je me charge de lui, dit-il.

Comme il se tournait vers le patient, il vit Amanda, vêtue d'un uniforme bleu pâle, qui s'approchait du Dr McBride. Elle croisa son regard et détourna aussitôt les yeux. Il devina qu'elle était prête, elle aussi, à se mettre au travail.

Il n'aurait pas dû sourire, mais tout cela ressemblait à un jeu entre eux — et il était prêt à le jouer à fond.

— Aspirine ? Nitroglycérine ? demanda-t-il à l'un des ambulanciers.

— Oui.

L'homme précisa les doses qui avaient été administrées au patient.

— Il se plaint de fortes douleurs dans la poitrine, continua l'ambulancier. Il a vomi durant tout le trajet. Il est très pâle. Infarctus du myocarde de type A.

Il regarda le moniteur que l'un des infirmiers connectait à la poitrine du patient.

— Le pauvre était en plein repas, ajouta-t-il avant de jeter un coup d'œil sur l'écran pour vérifier les battements cardiaques. L'électrocardiogramme correspond aux normes !

— Que quelqu'un aille chercher le radiologue, ordonna Matthew.

Il ne connaissait pas l'équipe, mais cela arrivait souvent aux urgences. À en juger par les visages juvéniles des blouses blanches qui entraient et sortaient des box, ce soir il y avait dans le service un grand nombre de jeunes médecins fraîchement diplômés.

Il se tourna vers les ambulanciers.

— Pouvez-vous rester avec le patient ? questionna-t-il.

Le chef leva les mains dans un geste d'excuse.

— Désolé, mais nous avons beaucoup à faire. C'est une soirée chargée.

Puis il partit en emmenant son équipe.

Le patient devait être soigné sans délai. Voyant qu'on sortait quelqu'un de l'un des box de réanimation pour le conduire en salle de réveil, Matthew, accompagné de sa nouvelle équipe, investit aussitôt les lieux.

Il s'adressa à l'infirmier qui avait connecté l'homme au moniteur.

— Pouvons-nous lui appliquer un anesthésiant sur le poignet ? Sait-on comment il s'appelle ?

— C'est M. Rumsey, répondit l'infirmier qui procéda à une anesthésie locale tandis que Matthew se préparait à insérer le cathéter cardiaque.

— Bon, monsieur Rumsey, nous allons prendre soin de vous, d'accord ?

L'homme, un sexagénaire, hocha la tête. Il avait trop de mal à respirer pour pouvoir parler.

Après avoir jeté un rapide coup d'œil sur l'ECG, Matthew demanda à voix basse à l'infirmier s'il y avait un laboratoire de cathétérisation cardiaque.

Le jeune homme, âgé d'une vingtaine d'années, secoua la tête.

— Il y en a un, mais il faut faire la queue… Comme toujours, ajouta-t-il, l'air sombre.

Le moniteur émit soudain un signal sonore aigu.

— On est en train de le perdre !

Matthew se mit à frotter vigoureusement le sternum du patient. Pas de réponse.

— Vous avez besoin d'un coup de main ?

Il leva les yeux. Amanda se tenait à l'entrée du box.

— Plus on est de fous, plus on rit, répondit-il. Vous pouvez vous mettre à genoux sur lui ?

Elle lui lança un regard perçant.

Il aurait aimé revivre ce moment où elle avait grimpé sur lui comme s'il était un Everest recouvert de chocolat, mais il avait une vie à sauver.

Amanda se contenta de se percher sur le bord du chariot.

— Vous êtes prêt pour l'oxygène ? s'enquit-elle.

Matthew hocha la tête après avoir vérifié que rien n'obstruait les voies aériennes de M. Rumsey, tout en prenant le pouls carotidien. Rien.

— On commence les compressions.

— Le chariot de réanimation est-il prêt ? Allez-y, ajouta Matthew lorsque l'infirmière qui avait rejoint l'équipe hocha la tête.

Amanda avait déjà commencé à compter les pressions qu'elle exerçait sur le thorax du patient.

— Vingt-huit, vingt-neuf…

Matthew mit en place le masque à oxygène tandis que l'infirmière exerçait deux pressions avant que les palettes du défibrillateur soient appliquées sur la poitrine du patient.

— Écartez-vous !

Il administra le choc électrique qui devait relancer le cœur du patient puis ils attendirent en silence. Rien.

— Compressions.

Il put voir du coin de l'œil qu'Amanda continuait d'exercer de fortes pressions sur le thorax de M. Rumsey.

— En charge !

— Vingt et un, vingt-deux…

Amanda comptait d'une voix calme. Elle avait une jolie voix. Surtout quand elle lui murmurait à l'oreille des promesses coquines. Une voix qui lui donnait des distractions.

Il vérifia à nouveau l'écran du moniteur, fixant toute son attention sur son patient.

— Écartez-vous !

Il actionna le défibrillateur, attendit… et poussa un soupir de soulagement en entendant les bips indiquant que le cœur recommençait à battre.

— Bien travaillé. Comment vous appelez-vous ? demanda-t-il à l'infirmière.

— Julia, répondit-elle en rougissant. Julia Mayhew.

Oh ! non.

Était-elle en train de lui faire du charme ? D'habitude, il s'en amusait. Mais il savait qu'Amanda l'observait, guettant avec curiosité sa réaction. Il s'abstint donc de gratifier Julia du sourire ravageur qui était sa marque de fabrique.

— Pouvez-vous assurer son transfert en cardiologie ?

Julia hocha la tête, visiblement déçue de constater qu'il n'était pas disposé à flirter avec elle.

Matthew se retourna juste à temps pour voir qu'Amanda riait sous cape en ôtant ses gants.

— Pas mal, ces compressions, pour une petite chose fragile.

— Oh ! Heureusement qu'il y avait là un homme costaud pour appuyer sur la poche à oxygène. Mais, attendez... Il me semble que c'est Julia qui s'en est chargée. Le pouvoir appartient aux femmes !

Et, du bout de sa chaussure, elle lui donna un petit coup de pied dans les fesses.

Il sourit. C'était le genre de flirt qu'il acceptait volontiers. Le style ludique lui convenait.

Il avait l'impression que quelque chose ou quelqu'un les avait métamorphosés. Ils étaient passés de la tenue de soirée à l'uniforme de l'hôpital. Amanda remplissait aussi bien son rôle de médecin que celui de la nymphe en robe longue qu'il avait tenue dans ses bras.

C'était risible, non ? Cela s'était passé il y avait bien longtemps. Et Dieu sait combien de brèves aventures Amanda avait pu connaître depuis cette nuit-là. Il n'était pas du genre à vouloir se stabiliser, mais quelque chose en lui se refusait à imaginer la jeune femme dans les bras d'un autre. Elle était exceptionnelle et méritait d'avoir un homme qui soit là pour elle... nuit *et* jour.

— Voilà ce qui s'appelle plonger dans le feu de l'action, dit-il, s'arrachant à ses réflexions.

Il était sincère. Tout le monde n'était pas capable de s'immerger pour la première fois dans un service des urgences et de s'y montrer immédiatement efficace.

— Merci beaucoup. Vous avez vous-même été à la hauteur.

Bien. Il aimait qu'une femme sache accepter un compliment.

— Rien de tel qu'un service débordé pour déclencher des montées d'adrénaline, ajouta-t-elle.

— Avez-vous l'habitude de ce rythme frénétique ou bien êtes-vous plutôt un médecin de campagne qui s'est sentie attirer par les lumières de Londres ? Ou bien... Attendez... Exerciez-vous dans Harley Street ? L'ambiance feutrée et le luxe propres aux cabinets médicaux de ce quartier ont-ils fini par lasser Lady Amanda ?

Elle plissa les yeux, puis les ouvrit tout grand et esquissa un sourire.

— J'aime aider les gens. Où qu'ils soient et *quels* qu'ils soient.

— Vous êtes libres tous les deux ?

Ils se retournèrent pour découvrir le Dr McBride qui se tenait près du bureau central, tenant des dossiers à la main. Sans même attendre leur réponse, il les leur tendit.

— Chase, vous avez une fracture ouverte tibia péroné dans le box n° 3. Le patient, qui avait trop bu, a glissé et chuté. Wakehurst, pouvez-vous voir Mme Whitcomb ? C'est la femme en robe de chambre bleue là-bas, dans le coin, qui est en train de parler avec Mlle Parrish. Prenez-les toutes les deux. Quel que soit le problème de Mme Whitcomb, Mlle Parrish prétendra qu'elle doit être prise en charge la première.

Amanda regarda par-dessus son épaule les deux femmes âgées assises dans des fauteuils roulants à l'autre bout de la salle d'attente. L'une tricotait et l'autre, armée d'une loupe, lisait le journal.

— Est-ce que ce sont des habituées ? demanda-t-elle.

Ignorant sa question, le Dr McBride leva les mains en l'air, paraissant offusqué.

— Qu'est-ce que vous attendez ? *Allez-y !*

Matthew lança un regard à Amanda. Cet homme, qui la malmenait, pouvait bientôt être sous ses ordres. De toute évidence, le Dr Menzies ne lui avait pas dit qui ils étaient l'un et l'autre. *Lui-même* ne s'attendait pas à bénéficier d'un traitement spécial, mais Amanda était d'un milieu social où elle n'avait sans doute pas l'habitude qu'on s'adresse à elle de cette façon.

— Compris, dit-elle. Et continuez à nous les envoyer. Je veux tout autant que vous faire place nette ici.

Matthew sourit et partit s'occuper de son patient.

Continuez à nous les envoyer...

Comme si on pouvait les empêcher de venir.

— Oups !

Amanda intervint à temps pour éviter qu'une jeune femme perchée sur des hauts talons ne s'écroule par terre alors qu'elle était en train de franchir la porte des urgences.

— Faites attention !

La femme, qui s'appuyait sur elle de tout son poids, se mit à rire nerveusement.

Amanda cligna des yeux, étonnée de voir qu'il faisait nuit dehors. Derrière la masse de boucles noires appartenant à la fille qui s'était écroulée, elle apercevait les rues brillamment éclairées pour Noël.

Noël ! Si elle n'y prenait garde, elle allait laisser passer la période des fêtes sans en profiter.

Le temps s'était écoulé avec la rapidité de l'éclair depuis l'instant où elle avait revêtu sa tenue d'uniforme. À peine en avaient-ils fini avec la foule qui avait envahi les urgences au moment du déjeuner qu'ils avaient dû faire face à un nouvel afflux de patients sortant du travail.

Elle avait mauvaise conscience. Le service étant encore plein à craquer de gens qui attendaient qu'on s'occupe d'eux, elle avait l'impression de déserter en rentrant chez elle.

Elle jeta un coup d'œil à la pendule accrochée sur le mur. 19 heures. Il était tard ! Bien trop tard. Sa tante devait se rendre à une exposition de peinture, et Tristan attendait sûrement avec impatience l'histoire qu'elle lui racontait chaque soir lorsqu'il allait au lit.

Heureusement, il ne lui fallait que cinq minutes pour se rendre à pied de l'hôpital à la maison. Même avec les escarpins qu'elle avait mis aujourd'hui pour son entretien avec le Dr Menzies.

Soutenant toujours la jeune femme, elle se mordit l'intérieur de la joue. À moins qu'elle n'obtienne ce job, elle n'aurait pas les moyens de payer une nounou. Et tant qu'elle n'aurait pas de nounou, elle ne pourrait pas prendre ce job. Être mère célibataire exposait à des problèmes complexes qui, parfois, semblaient insolubles.

Comme elle glissait ses bras sous les épaules de la jeune femme, elle reçut en plein visage une forte odeur de mojito. Rhum, citron et menthe. Elle reconnut sans peine les effluves de ce qui avait été autrefois l'un de ses cocktails préférés, à l'époque où elle ressemblait à cette petite écervelée habillée très court et couverte de paillettes.

— Joy… Joyeux Noël ! bredouilla la jeune femme, visiblement très alcoolisée.

Amanda se dit qu'à la réflexion elle ne s'était pas comportée *exactement* comme elle dans sa jeunesse.

L'attitude de cette jeune femme s'inscrivait dans l'une de ces dérives imprudentes qui avaient lieu pendant les fêtes. Un chemin qu'elle-même avait parfois suivi. *Allons !* Qui essayait-elle de berner ? Si elle en était là aujourd'hui, c'était parce qu'elle avait poussé trop loin son rôle de fille de la haute société et que ses parents l'avaient rejetée lorsqu'elle avait déçu leurs attentes.

En soutenant cette jeune femme qui lui rappelait ce qu'elle avait été par le passé, elle ne put se défendre d'éprouver une certaine nostalgie. Elle se rappelait l'époque où son seul souci était d'assister à des conférences et de trouver ensuite le bar le plus branché et d'y dénicher le type le plus sexy.

Peut-être avait-elle avec Matthew Chase plus de choses en commun qu'elle ne voulait bien l'admettre. Y aurait-il deux âmes sœurs sous les masques qu'ils utilisaient pour se protéger ? Lui affectait avec elle le style macho tandis qu'elle-même continuait de se donner une image. Celle de la Reine des Glaces, en l'occurrence.

Elle aperçut Matthew qui relevait un autre fêtard écroulé

sur le sol pour le conduire dans un box. On aurait dit que tout Londres célébrait le 1er décembre comme si c'était déjà le soir du réveillon, sans se soucier du mal que se donnait tout le personnel de l'hôpital pour faire face à l'afflux des patients.

Si Matthew et elle n'étaient pas venus renforcer les équipes...

Elle essaya de maintenir un contact visuel avec la jeune femme qu'elle soutenait, le temps que celle-ci retrouve son équilibre. Soudain, la fille se pencha vers elle et lui donna un baiser sonore sur la joue, en y laissant une trace de rouge à lèvres.

— On s'embrasse, à Noël ! lança-t-elle en gloussant.

Elle reprit brusquement son sérieux.

— Maintenant, chère doctoresse, dites-moi où je peux me faire soigner cela ?

Elle agita ses doigts sous le nez d'Amanda. Elle avait des ongles très longs, soigneusement vernis. Amanda examina ses mains et ne vit ni ecchymose, ni gonflement, ni saignement.

— Quel est le problème ? demanda-t-elle.

— Mais n'est-ce pas *absolument* évident ? rétorqua sèchement la jeune femme en levant les yeux au ciel.

Elle se tourna vers un groupe de femmes qui étaient en train de franchir la porte d'un pas chancelant. Certainement ses amies, venues la rejoindre. Amanda essaya de se souvenir comment son père avait l'habitude de l'appeler, elle et la bande de filles qui étaient soi-disant ses amies. Ah, oui ! Il les appelait les ensorceleuses.

Si seulement ces jeunes femmes savaient à quel point tout cela était vain. De la poudre aux yeux. Tout était beau, au début, puis... pouf ! Tout s'envolait au premier coup de vent.

— C'est mon ongle ! gémit la fille d'un ton tragique.

— Ah !

Amanda dut faire un effort pour ne pas lui dire de se calmer. Affichant un grand sourire, elle la prit par les épaules et la fit pivoter, l'orientant vers la sortie.

— Vous trouverez beaucoup de manucures, prêtes à intervenir en urgence, tout près d'ici, dans Long Acre, à Covent Garden, et qui feront du bien meilleur travail que nous. Vous en aurez pour quinze euros environ...

— Mais je paye des *impôts* !

La fille se tourna vers ses amies qui échangèrent des regards perplexes, comme si elles se demandaient si c'était bien vrai. Amanda se dit que ce devait être papa qui payait les impôts.

— Vos taxes vont aux soins médicaux, pas aux manucures. Et puis, regardez ça. C'est l'œuvre d'une des infirmières.

Elle lui montra sa main, montrant ses ongles que son fils s'était amusé à vernir. Le résultat était pitoyable, une démonstration plus efficace que n'importe quel discours pour dissuader la jeune femme d'insister.

— Vous voulez que vos ongles ressemblent aux miens ? poursuivit-elle. Croyez-moi, allez dans Long Acre.

— Sérieusement ? dit la fille en battant des cils, toujours aussi vacillante à cause de tous les cocktails qu'elle avait bus.

Amanda hocha la tête.

— Là-bas, vous trouverez ce qu'il y a de meilleur. Shellac, gel... Ils font même des échelles de demi-teintes, ajouta-t-elle sur le ton de la confidence.

— Ah, je vois. Pour rien au monde je ne vous confierais mes ongles. Il n'en est pas question.

Elle tourna les talons et s'accrocha aux bras des deux jeunes femmes qui se tenaient derrière elle.

— Nous partons pour Covent Garden, les filles, annonça-t-elle. Mes ongles réclament des soins d'urgence !

Amanda secoua la tête en riant. Heureusement que sa tante suivait toujours la mode de près. Elle-même était incapable de se rappeler quand elle avait fait vernir ses ongles correctement.

— Bien joué...

C'était la deuxième fois ce soir que Matthew surgissait ainsi derrière elle. Il allait devoir perdre cette habitude. Surtout quand elle cherchait désespérément le moyen de le tenir à l'écart de sa vie et de celle de son fils.

Elle se retourna et prit son accent de Reine des Glaces.

— Vous savez comment c'est chez nous, gens du monde.

— Vous croyez ?

— Vous êtes parfaitement au courant, j'en suis sûre.

Elle le regarda de la tête aux pieds. Il ne pourrait jamais la convaincre que la nuit qu'ils avaient passée ensemble était autre chose qu'une brève aventure. Tout chez lui montrait qu'il ne voulait s'embarrasser d'aucun souci. C'était le genre d'homme sur qui tout glissait sans laisser de trace.

Ce qui expliquait pourquoi elle n'était pas partie à sa recherche lorsqu'elle avait découvert qu'elle était enceinte.

Elle resserra la ceinture de son manteau.

— Je m'étonne que vous n'ayez pas un smoking accroché dans votre vestiaire, ajouta-t-elle. Après tout, c'est l'époque où vous pouvez éblouir les jeunes filles de bonne famille de Londres grâce à vos... largesses.

Il haussa un sourcil et lui lança un regard noir qui contrastait avec le grand sourire qu'il affichait.

— Qu'est-ce qui vous dit que je n'en ai pas un ?

Il se frotta le menton qui s'ornait d'une barbe naissante. Elle se rappela alors ce qu'elle avait ressenti tandis qu'il couvrait son ventre de baisers. Elle avait fermé les yeux, s'abandonnant à ces délicieuses caresses.

— Et vous ? demanda-t-il.

— Moi quoi ?

— Vous avez une robe de bal dans votre vestiaire ? Ou bien Cendrillon n'est-elle plus en service cette nuit ?

Amanda masqua son embarras en prenant un air indigné.

— Certains d'entre nous ont des responsabilités en dehors de l'hôpital.

D'où cela sortait-il ?

Elle ne s'était jamais servie de son fils comme excuse et, à en juger par l'expression qui se peignait sur le visage de Matthew, son commentaire tombait plutôt mal.

— Et *certains d'entre nous* mettent toute leur énergie à prouver qu'ils veulent vraiment diriger ce service, dit-il.

— Est-ce un défi ?

— Non, c'est une lutte entre deux rivaux.

— Très bien, rétorqua-t-elle en relevant le col de son manteau avant de franchir la porte. J'imagine que cela se terminera par un duel au pistolet, à l'aube.

Lui tournant le dos, elle se trouva face à une autre équipe

d'ambulanciers amenant sur un chariot une femme qui semblait sur le point d'accoucher.

Elle les contourna pour sortir en toute hâte, sachant parfaitement que si elle regardait par-dessus son épaule, elle verrait dans les yeux de Matthew qu'il avait recouvré son sens de l'humour.

Matthew contemplait les brillantes illuminations de Noël qui se reflétaient dans la Tamise. L'obscurité qui régnait dans son appartement semblait intensifier les lumières qu'il voyait à travers ses grandes baies vitrées. Comme si cet éclairage de fête voulait l'inciter à chasser ses idées noires et à prendre part aux réjouissances.

Le fait d'avoir revu Amanda l'avait fortement déstabilisé. Lorsqu'elle avait surgi dans sa vie pour disparaître tout aussi rapidement, il avait pu gérer la situation sans problème. Mais la voir tous les jours pendant un mois… C'était *dangereux*.

Il avait pensé à retirer sa candidature. La seule chose qui l'avait retenu, c'était sa fierté. Il avait déjà prouvé à ses parents qu'il était incapable d'accomplir une tâche jusqu'au bout. Il n'allait sûrement pas laisser l'élite médicale de Londres penser la même chose. *Matthew Chase est un instable.*

« Veille sur ton frère, mon fils. Peux-tu faire cela pour nous ? »

Ces mots ne cessaient de le hanter, aujourd'hui encore.

La mort de son père n'avait en rien amoindri son sentiment de culpabilité. Ni le départ de sa mère à l'autre bout du monde où, à n'en pas douter, elle avait refait sa vie dans un pays où personne ne savait que son militaire de fils était revenu de la guerre et s'était pendu dans le grenier tandis qu'ils étaient sortis faire leurs courses de Noël.

Soudain, Matthew quitta son fauteuil et ouvrit la porte-fenêtre qui donnait sur le balcon, savourant la morsure glaciale de l'air qui emplissait ses poumons. Cette douleur lui faisait du bien en calmant la brûlure provoquée par le sentiment de manque.

Il leva les yeux et parcourut du regard les toits des maisons du côté de Bedford Square. Son cœur se serra.

Voir Amanda Wakehurst réapparaître dans sa vie ne faisait que lui rappeler un bonheur qu'il ne méritait pas.

Aussi délicatement que possible, Amanda dégagea la petite tête blonde qui s'était nichée contre elle. Elle passait rarement toute la nuit avec son petit garçon depuis qu'il n'était plus un bébé, mais ce soir... Ce soir, elle n'avait pu l'empêcher de le laisser grimper dans son lit, alors qu'il cherchait sa chaleur protectrice en se blottissant dans ses bras.

Elle souleva son petit corps qui devenait de plus en plus lourd de jour en jour et l'emporta dans la pièce voisine pour le coucher dans son lit d'enfant, au milieu de ses peluches.

Elle eut envie de rire. Sa tante et elle ne roulaient pas sur l'or, mais tout l'argent dont elles disposaient leur servait à gâter Tristan. Leur petit chevalier de Bedford Square. Ou, comme elle aimait l'appeler à cette époque de l'année, le plus beau cadeau de Noël qu'elle ait jamais eu.

Elle l'allongea doucement sous la couette, admirant le contraste que sa blonde chevelure formait avec le tissu bleu. La couette avait la couleur... des yeux de Matthew.

Ayant regagné le couloir, elle fit la grimace. Pas étonnant qu'elle ait été incapable de trouver le sommeil, cette nuit. Trop de pensées la hantaient. Trop de souvenirs.

— Ah, tu es encore debout, Amanda chérie ?

En entendant la voix de sa tante, elle sursauta.

— Oui ! Désolée. Tu m'as fait peur ! ajouta-t-elle en riant. J'étais perdue dans mes pensées. Tu es déjà revenue de ton exposition ?

— Il est minuit passé, ma chérie.

— Oh ! mon Dieu ! Je n'avais pas vu qu'il était si tard.

— Est-ce Tristan qui t'a empêchée de dormir ?

Sa tante la prit par le coude et l'entraîna vers l'escalier qui menait à son studio. Sa « mansarde », comme elle l'appelait.

— Non, pas du tout. Il a été un ange, comme d'habitude.

— S'est-il passé quelque chose de particulier qui a rendu inefficace un bon verre de lait avec du miel ?

Amanda sourit. Sa tante avait dû remarquer les bouteilles

de lait vides qu'elle avait mises devant la porte à l'intention du laitier qui les ramassait chaque matin. Boire du lait était sa façon à elle de lutter contre l'insomnie, mais, ce soir, le remède s'était avéré sans effet.

— C'est le nouveau job..., avoua-t-elle.

Elle plissa les yeux, éblouie par la lumière du lampadaire que sa tante venait d'allumer.

— Assieds-toi, dit celle-ci en lui montrant un fauteuil garni de coussins. Et raconte-moi.

Elle sourit à sa tante, le cœur plein de gratitude envers le seul membre de sa famille qui ne fût pas obsédé par l'ascension sociale. Vivre avec Lady Florence Wakehurst, la sœur de son père, c'était un peu comme vivre avec un derviche tourneur. Un derviche tourneur qui, tel un arc-en-ciel ou une brèche dans un ciel nuageux, créait des moments de paix et de clarté. Elle était comme une version féminine de Bouddha, une artiste bohème en même temps qu'une femme d'affaires. Et elle avait été la seule personne à ne pas la juger lorsqu'elle s'était retrouvée enceinte et seule.

— Ils veulent que ce soit un job partagé, dit-elle.

— Ah bon ?

— Enfin, pas tout à fait.

— Amanda, ma chérie, sois plus précise.

— Ils veulent que je travaille avec quelqu'un d'autre durant un mois et, après, ils décideront qui de nous deux aura le poste. Le directeur de l'hôpital ne cessait de répéter que la situation était « fluide ». Sans qu'on sache très bien ce qu'il entendait par là.

— Ce n'est pas une pratique habituelle, mais elle n'a rien de choquant. Ils veulent savoir à quoi s'en tenir avant de confier le poste à quelqu'un. Tu n'as pas à t'inquiéter, ma chérie. Tu es un excellent médecin. Et une merveilleuse directrice. Quel est ton rival ? Tu n'en feras sûrement qu'une bouchée.

— Il se peut qu'ils me choisissent, moi. Mais je ne serai plus jamais là. À quoi cela sert-il de gagner tout cet argent si je dois pour ça faire encore appel à toi qui m'aides déjà tellement, ou bien payer quelqu'un pour s'occuper de Tristan ?

— Écoute-moi, Amanda. Primo, j'adore mon petit-neveu et

j'aime passer du temps avec lui. Par ailleurs, engager quelqu'un pour soulager de temps en temps ta vieille tante décrépite ne peut que faire du bien à Tristan en développant sa sociabilité. En outre, il y a une crèche au coin de la rue. Secundo, je sais que je suis d'une autre génération, mais, à mon époque, nous étions tous envoyés en pension avant même que nous sachions former des phrases complètes. Et nous n'avions pas le droit de retourner chez nous tant que nous n'étions pas capables de tenir une conversation au moment du thé ou, dans mon cas, de préparer correctement un martini dry.

— Est-ce que vous avez connu ça, papa et toi ?

En prononçant le mot « papa », sa voix avait légèrement fléchi. Elle savait que son père avait cru bien faire en lui coupant les vivres lorsqu'elle était sortie des rails. Mais de là à la rejeter parce qu'elle avait eu un fils hors mariage...

— Nos parents nous ont élevés dans une maison où régnait une discipline très stricte. Les enfants n'y avaient jamais la parole. Tristan sait que tu l'aimes, et il se contentera toujours du peu de temps que tu pourras lui consacrer quand tu auras repris ta carrière, conclut-elle en souriant.

Amanda tenta de lui retourner son sourire, mais sans y parvenir. Le poste qu'elle convoitait serait certainement très prenant, il lui dévorerait tout son temps et son esprit. Peut-être son père avait-il raison. Elle avait l'habitude de foncer sans réfléchir... et, cette fois, cela avait des conséquences.

Elle se tapota le menton, l'air songeur.

— Si seulement il y avait un moyen de le convaincre qu'il ne souhaite pas vraiment avoir ce job.

— Tu parles de ton rival ? L'as-tu rencontré, aujourd'hui ?

— Il ne présente aucun intérêt.

Mensonge. Il... Il possédait tout ce qu'elle désirait trouver chez un homme. Et elle savait aussi que rien n'était possible entre eux.

— Ah !

Sa tante se leva et prit la bouilloire qu'elle gardait dans un coin de son studio.

— J'ai l'impression que ma chère petite nièce est face à un dilemme. Allez, ma belle. Confie-toi à tante Florence.

Après s'être retenue toute la journée, Amanda laissa soudain libre cours au flot d'émotions qui s'agitaient en elle.

— Ce rival est le père de Tristan.

— Ah ! dit tante Florence avec un calme remarquable. Et j'imagine qu'il ignore complètement qu'il existe à Londres une version miniature de lui-même.

Amanda hocha la tête. Dans quel pétrin elle s'était fourrée !

Sa tante versa l'eau chaude dans une théière en porcelaine de Chine.

— Finalement, maintenant que j'en sais un peu plus, ma chérie, il me semble que ce n'est pas le fait de partager ce poste qui t'ennuie, mais d'avoir à le partager avec *lui*.

— C'est vrai..., gémit Amanda. Il est... Il est... *parfait* !

Elle avait dû se rendre à l'évidence. On aurait dit qu'ils avaient depuis toujours travaillé ensemble dans une salle des urgences archibondée. Ils avaient l'air de posséder un sixième sens. La capacité de savoir à tout moment où l'autre se trouvait, s'il avait besoin d'aide ou non.

Exactement comme lorsqu'ils s'étaient vus pour la première fois, il y avait des années de cela. Comme s'ils avaient été prédestinés à se rencontrer.

Le destin.

— Ce n'est pas de chance, ma chérie.

Le destin ou la malchance. Amanda poussa un soupir.

— Peut-être pas. C'est la vie, voilà tout.

Sans doute riait-il aujourd'hui en songeant à la nuit qu'ils avaient partagée, trois ans plus tôt.

Non. Elle était injuste. Il ne lui avait pas paru cruel. Ni comme un homme prêt à renoncer à un job qu'il estimait mériter.

— L'expérience m'a appris qu'il n'y a rien qu'on ne puisse guérir avec une bonne infusion, dit sa tante en lui tendant une tasse en fine porcelaine. C'est de la camomille. Elle t'aidera à dormir. Il n'y a aucun doute que, demain matin, tu trouveras une solution à tes problèmes.

Amanda la remercia et souffla sur sa tisane pour la refroidir.

Elle regarda les petites rides que son souffle avait formées sur la surface du breuvage.

Une tempête dans une tasse à thé. Elle espérait que cela ne préfigurait pas ce que serait sa collaboration avec Matthew, car c'était là une tempête dont elle se passerait volontiers.

4

Amanda, encore mal réveillée, ouvrait la porte du vestiaire pour entrer dans la salle d'attente des urgences où régnait déjà une forte animation lorsqu'elle se trouva face à… oh, surprise, surprise… Matthew Chase.

Durant toute la semaine, elle n'avait cessé de le croiser. Le seul endroit où elle ne tombait pas sur lui, c'était dans les toilettes réservées aux dames. Par ailleurs, ce qu'elle avait pu observer de son comportement montrait qu'il était aussi capable qu'elle de diriger le service des urgences.

Ce qui n'était pas fait pour lui plaire.

— Salut, Amanda. Si je m'attendais à vous voir ici !

Elle croisa les bras sur sa poitrine, essayant de masquer son trouble. Mais elle était sans illusion : il n'était pas facile de leurrer un homme comme lui.

— Je pourrais en dire autant, mais je soupçonne que si nous sommes tous deux à pied d'œuvre c'est parce que nous poursuivons les mêmes objectifs, rétorqua-t-elle.

Matthew feignit de s'offusquer de ces propos.

— *Moi ?* Je pensais que vous verriez que mes intentions sont purement chevaleresques. C'est juste l'envie de donner un coup de main dans un service débordé…

Elle l'interrompit d'un geste de la main.

— Gardez cela pour la direction. Ce n'est pas moi que vous devez impressionner, mais eux, ajouta-t-elle en pointant du doigt la salle d'attente pleine à craquer.

Matthew ne se retourna pas pour regarder la foule qu'il venait de traverser. Planté devant la porte du vestiaire, il ressemblait à un ours sexy, sans la fourrure ni les griffes, mais avec un sourire triomphant. Et dangereux.

Calme-toi. Il n'est pas pour toi, et tu es la Reine des Glaces. Répète-toi cela en boucle. Je suis la Reine des Glaces. Je suis la Reine des Glaces.

Il recula d'un pas pour la laisser passer.

Tu vois ? Cela fonctionne.

— Je crois que la direction va bientôt comprendre que c'est à une femme qu'elle doit confier ce poste. Maintenant, si vous voulez bien m'excuser, je vais m'occuper des patients.

Elle posa une main sur le torse de Matthew, obligeant celui-ci à reculer davantage. Non qu'elle fût si pressée de se jeter dans l'arène, mais c'était pour elle une question de survie. Elle ne voulait pas respirer plus longtemps le parfum de Matthew qui se mêlait ce matin à l'arôme des aiguilles de pin et des noix de muscade. Une odeur de Noël.

Comment faisait-il pour avoir l'air aussi... en forme ? Le regard pétillant, les cheveux ébouriffés — ce qui lui allait bien —, il semblait déborder de vitalité. Tout ce qu'elle pouvait faire, c'était passer devant lui en prenant l'air hautain pour lui faire comprendre qu'il ne l'impressionnait pas.

— À plus tard, Cendrillon.

Le mot lui fit l'effet d'un coup de poignard dans le dos.

Cendrillon.

C'était le nom qu'elle s'était donné lors de cette fameuse soirée. Une nuit inoubliable qui lui avait laissé, non pas des pantoufles de vair, mais un magnifique petit garçon.

— Quel rôle jouez-vous, alors ? demanda-t-elle froidement. Celui de la citrouille ou bien celui de l'une des souris qui font fonction de cochers ?

— Je pensais que c'était évident, répondit-il d'une voix pleine de sensualité.

— Mmm... Pour ma part, je ne vois rien d'évident.

Elle haussa les sourcils, se réjouissant de constater qu'il lui était de plus en plus facile de mentir à Matthew. Peut-être était-elle en train de s'immuniser contre lui.

Il s'approcha d'elle.

— Je suis le Grand Méchant Loup, lui murmura-t-il à l'oreille.

Comme il passait devant elle, elle sentit une bouffée de chaleur l'envahir.

Bon. Elle n'était pas aussi immunisée qu'elle le pensait, après tout.

Mais tant qu'elle n'aurait pas trouvé le moyen de lui apprendre qu'il était le père de Tristan, elle allait devoir continuer à faire bonne figure.

— Docteur Chase !

Matthew leva les yeux de ses notes et vit le Dr Menzies entrer dans la salle de repos des médecins.

— Oui ? Que puis-je pour vous ?

Le vieil homme se dirigea vers la bouilloire.

— Une tasse de thé ? proposa-t-il.

Matthew hocha la tête, tout en commençant à se poser un tas de questions. Les tasses de thé accompagnaient souvent l'annonce de mauvaises nouvelles.

— Je prendrais volontiers du thé, mais c'est à vous de me dire s'il me faut quelque chose de doux.

Le Dr Menzies se mit à rire.

— Pas besoin de sucre aujourd'hui, Matthew.

Il alla jusqu'à l'évier pour remplir la bouilloire.

— Mais… ? interrogea Matthew.

Il entendit son mentor pousser un soupir, et il sembla à Matthew que l'atmosphère devenait soudain plus lourde. Il n'était pas aveugle. Il avait vu Amanda faire la conquête de tout le personnel des urgences, depuis les réceptionnistes jusqu'aux cadres administratifs en passant par tous les médecins et les infirmiers. De toute évidence, elle était un excellent médecin et possédait aussi toutes les qualités requises pour gérer le service.

Par ailleurs, Matthew n'avait pu éviter les questions que les gens se posaient à son sujet. Ceux-ci ne comprenaient pas pourquoi il ne demandait pas à diriger l'unité SOS, étant donné que c'était lui qui l'avait fondée.

Mais comment pourrait-il regarder en face un soldat et lui dire qu'il serait là pour lui alors qu'il n'avait pas été capable de le faire pour son propre frère ?

Il soupira et poussa ses fiches sur le côté.

— Voulez-vous que je vous facilite la tâche et que je parle à votre place ? Vous allez donner le job à Amanda.

Le Dr Menzies se retourna, affichant un demi-sourire. Il était clair que d'avoir à diriger un hôpital lui pesait car ce qu'il aimait par-dessus tout, c'était pratiquer la médecine.

— Non, il ne s'agit pas de ça. Pas du tout.

Il posa sur la table les deux tasses de thé qu'il venait de préparer et s'assit près de Matthew.

— Hier, le Dr McBride a exprimé un… *souci* qu'il avait.

— Vous parlez du médecin qui dirige parfois le service des urgences ?

— En effet. Il s'inquiète un peu de… l'aspect compétitif de votre relation avec le Dr Wakehurst.

Matthew haussa les épaules.

— C'est tout naturel. Nous convoitons tous les deux le même poste.

— Vous avez raison, mais que se passera-t-il si le conseil d'administration choisit d'instaurer un partage permanent de ce job ? Il faudra bien que vous vous entendiez avec elle. Et s'ils en décident autrement… Je sais déjà quel poste ils vous proposeront.

Matthew sentit l'indignation le gagner. Après avoir travaillé dans des zones de guerre pour tenter — sans y parvenir — de comprendre ce que son frère avait traversé, il se sentait parfaitement capable de diriger le service des urgences. Il savait ce qu'était le chaos.

— Quel est le fond du problème, Donald ? Est-ce que l'hôpital a besoin de nommer davantage de femmes aux postes de responsabilité ? Est-ce encore une question de stratégie ? Vous savez mieux que personne que l'aspect politique des choses n'est pas mon fort. Ce que j'aime, c'est résoudre les problèmes, soigner les patients.

Il rassembla toutes ses fiches puis se leva de sa chaise.

— Voilà ce que je propose, dit-il. Jusqu'à la fin du mois, j'arriverai ici à 7 heures du matin, du lundi au vendredi, et le week-end si c'est nécessaire. Je travaillerai jusqu'à l'arrivée de la relève. Ce sera au Dr Wakehurst de choisir la façon dont elle veut montrer qu'elle tient à ce poste. Si, à la fin du mois, vous décidez que je suis l'homme qu'il vous faut pour ce job, je le prendrai. Si ce n'est pas le cas, je m'en irai, tout simplement. Mais, d'ici là, vous pourriez dire à toute l'équipe qu'un peu d'esprit de compétition n'a jamais fait de mal à personne. Et, si le Dr Wakehurst réagit mal à quelques taquineries parce qu'elle supporte difficilement de se lever de bonne heure, ne l'engagez pas.

Sur le pas de la porte, quelqu'un se mit à applaudir.

— Bravo, docteur Chase. Voilà ce qui s'appelle un langage guerrier.

— Amanda..., dit le Dr Menzies en se levant précipitamment. Nous étions en train de discuter de...

— J'ai entendu, coupa-t-elle en regardant Matthew droit dans les yeux. Et cela me convient. 7 heures du matin est mon heure préférée.

— Je croyais que c'était minuit.

Matthew avait conscience d'avoir parlé d'une voix légèrement tendue, mais plus il apprenait à connaître cette femme, plus il se rendait compte que l'étiquette qu'il lui avait collée ne convenait pas. C'était quelqu'un de spécial. Pas du tout la riche héritière trop gâtée pour laquelle il l'avait prise — une jeune femme qui s'amusait en attendant que papa lui organise un beau mariage ou bien qu'il lui achète un cabinet médical dans Harley Street, le quartier où était concentré le gratin des médecins londoniens.

Le fait que Matthew ait été récemment doté d'un titre de noblesse n'avait eu aucun effet sur elle qui appartenait à une très ancienne famille d'aristocrates. De toute façon, il n'avait aucune intention de la demander en mariage.

Enfin... *Qui sait ?*

Mais non. Bien sûr que non. Il ne voulait pas s'engager. Ni s'attacher à quelqu'un. Ni fonder une famille. Il voulait travailler. Et, lorsque tout devenait trop douloureux pour lui, il allait boire un whisky avec un collègue. Mais il n'avait pas trouvé un moment pour le faire, tous ces derniers temps.

— Nous pourrions continuer comme nous avons commencé, dit-il. Mais je ne sais si cela vous va, docteur Wakehurst ?

Elle le regarda fixement. Il savait qu'il se montrait mauvais joueur. Amanda avait un enfant à élever et lui n'avait pas besoin d'argent. Il voulait juste rester occupé et, lorsqu'on lui avait parlé de ce job aux urgences, il avait postulé sans réfléchir.

Diriger l'unité SOS était ce qu'il *devrait* faire, logiquement, mais ce serait vraiment trop pénible pour lui car il serait confronté tous les jours à ces hommes qui étaient au bord du gouffre. Certains pourraient être sauvés, d'autres non, et c'étaient ces derniers qui le hanteraient, au moins autant que le souvenir de son frère. Aux urgences, on n'avait pas le temps de ressasser. Il fallait seulement travailler.

— Commencer à 7 heures du matin me convient parfaitement, dit Amanda. Merci de m'avoir posé la question, docteur Chase.

Elle affichait un sourire que démentait son regard. Par sa faute à lui, se dit Matthew, et cela lui déplaisait.

— Bien ! s'écria le Dr Menzies en applaudissant. Je me réjouis de vous voir tous les deux d'accord. En fait, c'était ce que je voulais vous proposer. À long terme, si vous vous partagez ce poste, il est probable que vous travaillerez à des horaires différents, mais...

Il les regarda tour à tour.

— Si vous n'arrivez pas à travailler en formant une véritable *équipe*, tout cela est inutile. Alors, disons que, durant tout le mois de décembre, vous allez continuer à fonctionner comme vous l'avez fait jusqu'ici, en mettant l'accent sur votre capacité à établir une vraie collaboration entre vous. C'est ce qui comptera le plus car, pour ce qui est de vos compétences médicales respectives, nous savons tous qu'elles sont aussi remarquables chez l'un que chez l'autre.

Matthew sentit son sang bouillir. Il avait l'impression de se retrouver dans une cour de récréation et il n'avait pas envie de jouer. L'envie le prit de tout envoyer promener.

Mais cela faisait partie du test, non ? Il avait l'habitude de fuir les problèmes en coupant les ponts et en se précipitant vers les pires endroits de la planète. Pour se prouver qu'il y avait des gens qui luttaient contre des démons pires que les siens. Bizarre de constater combien il lui paraissait presque impossible de vivre une vie « normale ». Avoir une femme. Des enfants. Tout cela lui semblait inaccessible.

Il jeta un coup d'œil à Amanda, occupée à préciser les nouvelles conditions de travail du ton froid et détaché qui lui était habituel. Elle leva les yeux, et leurs regards se croisèrent. Peut-être ne pourrait-il jamais avoir une vie normale mais, avec Amanda à son côté, il avait l'impression que le service des urgences du Bankside Hospital ne serait plus jamais le même.

— Très bien, dit-il.

Il traversa la pièce et déposa les fiches de ses patients dans la boîte accrochée près de la porte.

— Je crois que nous ferions mieux de nous mettre au travail, conclut-il en sortant.

Quelques heures plus tard, Amanda consultait le tableau d'affectation pour voir quel était le prochain patient qu'elle devait prendre en charge lorsqu'elle entendit appeler à l'aide.

— Mon garçon ! Mon enfant ! Au secours ! Aidez-moi, je vous en prie !

Amanda se précipita vers la femme qui hurlait ainsi. Âgée d'une vingtaine d'années, elle tenait dans ses bras un bébé de cinq ou six mois qui se tordait dans des convulsions. Après lui avoir pris l'enfant, Amanda regarda autour d'elle, cherchant du renfort.

Le Dr McBride comprit la situation. Il lui désigna un box où Amanda se rendit aussitôt sans même se retourner, sachant que la mère la suivait.

— On va mettre ce petit bonhomme sur le côté, dit-elle en posant le bébé sur la couchette.

Elle vérifia que les voies aériennes de l'enfant n'étaient pas obstruées.

— Comment s'appelle-t-il ?

— Robbie, répondit la mère d'une voix tremblante teintée d'un fort accent irlandais. Est-ce que mon bébé va s'en sortir ?

— Il a une crise de convulsions. Ça va passer. Je sais que c'est effrayant à regarder.

Avec calme, elle auscultait l'enfant, vérifiant s'il avait de la fièvre ou une éruption cutanée.

— Robbie a-t-il été malade, récemment ? s'enquit-elle.

— Non. C'est un petit garçon en bonne santé. Plutôt petit, mais il va bien.

— Et vous n'avez rien remarqué de spécial ?

Elle jeta un regard à la jeune mère, de l'autre côté de la couchette, qui fit un signe de dénégation.

— Ah, voyez… C'est fini. Il a l'air de se calmer.

Comme l'enfant s'apaisait enfin, Amanda procéda à toute une série de tests, y compris un examen des yeux.

— Il n'avait encore jamais eu de crise de ce genre ? demanda-t-elle à la mère.

— Non. Parfois, il a pu montrer une certaine raideur et il lui est arrivé de tousser un peu, mais j'ai pensé que ce n'était pas très grave, juste une question de croissance.

— Je vois.

Mais il y avait un problème. Rien qu'en observant la constitution de cet enfant, Amanda savait que quelque chose… *n'allait pas.*

Elle frappa dans ses mains, sans être vue de Robbie qui était maintenant tourné vers sa mère. Pas de réponse. Elle leva la main, juste à la limite de la vision périphérique du bébé. Là encore, aucune réponse.

Robbie ne répondait pas normalement aux stimulations sonores ou visuelles. Il y avait plus inquiétant encore. Lorsqu'elle le mit sur le dos et utilisa sa lampe stylo pour lui examiner les yeux, elle vit des petites taches rouges. Des taches d'un rouge cerise, juste au centre de la rétine.

Amanda se sentit glacée jusqu'au sang car elle avait déjà rencontré des cas de ce genre. La maladie de Tay-Sachs. Une maladie génétique rare incroyablement cruelle qui condamnait les enfants qui en étaient atteints à mourir avant l'âge de cinq ans.

Mais, avant de se prononcer, elle devait faire d'autres tests et prendre l'avis d'un confrère.

Elle entendit la voix de Matthew, de l'autre côté du rideau. Il en terminait avec un patient, d'après ce qu'elle pouvait comprendre.

La maladie de Tay-Sachs n'entrait pas dans son domaine de compétences, mais...

Ne pas demander de l'aide juste par fierté serait de la folie.

Il ne s'agissait pas d'elle, mais de son petit patient, et elle avait prêté serment.

Après avoir respiré un grand coup et enjoint à la mère de Robbie de l'attendre quelques minutes, le temps d'aller parler à un collègue, elle sortit du box.

— Docteur Chase, puis-je vous déranger quelques instants ?

Matthew se tourna vers elle, visiblement surpris, car depuis leur « explication » ils avaient essayé tous deux de s'éviter au maximum. Cela semblait rendre les choses plus faciles.

Elle lui fit un bref compte rendu de la situation.

— Vous êtes absolument sûre de ce que vous avez vu ? s'enquit-il. Il ne faudrait pas inquiéter inutilement la mère.

Amanda hocha la tête.

— Voulez-vous que nous regardions ça tous les deux ? ajouta-t-il. Je me charge de faire une prise de sang et les tests ADN. Si vous vous êtes trompée, vous pourrez toujours m'accuser d'en avoir trop fait en procédant à ces tests.

Elle lui adressa un sourire reconnaissant.

— C'est gentil, mais je n'ai pas besoin que vous vous sacrifiiez pour moi.

— Je sais, mais...

Il marqua une hésitation.

Le ferait-il ? se demanda-t-elle.

Elle se figea sur place. Matthew serait-il prêt à renoncer à son style de vie pour se comporter en père avec leur enfant ?

N'ayant pas trouvé une réponse dans son regard, elle relança la conversation.

— Continuez. Qu'alliez-vous dire ?

Il cligna des paupières et sourit.

— Mieux vaut prouver que nous pouvons travailler en équipe, non ?

Elle acquiesça d'un hochement de tête. Ce n'était pas ce qu'il avait été sur le point de dire, mais elle s'abstint de le lui faire remarquer. Il valait mieux que leur relation ait pris un tour amical lorsqu'il découvrirait qu'il existait entre eux un lien beaucoup plus fort que...

Elle s'arrêta avant d'aller jusqu'au bout de sa pensée car ce n'était ni le lieu ni le moment de révéler à Matthew qu'ils pourraient être beaucoup plus qu'une équipe. Qu'ils pouvaient former une famille.

Sans même lui laisser le temps de répondre, Matthew entra dans le box puis, ayant refermé le rideau derrière eux, il se présenta à la mère de Robbie.

— Vous êtes madame O'Shea ? demanda-t-il.

— Mademoiselle. Son père et moi ne nous sommes jamais mariés.

Matthew hocha la tête et commença à expliquer les tests qu'il allait refaire. Les mêmes que ceux déjà effectués par Amanda.

— Vote nom est irlandais, n'est-ce pas ? dit-il en souriant. J'ai remarqué que vous aviez un petit accent.

— Oui. Nous sommes arrivés ici il y a quelques mois et... Heu... Le père de Robbie ne s'est pas plu à Londres.

— Vraiment ? Alors que c'est le plus bel endroit du monde ?

Matthew feignait l'étonnement pour cacher ce qui apparaissait comme une évidence. Ce qui n'avait pas plu au compagnon de cette femme, c'était de *devenir père*. Pour le comprendre, il suffisait d'écouter le ton défensif qu'elle avait pris pour évoquer le sujet.

Il acheva d'examiner les yeux du bébé puis se tourna vers la mère.

— Eh bien, je vais arrêter d'ennuyer le pauvre petit Robbie avec ma lampe stylo.

Au son de sa voix, Amanda comprit qu'il avait vu exactement la même chose qu'elle. Les petites taches rouges.

— Docteur Wakehurst, je voudrais prélever un peu du sang de cet enfant, si vous êtes d'accord, ajouta-t-il. Et procéder à un test ADN. Si tout cela vous convient, mademoiselle O'Shea ?

— Je vous en prie, appelez-moi Jenny. Mais...

Elle prit un air peiné et s'accrocha au bras d'Amanda.

— Je ne comprends pas pourquoi vous avez besoin d'un test ADN. Le papa de Robbie sait que c'est lui le père, seulement, il n'a pas envie de s'occuper de son fils. Nous sommes très bien, juste nous deux, Robbie et moi. Je veux simplement savoir ce qui s'est passé aujourd'hui.

— Ces tests n'ont rien à voir avec un problème de paternité, expliqua Matthew, très calme, en préparant le matériel dont il avait besoin. Ils nous aident juste à établir nos diagnostics.

— Il ne va pas souffrir quand vous lui prendrez du sang ? Le pauvre petit a déjà subi tant de choses aujourd'hui. Est-ce vraiment nécessaire ?

Amanda lui sourit.

— Nous voulons savoir pourquoi Robbie a eu ces convulsions. Peut-être pourriez-vous le tenir dans vos bras et lui faire un gros câlin ? Les bébés se rendent compte si leur maman est stressée.

— C'est dur de ne pas l'être quand il s'agit de votre petit garçon. Je n'ai plus mes parents. Il est tout ce qu'il me reste.

Des larmes brillèrent dans ses yeux, et Amanda dut faire un effort pour ne pas se laisser emporter par l'émotion. La situation de cette jeune femme devait être terrifiante pour elle. Se retrouver seule à Londres, sans le père de son bébé… Non ! Le pire, c'était de savoir que ce père ne voulait pas de l'enfant.

Elle comprit que, si elle regardait Matthew maintenant, elle ne pourrait pas cacher ce qu'elle redoutait le plus. Le rejet.

Il ne s'agit pas de toi.

Elle se força à reprendre son calme. Si ce pauvre bébé était atteint de la maladie de Tay-Sachs, Jenny allait devoir faire face à un sombre avenir. Dès qu'ils auraient les résultats des tests, elle saurait si son petit garçon risquait ou non de mourir dans les années à venir. Et là, elle serait complètement seule.

Dans les minutes qui suivirent, Amanda et Matthew ne cessèrent de parler à Jenny, lui expliquant ce qu'ils étaient en train de faire et cherchant à la distraire en lui posant des questions sur Noël pendant que Matthew effectuait la prise de sang sur Robbie. Après lui avoir passé un bâtonnet à l'intérieur de la joue pour effectuer le test ADN, ils étiquetèrent tous leurs échantillons avant de les envoyer au laboratoire d'analyse.

Amanda était impressionnée par la douceur et la délicatesse dont Matthew faisait preuve avec l'enfant. Ayant conscience qu'il la regardait d'un air étrange, elle se dit qu'il devait être surpris qu'elle l'ait laissé prendre les choses en mains se contentant de jouer les infirmières à son côté.

Il a le droit de savoir. De savoir qu'il a un enfant.

— Voilà, c'est fini, Jenny. Je crois que nous avons tout ce dont nous avons besoin. Docteur Wakehurst, vous voulez bien la conduire dans l'un de nos salons privés pour qu'elle y attende tranquillement le résultat des tests ?

Amanda hocha la tête. Elle avait compris. Si les nouvelles étaient mauvaises, Jenny aurait besoin d'être seule. Pour pouvoir pleurer. Peut-être même pour pousser des cris de désespoir. Exprimer son chagrin.

— C'est une bonne idée.

Elle regarda Matthew droit dans les yeux et articula un « merci » muet, puis elle quitta le box avec Jenny et Robbie.

Tandis qu'il étudiait les résultats des tests, Matthew sentit son estomac se nouer. L'enfant était atteint de la maladie de Tay-Sachs. Il n'y avait aucun doute possible.

Après avoir remercié le laborantin d'avoir effectué en priorité ces analyses, il sortit dans le couloir et prit l'ascenseur pour se rendre au rez-de-chaussée. Il allait devoir annoncer d'affreuses nouvelles à Mlle O'Shea qui, à coup sûr, haïrait désormais la période de Noël. Tout comme lui après la mort de son frère.

Il songea à Amanda et à la façon dont elle réagirait en apprenant les résultats des tests du petit Robbie. Elle-même avait un enfant. Un petit garçon, s'il avait bonne mémoire.

Mais oui, c'était bien un garçon. Il se souvenait parfaitement de tout ce qui concernait Amanda Wakehurst. Il se demanda si le père s'impliquait dans la vie d'Amanda et de leur enfant, puis il arrêta de se poser des questions. Elle lui avait dit clairement que sa vie privée ne le regardait pas. Cependant, plus il travaillait avec elle, plus il avait envie de mieux la connaître.

Quand les portes de l'ascenseur s'ouvrirent, il vit Amanda qui semblait l'attendre. Lorsque leurs regards se croisèrent, elle comprit de toute évidence ce qu'il allait falloir annoncer à la mère de Robbie, et la vulnérabilité qu'il avait cru deviner chez elle apparut alors de façon manifeste.

Les mains tremblantes, elle s'approcha de lui, essayant vainement de cacher sa fragilité sous ce faux air de dureté qui lui servait d'armure. Une sorte de gilet pare-balles qu'elle devait probablement garder même en dormant.

Il fut soudain saisi d'une envie folle de la protéger contre tout ce qui pourrait venir assombrir l'éclat de ces beaux yeux couleur noisette.

Sans dire un mot, il lui tendit les résultats des tests. Pendant qu'elle en prenait connaissance, il déchiffra une foule d'émotions sur son visage. Le chagrin. La peur. La douleur. Et, lorsqu'elle leva les yeux vers lui, il comprit ce qui dominait chez elle. L'empathie.

— Elle est dans l'une des salles réservées aux familles. Je vais aller lui parler.

Matthew la prit par le coude.

— Je viens avec vous, si vous voulez, dit-il comme s'il voulait alléger le poids de la terrible tâche qui l'attendait.

Amanda parut réfléchir quelques secondes, puis elle s'écarta et secoua la tête.

— Non. Si le père de Robbie est sorti de leur vie, je pense qu'elle préférera avoir affaire à une femme. À une mère.

Un bref instant, il crut voir des larmes dans les yeux d'Amanda, mais elle était une vraie professionnelle. Elle saurait comment annoncer l'affreuse nouvelle à la mère de Robbie avec toute la compassion possible.

Il la regarda s'en aller et ouvrir la porte du salon privé où elle allait expliquer la maladie génétique qui changerait à jamais la vie des O'Shea.

Il fut pris d'un accès de rage intérieure en songeant combien la vie était cruelle. Et si… *injuste*. Comme elle l'avait été pour son frère, frappé de dépression. Un soldat remarquable qui avait risqué sa vie pour en sauver beaucoup d'autres.

Le travail. C'était pour Matthew la seule façon de chasser ses démons.

Lorsqu'il passa devant la pièce où Amanda était entrée, il

entendit un cri horrifié. Cela lui rappela de façon cruelle que certains démons étaient pires que les autres.

— Je crois que quelqu'un a besoin de boire un verre.

Tandis qu'elle achevait de boutonner son manteau, Amanda se força à sourire à Matthew qui la regardait avec attention.

— Est-ce donc si évident que ça ? dit-elle.

Il hocha la tête, l'air soucieux.

— Si je disais que ça se voit comme le nez au milieu du visage, seriez-vous choquée ?

— Pas vraiment, répondit-elle en poussant un long soupir. Mais je ne crois pas que ma journée ait été plus difficile que celles que vous avez vécues en Afghanistan.

— Je dirais que ça se vaut, dit-il en lui offrant son bras. Les mauvais moments vous tombent dessus n'importe où, quel que soit l'endroit où l'on se trouve. On va prendre un verre ?

Elle se mit à rire.

— J'imagine que vous n'allez pas m'emmener au Club des Optimistes ?

— Cela existe ? Allez, venez, sortons d'ici et allons boire un verre de...

Il hésitait à dire « champagne », une boisson qui ne cadrait pas avec un jour pareil.

— Un verre de vin chaud ? suggéra Amanda. J'avoue que j'ai un petit faible pour cette boisson au moment de Noël.

— Si vous insistez.

Il avait décidé de la distraire. Ce n'était pas sa faute à *elle* s'il détestait Noël. Et il n'avait pas l'intention de la rendre encore plus triste.

Amanda lui lâcha le bras pour enfouir ses mains dans les poches de son manteau.

— Je ferais mieux de rentrer chez moi. Pour faire un câlin à mon petit bonhomme.

Elle jeta un coup d'œil à la pendule, et Matthew vit son incertitude, ce qui l'encouragea à se lancer dans une nouvelle tentative.

— Un verre de vin chaud nous fera du bien à tous les deux.

Il vous aidera à oublier cette journée avant de retrouver votre enfant. Où *my lady* souhaite-t-elle aller ? demanda-t-il avec un petit sourire plein d'espoir.

Rentrer à la maison avec autant d'idées sombres en tête ne serait bon pour personne. Certes, il n'imaginait pas être responsable du bonheur d'Amanda, mais il pouvait bien lui offrir un verre. En tant que collègue. Ce n'était pas se mettre en frais pour elle. Ni lui passer la bague au doigt.

D'où lui venait une telle idée ?

— Très bien, va pour un verre, dit soudain Amanda.

— Comme vous voudrez, *my lady*.

— Arrêtez avec ce *my lady*. Vous êtes aussi titré que moi, et vous, vous avez mérité votre titre de noblesse. Pas moi.

— Je ne sais pas. Vous méritez sûrement le vôtre, en étant ici, au service des urgences. Ne vous ai-je pas vue aujourd'hui vous précipiter devant une infirmière pour que le patient dont elle s'occupait ne lui vomisse pas dessus ?

Amanda haussa les épaules.

— Pfft ! Je portais une blouse jetable, pas elle.

— *Et* vous prolongez vos gardes bien au-delà des horaires établis par le Dr Menzies.

— Si tout cela suffisait à justifier l'octroi par la reine d'un titre de noblesse, tous ceux qui travaillent dans cet hôpital mériteraient d'en obtenir un.

Matt hocha la tête. Amanda disait vrai.

Il allait avoir du mal à la faire sourire, ce soir. Et sûrement pas en poursuivant cette conversation oiseuse sur qui méritait ou pas d'être *sir* ou *lady*.

Ils sortirent de l'hôpital et marchèrent un moment en silence au milieu d'une foule de piétons qui semblaient tous pressés de rentrer chez eux, ou de se rendre à une réception, ou encore d'achever leurs courses de Noël sur Oxford Street.

— C'est si *injuste*, vous ne trouvez pas ? dit soudain Amanda.

Des larmes roulaient sur ses joues. Sans hésiter un seul instant, il la prit dans ses bras et la serra contre lui. Il ne trouvait pas de mots pour la réconforter. Il n'y en avait pas dans ce genre de situation.

Il l'emmena dans une rue plus calme, la tenant toujours contre lui. Il voulait qu'elle sache qu'elle était en sécurité dans ses bras. Libre de pleurer, de crier, de gémir — de lui marteler le torse à coups de poing si cela pouvait la soulager.

Voyant ses sanglots se calmer, il lui caressa doucement la joue, puis il passa les doigts dans ses cheveux blonds. Il fut frappé de constater combien il lui semblait naturel de tenir Amanda dans ses bras.

— Non, ce n'est pas juste…

Il était d'accord. Ce n'*était* pas juste. Mais si vous avez près de vous quelqu'un qui vous aide à porter ce fardeau…

Tu n'es pas l'homme qui peut tenir ce rôle.

Il plongea la main dans sa poche et en sortit un mouchoir qu'il tendit à Amanda en lui disant qu'elle pouvait le garder.

Lorsqu'elle s'écarta enfin de lui, elle prit un air presque timide. Il devina que, pour elle, fondre ainsi en larmes devant lui avait quelque chose de beaucoup plus intime que la nuit qu'ils avaient passée ensemble des années auparavant.

De nouveau, il lui caressa la joue. En un instant, l'atmosphère passa de la tendresse à la sensualité.

Comment pouvait-elle être aussi belle après cette violente crise de larmes ? Peut-être la sincérité de son émotion révélait-elle sa beauté bien mieux que n'importe quel maquillage.

Soudain, un petit rire lui échappa et elle s'écarta.

— Eh bien, c'est assez gênant. Et tellement ironique. Me mettre à pleurer, et devant *vous*, surtout.

— Que voulez-vous dire ?

Elle changea d'expression. La Reine des Glaces refaisait surface.

— Rien. Excusez-moi. Tout cela est ridicule, n'est-ce pas ? Mais la journée a été dure. Et, étant donné que nous convoitons tous deux le même job, c'est… assez drôle.

Le job ? Il n'en était pas question, pour l'instant.

— Mais en rien comique, bien sûr…

Matthew sentait qu'elle n'était pas prête à se confier à lui. Quel secret cachait-elle ?

— Vous êtes toujours d'accord pour aller boire ce vin chaud ?

Elle le regarda d'un air bizarre comme si elle se demandait qui il était *vraiment*. C'était déconcertant. Et plus encore de constater qu'il était sur le point de tout lui dire. De lui révéler ce qui l'avait amené à devenir l'homme qu'il était aujourd'hui. Un homme qui essayait de faire de son mieux tout en se protégeant.

— Peut-être une autre fois, d'accord ? ajouta-t-il sans lui laisser le temps de répondre.

C'était évident. Elle voulait rentrer chez elle. Seule.

— Je vous raccompagne jusque chez vous.

— Vraiment ? Le preux chevalier veut s'assurer que la pauvre damoiselle ne s'effondrera pas dès qu'il aura tourné les talons ?

Il savait qu'elle plaisantait, mais elle n'était pas loin de la vérité. Il n'avait pas été capable de la consoler. Le moins qu'il pouvait faire, c'était de veiller à ce qu'elle rentre chez elle en toute sécurité.

— C'est à peu près ça, dit-il en adoptant le même ton léger. Par ailleurs… Avec qui pourrais-je m'amuser au travail si vous êtes obligée de garder le lit ?

L'atmosphère s'alourdit aussitôt.

On eût dit qu'Amanda et lui se testaient mutuellement sur tout l'éventail des émotions. Passant des larmes à une conversation polie, puis à l'expression soudaine d'un désir partagé.

Le regard rieur, Amanda passa le bout de sa langue sur sa lèvre inférieure.

— Dites-moi, docteur Chase, qu'est-ce qui vous prend de m'imaginer dans mon lit ?

Il sentit une vague de chaleur l'envahir. Il recula d'un pas ou deux tandis qu'Amanda poussait la grille du square qui se trouvait en face de chez elle.

Il lui suffisait de la regarder pour comprendre pourquoi son corps venait de s'embraser. Il la désirait. Tout comme le soir où il l'avait vue pour la première fois. Une envie folle le saisit de la plaquer contre l'un des énormes chênes qui se dressaient dans le jardin…

Elle se tourna vers lui, et il crut lire dans son regard un message disant qu'elle ressentait la même chose que lui.

Je te désire.

Incapable de résister davantage à la tentation, il l'attira à lui et l'embrassa fiévreusement.

Ses lèvres avaient le goût de son gloss, mêlé à celui des larmes qu'elle avait versées. Sa bouche avait aussi cette douceur naturelle qui n'appartenait qu'à elle. Il se mit à pousser des petits gémissements lorsqu'il vit qu'elle répondait avec ardeur à son baiser.

Soudain, elle s'écarta, secoua la tête et se passa les doigts sur les lèvres. Voulait-elle prolonger ainsi la sensation que lui avait procurée leur étreinte, ou bien l'effacer ? Impossible de le dire. Son souffle était syncopé, et ses joues toutes roses.

Elle secoua de nouveau la tête.

— Non. Non, je ne peux pas. Pas maintenant, pas avec...

Elle se mordit la lèvre inférieure et fit la grimace.

— Avec quoi ? dit-il. Ce job ? Je vous le laisse, si c'est ce que vous voulez. Je peux trouver autre chose.

— Vous ne parlez pas sérieusement ! s'écria-t-elle, l'air incrédule.

Il l'observa attentivement et s'aperçut qu'elle fixait maintenant son attention sur la maison qui faisait face à la grille du jardin. On voyait derrière une fenêtre la silhouette d'une femme portant un enfant dans les bras. Tous les deux semblaient regarder du côté du square. Sans doute pour guetter le retour de maman.

Cela lui fit l'effet d'une douche froide. La famille. La responsabilité. Deux choses pour lesquelles il n'était pas fait.

— Vous avez raison, dit-il d'un ton léger. Je ne parlais pas sérieusement. Vous feriez mieux de rentrer chez vous, à présent. On se voit demain.

Amanda lui jeta un regard distrait, tout occupée à adresser un signe de la main vers la fenêtre.

Il tourna les talons. Mieux valait ne plus penser aux moments de pure sensualité qu'il avait connus avec Amanda, car jamais il ne les revivrait.

— Matthew, je...

Il se retourna, surpris et soudain plein d'espoir.

— Merci, dit-elle en montrant le mouchoir qu'il lui avait prêté.

Il hocha la tête, en proie à une profonde déception.

— Bonsoir, Amanda.

Il partit, marchant à longues enjambées, et finit par se mettre à courir pour essayer de chasser les émotions qui le submergeaient.

Malgré le froid mordant qui lui fouettait le visage, il ne put retrouver son calme. Il était amoureux, alors qu'il s'était promis de ne jamais laisser une chose pareille lui arriver.

Amanda referma la porte derrière elle et s'y adossa, le cœur battant.

— Mon Dieu, ma chérie, tu as l'air à bout de souffle !

Tante Florence sortait du salon, tenant dans ses bras un petit Tristan à demi endormi.

— As-tu couru en revenant ici ?

Amanda se força à sourire.

— Bien sûr, voyons ! Je voulais retrouver mon petit garçon avant qu'il ne parte pour le Pays des Rêves !

Elle tendit les bras vers lui.

— Viens me voir, mon amour. Il ne faut pas se servir de tante Flo comme d'une rampe de lancement, n'est-ce pas ?

Tristan riait, promenant ses doigts sur le visage de sa mère. Amanda fut frappée de constater combien son fils ressemblait de plus en plus à Matthew.

Elle sentit soudain son cœur se serrer. Elle aurait tant voulu que Matthew connaisse leur enfant, qu'il entende son rire, profite de son sourire, mais c'était impossible, car elle ne savait pas comment il réagirait en découvrant qu'il était père. Il était essentiel pour elle de protéger Tristan. Elle s'était promis de toujours veiller sur lui. Il était sa grande priorité en ce monde.

— Regarde, ma chérie ! s'écria Florence qui s'était approchée d'une des grandes fenêtres du hall d'entrée. Il neige !

Amanda ouvrit la porte, enveloppant Tristan dans son manteau pour l'abriter du froid tandis qu'il découvrait la première neige de l'hiver. Elle savait qu'au même moment la plupart des Londoniens partageaient la même excitation et retenaient leur souffle, comme si la neige était pleine de promesses et que tous attendaient un miracle de Noël.

Elle regarda du côté du square. Peu de gens s'y trouvaient, à présent, et la plupart rentraient la tête dans les épaules, se protégeant de l'air glacé. Il n'y avait pas parmi eux l'homme d'un mètre quatre-vingts, aux yeux bleus et aux cheveux noirs, qui l'avait embrassée comme si elle était son oxygène.

Déçue de ne pas le voir, elle prit soudain conscience quel était le miracle de Noël dont elle rêvait. Aussitôt, elle eut mal car elle savait que ce rêve ne se réaliserait jamais.

5

Si, une semaine plus tôt, Amanda s'était dit que travailler avec Matthew serait électrisant, elle constata bientôt qu'ils étaient passés tous les deux à un stade supérieur dans la compétition car c'était à qui se montrerait le meilleur au travail. Mais peut-être était-ce à mettre en relation avec le baiser qu'ils avaient échangé dans le square et la façon dont elle avait couru ensuite se cacher dans sa maison.

À coup sûr, il se passait quelque chose entre eux. Une alchimie qui se manifestait tout au long de leurs gardes épuisantes et qui semblait les doper.

Lorsqu'elle s'occupait d'une entorse, il traitait une fracture ouverte. Si elle avait affaire à un arrêt cardiaque, il se trouvait face à une grave pneumonie. On aurait dit qu'ils se disputaient les cas les plus sévères et les plus compliqués.

Ils prenaient par ailleurs autant de plaisir à s'entraider. Il semblait que, dès qu'ils endossaient leur blouse d'uniforme, ils étaient prédestinés à travailler ensemble. Et une fois qu'ils l'avaient enlevée…

La plupart du temps, elle se hâtait de chasser ces images de son esprit. Elle ne voulait plus se rappeler les moments torrides qu'ils avaient partagés, quelques années auparavant. Mais elle ne pouvait rien contre les montées d'adrénaline qui l'envahissaient chaque fois que leurs doigts se frôlaient lorsqu'ils se donnaient des instruments, ou bien quand il lui posait une main sur les hanches alors qu'il passait près d'elle avec un patient. D'autant plus qu'il lui adressait alors un petit clin d'œil.

Allons ! De qui se moquait-elle ? Cette production incessante d'endorphine était sans aucun doute due aussi à une autre question épineuse.

J'ai mis au monde ton enfant, et il vit tout près d'ici.

Si elle parvenait juste à taire son secret encore quelques semaines, son angoisse finirait par disparaître. Matthew ou elle obtiendrait le poste, et l'autre s'en irait. Chacun suivrait sa route, et ils ne se reverraient probablement jamais.

Ses pensées allèrent à Jenny O'Shea et à son fils atteint d'une maladie incurable. Jenny avait-elle mis au courant le père de l'enfant ? Qu'avait-elle pu lui dire ? Partager un fardeau le rendait-il moins lourd à porter ?

Parlerait-elle à Matthew de son fils ? Quand ? Comment ? D'un ton léger ou avec sérieux ? Un mélange des deux ? Serait-il en colère ? Excité ? Voudrait-il l'épouser ? Le désirait-elle ?

La question était stupide. Elle aurait adoré se marier avec lui, bien sûr. Mais il y avait plutôt de grandes chances qu'il prenne la fuite et lui prouve ainsi ce qu'elle avait toujours craint : elle ne méritait pas d'avoir une belle vie. Pas après tout ce qu'elle avait fait.

Elle appuya sa tête contre le mur, tout près du tableau d'affectation, essayant de se souvenir du petit discours qu'elle avait imaginé et répété à voix haute dans les toilettes des dames, le matin même. Mieux valait préparer la façon dont elle révélerait à Matthew qu'il était père.

— Vous rappelez-vous quand, l'autre jour, j'ai pleuré dans vos bras et que je vous ai regardé ? On s'est embrassés, et il semblait que plus rien d'autre n'avait d'importance. Eh bien, il se trouve que j'ai mis au monde votre enfant ! Il y a deux ans… C'est drôle, non ?

Mais non. Elle ne pouvait pas lui annoncer la nouvelle de cette manière.

Elle s'écarta du mur et se força à consulter le tableau en essayant de ne pas prêter attention à Matthew qu'elle entendait plaisanter avec une patiente.

Elle n'était pas aveugle. Elle n'était pas la seule à qui il faisait du charme, et c'était l'une des raisons qui la poussaient à ne pas lui parler de Tristan. Elle avait sa fierté. Il lui suffisait d'observer au quotidien le comportement de Matthew Chase pour comprendre qu'il était l'exact opposé d'un père de famille classique.

Mais elle perdait la tête et réagissait comme une gamine sans cervelle. Il... Il faisait juste son travail dans une ambiance agréable.

— Docteur Wakehurst ?

Elle se retourna et adressa un sourire au Dr McBride. Il avait, comme d'habitude, l'air soucieux. Un jour, alors qu'il prenait avec elle une tasse de thé et une tranche de pain d'épices à l'occasion de la Saint-Nicolas, il lui avait confié qu'il avait à la maison des jumeaux en bas âge. Se retrouver ici, dans le chaos du service des urgences, était pour lui un « moment d'accalmie ».

Elle avait compati. Durant les premiers mois qui avaient suivi la naissance de Tristan, elle avait eu l'impression que les biberons, les couches, les lessives et les soins apportés au bébé lui dévoraient toutes ses journées, et même ses nuits.

Son regard se tourna vers Matthew qui était en train d'emmener un enfant vers les portes qui donnaient sur le poste de triage. Un petit garçon avec des boucles blondes. Apparemment, ses parents n'étaient pas avec lui. Pauvre petit ! Peut-être venait-il de la crèche voisine. Elle leur avait déjà envoyé aujourd'hui deux enfants, l'un pour une entorse et l'autre pour une dent ébréchée.

Derrière elle, elle entendait le bruit d'une conversation qui se tenait près du comptoir principal. Une voix attira particulièrement son attention.

— Peu importe ! J'insiste pour que vous fassiez venir immédiatement le Dr Wakehurst.

Tante Florence ?

Se retournant brusquement, elle vit devant elle le visage anxieux de sa tante qui avait le regard sombre et du sang sur sa veste.

Mais alors... Elle se rua vers les box, tirant les rideaux les uns après les autres jusqu'à ce qu'elle ait retrouvé Matthew et son petit garçon.

— Je suis désolé, dit Matthew sans quitter l'enfant des yeux. Vous ne pouvez pas rester ici.

Tristan avait une blessure à la tête. Il saignait beaucoup et geignait doucement en réclamant sa mère.

Ignorant l'avertissement, Amanda se précipita vers l'enfant.

— Tout va bien, mon chéri, maman est là, murmura-t-elle en lui caressant la joue.

— C'est votre fils ? demanda Matthew.

Elle hocha la tête, trop émue et trop effrayée pour pouvoir parler.

Non, non, ce n'était pas possible ! Pas cela.

Son fils couvert de sang. Matthew en train de le soigner, ignorant qu'il s'agissait de son fils. La chair de sa chair.

Une longue coupure zébrait le front de Tristan, depuis le sourcil jusqu'à la racine des cheveux. Il était difficile de savoir si elle était profonde à cause de tout ce sang. Les plaies à la tête saignaient toujours abondamment, mais quand il s'agissait de votre enfant...

Elle fut prise de nausée.

— Avez-vous appelé le radiologue ?

Elle était incapable de regarder Matthew dans les yeux. Elle n'avait pas prévu de lui annoncer dans de telles circonstances qu'il avait un fils. En réalité, elle ne savait toujours pas si elle allait ou non le mettre au courant. Prendre une telle décision alors que son petit garçon gisait devant elle, perdant son sang, lui parut au-dessus de ses forces. Pour l'instant, elle était avant tout une mère, et cela restait sa priorité.

Matthew tamponnait la blessure avec une compresse tout en demandant à une infirmière de lui donner le matériel dont il avait besoin pour suturer la plaie.

— Oui, j'ai alerté le radiologue, dit-il. Nous devons parler à la personne qui accompagnait ce petit bonhomme...

— C'est ma tante, tante Florence. Et lui s'appelle Tristan.

Matthew leva les yeux vers elle, l'air perplexe. Puis il reprit une expression professionnelle, celle qu'il devait réserver à ses proches lorsqu'ils se mettaient dans tous leurs états.

— Êtes-vous sûre que votre place est ici, Amanda ? Je peux demander à l'une des infirmières de s'occuper de vous parce que votre enfant est en de bonnes mains.

La bouche sèche, Amanda était incapable d'articuler un mot. Matthew n'avait pas plus qu'elle le droit de soigner Tristan.

— Il est...

— Allez, il est temps de vous montrer raisonnable, reprit Matthew d'un ton impatient. Voulez-vous faire preuve de courage et aider votre fils en lui tenant la main, ou bien devons-nous demander à la charmante infirmière ici présente de vous emmener boire une tasse de thé pendant que le médecin s'occupe de tout ?

— Je ne bougerai pas d'ici.

Elle vit que Matthew avait compris sa détermination.

Si elle s'était battue de façon féroce pour obtenir le poste qu'elle convoitait aux urgences, dès lors qu'il s'agissait de son fils elle pouvait se muer en maman Ourse.

— Oh ! Dieu soit loué, je t'ai trouvée, Amanda chérie. Je suis tellement désolée ! Il était dans la baignoire, en train de jouer, et j'avais un peu mal à la tête, alors j'ai juste traversé le couloir pour aller prendre du paracétamol dans ma chambre et…

Tante Florence porta la main à sa bouche pour réprimer un sanglot.

— Ma chérie, je ne l'ai quitté des yeux qu'une minute seulement et, ensuite, tout ce que je sais…

— Est-il tombé sur le carrelage ? s'enquit Amanda en posant une main sur le bras de sa tante.

Elle n'était pas en colère, bien sûr. Mais le moindre détail avait son importance. Les blessures à la tête pouvaient avoir des conséquences imprévisibles. De nouveau, elle se sentit prise de nausée.

— Il essayait d'attraper quelque chose sur le porte-serviettes. Ses bateaux, je pense. Ceux que tu lui as donnés pour son anniversaire. Je ne sais pas comment il s'est fait cette coupure au front. Peut-être avec ce vieux porte-savon en métal…

— Est-il vacciné contre le tétanos ? intervint Matthew en remplaçant la compresse imbibée de sang.

Amanda se leva, regardant fixement les longs doigts de Matthew tamponner doucement le front de l'enfant. Tristan semblait fasciné par le regard de l'homme qui s'occupait de lui. Il tendait les mains vers lui… mais peut-être était-il simplement attiré par le balancement du stéthoscope que Matthew avait autour du cou.

— Amanda ? insista celui-ci. Le tétanos ?

— Il a reçu les trois premières doses. Il est trop jeune pour avoir eu la piqûre de rappel.

— Quel âge a-t-il ?

Le sang d'Amanda se figea dans ses veines.

Concentre-toi seulement sur les faits.

Matthew lui posait la question en tant que médecin, et non comme un homme qui essayait de savoir si cet enfant était ou non son fils. Elle se força à lui répondre.

— Il vient d'avoir deux ans.

Le petit garçon gémit et laissa échapper un cri lorsque Matthew remplaça la compresse par une autre.

Les yeux pleins de larmes, Florence regardait le visage blême de son petit-neveu allongé sur la table d'examen.

— Tristan, mon chéri, est-ce que ça va ?

Matthew prit le matériel de suture que lui tendait l'infirmière, puis il demanda à celle-ci d'appeler le service de neurologie pour savoir s'il était possible de procéder à une scintigraphie du cerveau de l'enfant.

— Pourquoi ? lança Amanda, affolée. Est-ce que ses pupilles...

Dès que Matthew regarderait de près les yeux de Tristan, il comprendrait qui était le père. Il ne pouvait en être autrement.

Sans doute habitué à affronter les inquiétudes maternelles, Matthew arbora une expression enjouée en sortant sa lampe stylo.

— Étant donné que nous avons ici l'un des chevaliers de la Table ronde, je suis sûr que Tristan va être très courageux. Il n'a pas perdu conscience et il ne présente aucun signe inquiétant relatif au liquide cérébro-spinal, ni aucun bleu derrière l'oreille. Tant qu'on n'aura pas fait le scanner, nous ne pourrons pas écarter complètement l'hypothèse d'un saignement subdural, mais il ne se plaint de rien d'autre que de cette blessure superficielle au front. Tout semble vouloir se terminer par une grosse bosse assez impressionnante.

Amanda hocha la tête, sachant tout cela, étant médecin elle-même. Mais il s'agissait de son fils et il était soigné — avec tendresse et compassion — par son père, alors qu'elle pensait qu'il ne le connaîtrait jamais.

— Comme vous le savez, docteur Wakehurst, tous ces scanners

et ces radios ne sont que de simples mesures de précaution, poursuivit Matthew. Une procédure que vous respecteriez vous-même, j'en suis convaincu, si vous étiez à ma place.

Il la regardait, attendant qu'elle l'approuve. Mais elle restait là, immobile, plongeant son regard dans les yeux bleu saphir, souhaitant qu'un autre médecin soigne Tristan...

— Très bien, reprit-il. Je vais mettre de la glace sur cette bosse et fermer la plaie avant de vous envoyer tous les deux en radiologie. Nous pouvons demander l'aide d'une infirmière si vous préférez ne pas être présente.

Il regarda tour à tour Amanda et sa tante.

— Si vous sortiez toutes les deux et que vous...

— C'est vous ! s'exclama Florence en reculant d'un pas.

Elle fixait Matthew comme si elle avait un fantôme devant elle.

— Je vous demande pardon ? dit-il. Est-ce que nous nous serions déjà rencontrés ?

— Vous êtes...

— Je suis quoi ? Mesdames, je dois vraiment m'occuper de notre petit bonhomme...

— Tu lui as déjà dit ? murmura Florence avec de grands yeux étonnés.

— Me dire quoi ? interrogea Matthew d'un ton pressant. Y a-t-il quelque chose que je devrais savoir avant de traiter le patient ?

Amanda ne put se taire plus longtemps.

— Il n'est pas « le patient ». Il est votre fils.

Son *fils* ?

Matthew sentit ses oreilles bourdonner. Bizarrement, il pouvait entendre les battements de son cœur.

Le regard braqué sur Amanda, il était frappé par son attitude. Celle d'une amazone, forte et fière. Elle était fière d'avoir mis au monde *leur* fils.

Mille questions lui venaient à l'esprit, mais il avait besoin qu'on lui répète cette incroyable nouvelle pour y croire vraiment.

— Qu'avez-vous dit ?

— C'est votre fils, déclara Amanda, les yeux humides. *Notre* fils.

Il ferma les yeux. Il avait un *fils*. Tristan.

— Matthew, je vous en prie… Pouvons-nous l'emmener à la radiologie ? S'il souffre d'une hémorragie interne…

Elle n'acheva pas sa phrase.

Il la voyait maintenant sous un tout autre jour. Comme la mère de son enfant.

Une femme superbe, d'une beauté éblouissante, et pleine d'ardeur. Intelligente. Un médecin talentueux. N'importe quel homme pourrait s'estimer chanceux de l'avoir à son côté. Et même béni des dieux.

Mais cela impliquerait de s'engager. Chose qu'il s'était juré de ne jamais faire.

Il se ressaisit aussitôt, comme chaque fois que ses émotions risquaient de le submerger ou que ses souvenirs devenaient trop lourds.

— Bien sûr, dit-il. Tout va bien se passer.

Mais il savait mieux que personne qu'on ne pouvait tout contrôler dans la vie. Il avait promis à ses parents de veiller sur son frère et…

Comment pourrait-il soigner son fils ?

— Je crois préférable de confier ce cas à un autre médecin, ajouta-t-il. Une infirmière va pouvoir refermer cette plaie maintenant qu'elle ne saigne plus.

Amanda lui jeta un regard incrédule.

— Vous n'allez pas le faire vous-même ?

— Non, je…

Il s'en sentait incapable. Incapable même de regarder son fils en face. C'était au-dessus de ses forces.

— Je vais aller chercher une infirmière et avertir le Dr McBride que vous ne pouvez plus continuer votre garde.

Conscient du regard stupéfait d'Amanda, il sortit du box, priant pour que le flot d'émotions qui menaçait de le submerger reste à distance.

C'était ridicule. Il était un adulte. Il ne pouvait pas, en apprenant qu'il était père, réagir par la peur, par la fuite. N'avait-il pas vécu dans des zones de guerre ?

Par choix, se rappela-t-il. Lorsque ses parents lui avaient fait clairement comprendre que la famille Chase n'était plus une famille, il était parti et avait tracé sa route, d'abord à la faculté de médecine, puis à l'armée. Mais en ayant toujours un bouclier pour protéger son cœur.

Il se surprit presque à sourire en se rappelant les propos du Dr Menzies.

« Prendre un job comme celui-ci implique de ne plus courir à l'autre bout du monde, mon garçon. Ici, il ne s'agira plus de fuir vos démons, mais de les vaincre. »

On aurait dit que la vie lui avait infligé toutes les peurs possibles. Peur de l'engagement. Peur des responsabilités. Peur de...

L'amour.

Après avoir perdu son frère — un grand frère qu'il adorait — et grandi avec des parents ravagés par le chagrin, il savait qu'il n'était pas capable de donner un amour profond, inconditionnel, désintéressé. Le type d'amour qu'un enfant méritait d'avoir de la part de son père.

Il se rendit au pôle d'affectation et insista pour qu'une infirmière aille voir Tristan et Amanda pour les conduire au service de radiologie. Puis il demanda au Dr McBride que ce cas soit confié à un autre médecin, lui-même ne voulant s'occuper que des patients souffrant de graves traumatismes.

Il savait qu'en agissant ainsi il abusait des privilèges liés à sa position : le pouvoir de dire oui ou non. De toute façon, il n'était pas question qu'il évoque la vraie raison de son refus de soigner Tristan avant d'avoir eu la preuve que cet enfant était bien le sien.

Il entendit l'appel radio d'une équipe d'ambulanciers qui venaient de récupérer un cycliste victime d'un accident de la route. Même s'il ne lui arrivait jamais de souhaiter du mal à autrui, il se sentit soulagé d'avoir un patient anonyme pour qui il pouvait mobiliser toute son énergie.

Quelqu'un qu'il pouvait vraiment aider.

Une heure plus tard, après avoir envoyé le cycliste au bloc opératoire, Matthew se consacra à tous les cas difficiles qui se présentaient dans le service. Mais il ne pouvait chasser de son esprit l'écrasante évidence que sa vie venait de changer à tout jamais.

Il était père.

Alors qu'il se trouvait à la maternité en tenant dans ses bras un bébé qui n'avait que quelques heures, il prit conscience qu'il avait manqué ces moments précieux où le lien se nouait entre un père et son enfant venant de naître. Il n'était pas là quand Tristan avait fait son entrée dans le monde et il se sentait frustré. Il aurait voulu être auprès d'Amanda pendant l'accouchement.

Mais peut-être ne l'aurait-elle pas voulu.

En y réfléchissant, elle n'avait pas paru ravie de le revoir. Elle n'avait pas vraiment déroulé le tapis rouge devant lui. Cela faisait presque trois semaines qu'ils travaillaient ensemble et elle ne lui avait soufflé mot de l'existence de Tristan, mais il ne pouvait le lui reprocher.

Il se devait de l'aider. Financièrement et affectivement.

Il secoua la tête.

Le soutien financier ne posait pas de problème. Mais le soutien affectif ? À défaut d'être l'homme susceptible de le lui apporter, il pouvait lui offrir son épaule pour pleurer... dans les rares occasions où elle se permettait de pleurer. Lui donner de son temps, également. Toutes les mères célibataires qu'il avait rencontrées auraient voulu avoir des journées de trente-six heures.

Après avoir reposé doucement le nouveau-né dans son berceau, il éprouva aussitôt après un étrange sentiment de perte. Le poids de l'enfant lui manquait, et aussi sa totale dépendance.

Et cela lui fit peur.

— Il a été très courageux, ce petit garçon. N'est-ce pas, Tristan ?

Le cardiologue caressa l'épaule de l'enfant qui se blottit contre sa mère.

Amanda sourit au radiologue.

— De toute évidence, il ne se montre pas particulièrement sociable aujourd'hui.

Il l'avait été avec Matthew.

Mais Matthew n'était pas là.

Tout se passait exactement comme elle l'avait imaginé. Il ne se sentait pas concerné.

— Ce n'est pas grave, répondit le médecin en souriant. On ne peut lui en vouloir, sa bosse est assez impressionnante !

Il reporta son attention sur Amanda.

— J'imagine que vous le savez déjà, puisque vous portez une blouse blanche, mais je ne ferais pas mon travail si je ne vous rappelais pas tous les signes à observer, une fois que vous aurez ramené cet enfant chez vous, dans l'hypothèse où il souffrirait d'une commotion cérébrale.

Demandant au médecin de patienter, Amanda passa la tête dans le couloir pour appeler sa tante qui, durant les trois dernières heures, avait passé en revue les œuvres d'art de l'hôpital.

— Tante Florence ? Tu veux bien venir écouter ce que nous devons observer de près chez Tristan, au cas où il présenterait d'autres symptômes ?

— Oh ! non, ma chérie. Je te fais confiance pour tout noter.

Puis elle se plongea de nouveau dans la contemplation de l'immense fresque qu'elle avait devant elle.

Bizarre. D'habitude, Florence faisait preuve d'un grand dévouement. Amanda se dit qu'elle lui en demandait peut-être trop en lui confiant si souvent Tristan. Il était temps qu'elle trouve une nounou, même si cela représentait pour elle un énorme effort financier.

Elle suggéra à sa tante de rentrer à la maison, ajoutant que Tristan et elle la rejoindraient dans quelques minutes.

En la regardant partir, les épaules rentrées, elle eut de la peine pour elle. Tante Florence devait s'en vouloir d'avoir quitté l'enfant des yeux, ne serait-ce qu'un bref instant. Il devenait urgent d'engager une nounou pour la soulager.

Elle retourna dans la salle où l'attendait le radiologue pour écouter attentivement ses recommandations.

— Comme vous le savez, dit-il, nous n'avons vu aucun signe alarmant, mais, parfois, ces blessures à la tête entraînent des complications qui apparaissaient plus tard.

Ensuite, il énuméra les symptômes qu'il fallait surveiller de près. Des vomissements, des saignements, une vision trouble, ou bien double, des difficultés à articuler correctement, des anomalies dans la taille des pupilles, des convulsions…

La liste semblait interminable, et Amanda connaissait tous ces symptômes. Elle espérait seulement n'en voir aucun apparaître chez son fils.

— Je crois en savoir assez, docteur, je vous remercie. Le mieux, maintenant, est de ramener ce bout de chou à la maison. Il est plus de 19 heures. Tu devrais déjà être au lit, mon chéri ! ajouta-t-elle en déposant un baiser sur la joue de Tristan.

Elle l'emmena dans le vestiaire où elle prit ses affaires. Au moment où elle sortait de la pièce en portant son fils dans ses bras, elle se trouva nez à nez avec Matthew. Il resta silencieux un moment, les regardant tous deux avec attention… Comme s'il voulait fixer leur souvenir dans sa mémoire.

— Nous rentrons à la maison, dit-elle en espérant que Matthew s'effacerait pour la laisser passer.

Il n'en fit rien.

— Donnez-le-moi, dit-il d'une voix enrouée par l'émotion. Il a l'air de peser lourd.

Elle le dévisagea, l'air incrédule. *Non, c'est mon enfant !* eut-elle envie de crier, mais elle se contenta de serrer le petit garçon plus étroitement contre elle.

— C'est très gentil à vous, docteur Chase, mais vous avez eu une dure journée et…

Matthew l'interrompit d'un geste de la main.

— Du calme, petite tigresse. Pour commencer, je m'appelle toujours Matthew. Je crois que nous avons dépassé le stade des relations formelles. Je vous propose simplement de porter votre fils jusque chez vous, rien d'autre.

Votre fils. Il n'avait pas dit *notre* fils.

Ce n'était pas ce qu'elle voulait. Voilà pourquoi elle avait espéré ne plus jamais revoir Matthew car le fait qu'il s'incruste dans leur vie ne ferait que compliquer les choses. Ce qui expliquait pourquoi, dès qu'elle avait su qu'elle était enceinte, elle avait décidé de ne rien lui dire.

Ses parents lui avaient fait clairement comprendre qu'elle n'était qu'un fardeau pour eux. Pour rien au monde elle ne voulait que son enfant connaisse la même douloureuse expérience de se sentir rejeté.

— Allez, passez-le-moi, dit Matthew avec un sourire. Faites-moi confiance... Je suis médecin.

Après tout, il avait le droit de tenir son fils dans ses bras. Le droit d'offrir son aide sans se voir rembarré. Elle lui devait des explications. Elle devait lui être reconnaissante de lui avoir donné un fils, même si cela avait été involontaire de sa part.

— Vous êtes sûr ?

Il continuait de tendre les mains, attendant qu'elle lui donne l'enfant qui dormait déjà à moitié.

Lorsqu'elle lui confia Tristan, leurs bras se frôlèrent et elle eut alors une impression de déjà-vu, comme si le temps s'était arrêté.

Elle avait cru qu'en se retrouvant les mains vides elle aurait une sensation de manque. Curieusement, lorsqu'elle vit Matthew blottir l'enfant contre lui, elle éprouva au contraire un sentiment de sécurité qu'elle n'avait pas connu depuis bien longtemps, et peut-être même jamais.

— Très bien, dit-il d'un ton purement professionnel. Ramenons ce petit garçon chez lui, et après je rentrerai chez moi !

6

Matthew croyait être passé par la gamme complète des émotions le jour où son frère était mort. L'excitation d'être en vacances. La joie d'avoir son frère à la maison après l'une de ses éprouvantes missions. Le chagrin qui l'avait écrasé lorsqu'il avait compris que « le petit tour rapide » que son frère avait voulu faire au grenier avait été le dernier.

À partir de ce jour-là, il n'avait plus jamais eu l'esprit léger, n'éprouvant désormais que les émotions les plus sombres.

Et voilà qu'il venait de découvrir qu'il était père.

Il avait un fils qu'il tenait maintenant dans ses bras.

Il s'était promis de ne jamais avoir d'enfant, de ne plus jamais avoir à se sentir responsable de la vie de quelqu'un d'autre. Pourtant, il ne pouvait se défendre d'éprouver aujourd'hui une exaltation dont il était le premier surpris. Comme si la paternité était inscrite en lui de la même façon que le besoin de boire et de manger était inscrit chez tous les êtres vivants.

Quand Tristan, blotti contre lui, s'accrocha à son cou avec confiance, il comprit combien le lien qui se nouait entre eux était précieux. Il sut alors qu'il prendrait soin de Tristan et d'Amanda jusqu'à son dernier jour et qu'il ferait tout pour les protéger.

Ils quittèrent l'hôpital, salués au passage par des membres du personnel qui souhaitèrent un bon rétablissement à Tristan, et du repos à Amanda. Il y eut beaucoup de regards curieux en direction de Matthew. Pour qui ne les connaissait pas, ils avaient l'air d'un couple inquiet pour leur fils, et pressé de le ramener à la maison.

— Il neige encore, dit Amanda qui marchait derrière Matthew, sans quitter son fils des yeux. Regarde les lumières, Tristan…

Elle désignait du doigt les guirlandes lumineuses aux contours troubles sous les flocons de neige. Pour n'importe qui, c'était là un spectacle magique. Pour Matthew, c'était comme remonter le temps jusqu'à ce jour lointain où il avait dit à ses parents qu'il surveillerait son frère pendant qu'ils iraient faire les courses de Noël.

Si seulement il ne s'était pas laissé distraire par ces stupides jeux vidéo que Charlie lui avait apportés. Depuis ce jour-là, il ne s'en était plus jamais servi. C'était pour la même raison qu'il avait donné à une œuvre caritative la majeure partie des bénéfices que lui rapportait l'entreprise familiale. À quoi bon vivre dans un manoir et dans le luxe quand on se savait incapable de veiller sur un être cher ?

— Nous pouvons tourner à gauche au coin de la rue, ou bien prendre un raccourci en passant par cette ruelle, dit Amanda.

— Mieux vaut prendre le chemin habituel. Laissons tomber la ruelle, d'accord ?

Il s'éclaircit la voix avant de poursuivre.

— Je pense que nous devrions avoir une conversation.

Amanda continuait de regarder droit devant elle.

— J'ai dit à ma tante que je préparerais des pâtes une fois que j'aurais couché Tristan. Peut-être voudriez-vous vous joindre à nous ?

Il avait espéré pouvoir lui parler en tête à tête, mais la présence d'un tiers serait probablement une bonne chose. Même si tante Florence prenait forcément le parti de sa nièce et de son petit-neveu. Rien de plus normal dans une famille.

Cela faisait bien longtemps qu'il n'avait plus rien qui ressemblât de près ou de loin à une famille. Il avait un oncle et des cousins quelque part. Mais, après la mort de Charlie, ses parents avaient noyé leur chagrin dans l'alcool et les aventures amoureuses. Tous ceux qui avaient fait de leur mieux pour essayer de les aider, la famille, les amis, avaient fini par retourner à leur propre vie.

— Je mangerais volontiers des pâtes, mais je ne voudrais surtout pas jouer les intrus, dit-il.

Amanda lui lança un regard qui en disait long.

Bien sûr qu'il jouait les intrus. Si elle avait voulu le voir entrer dans leur vie, elle lui aurait annoncé sa grossesse deux ans et neuf mois plus tôt.

Leurs intentions respectives avaient paru si claires, à l'époque. Deux personnes passant la nuit ensemble, sans rien savoir l'une de l'autre, et comptant ne jamais se revoir après, et c'était ce qui s'était passé.

Mais, depuis, le temps s'était écoulé, et l'Amanda mère célibataire était très différente de la Cendrillon d'alors.

Elle avait dû fournir un gros effort pour accepter de lui confier son fils. Le moins qu'il pouvait faire, c'était de l'aider financièrement. Pour commencer, il ferait installer le chauffage central dans la maison car il ne supportait pas l'idée que son fils et la mère de son enfant souffrent du froid.

— C'est juste en face de ce square, dit-elle.

— Je suis déjà venu ici, Amanda.

Nous nous y sommes embrassés. Tu t'en souviens ?

Elle poussa la grille du square et jeta un coup d'œil vers un immense sapin décoré de guirlandes lumineuses et de gros paquets figurant des cadeaux de Noël factices.

Des cadeaux. Si seulement il n'avait pas insisté auprès de ses parents pour qu'ils lui offrent une console de jeux dernier cri. Ils avaient dû faire la queue pendant des heures avant de pouvoir la lui acheter.

— Vous venez ?

Amanda lui tenait la grille ouverte et elle la referma derrière lui, s'obstinant à éviter de croiser son regard.

— Je ne suis pas contagieux, vous savez.

— Excusez-moi ? Que voulez-vous dire ?

— Si vous me regardez, vous ne risquez rien, je vous assure. Je n'ai pas changé depuis la dernière fois où vous m'avez vu. C'est seulement que je…

Il s'arrêta, enveloppant son petit garçon d'un geste protecteur.

Il sentait la main de Tristan posée sur son torse, juste au-dessus du cœur.

— Cela fait beaucoup de choses à assimiler. J'aurais dû vous accompagner à la radiologie, mais...

— Vous n'êtes pas le *seul* à devoir assimiler des choses, répliqua-t-elle à mi-voix.

On eût dit que le fait de s'être éloignée de l'hôpital la libérait, l'autorisant à exprimer ses émotions.

Matthew voulut lui toucher le bras, mais elle battit en retraite.

— Non, je vous en prie, je...

Elle murmura quelques mots presque inaudibles, dans lesquels il crut distinguer quelque chose comme : « C'est bien la dernière chose au monde que j'aurais voulu. »

Croisant les bras sur sa poitrine, elle poussa un long soupir.

— Eh bien, allons à la maison et finissons-en. Demain matin, je retirerai ma candidature pour ce job et, ainsi, vous ne craindrez plus de nous revoir.

— Hé, attendez une minute. Il y a quelques heures à peine, j'ignorais que j'avais un fils de deux ans. Maintenant que je le sais... ma vie a pris un tournant que je n'aurais jamais imaginé possible. Accordez-moi seulement un peu de temps pour me faire à cette idée. Nous ne savons pas où tout cela va nous mener...

— *Nous ?* Il n'y a pas de *nous*, Matthew. Tristan et moi, oui, nous pouvons dire *nous*. Tristan et vous ? Pas vraiment.

Il ressentit quelque chose de purement instinctif lui serrer la poitrine. Ou peut-être était-ce un morceau de son cœur qui s'ouvrait à l'inexplicable fierté et à tout l'amour qu'engendrait le fait d'être père ? Il n'aurait su le dire.

Après la mort de son frère, ses parents l'avaient ignoré. Son père s'était réfugié dans le travail et le whisky. Sa mère n'avait même pas pris la peine de cacher ses liaisons, et elle avait fini par aller à l'autre bout de la planète afin d'effacer un passé qu'elle préférait oublier complètement. Il n'avait plus aucune nouvelle d'elle, mais à sa connaissance elle était toujours en vie, cherchant la paix.

La frustration à peine contenue d'Amanda menaçait de l'atteindre. Grâce à la chorale de l'hôpital, il avait entendu des chants dont les paroles lui trottaient maintenant dans la tête :

« Faites que la paix règne en ce monde… »

Dans un murmure, il termina la phrase :

« Et que cela commence avec moi. »

Il fit signe à Amanda de reprendre leur marche.

— Venez. Tout cela est nouveau pour nous deux. Mieux vaut aller nous mettre au chaud et coucher Tristan. D'accord ?

Les mains sur les hanches, Amanda le regardait d'un air furieux. Elle semblait prête à lui arracher l'enfant des bras et, à vrai dire, il ne pouvait lui en vouloir.

Depuis quinze ans, il se répétait que jamais il ne fonderait une famille, mais à présent tout avait changé. Pour la première fois de sa vie, avec cette femme dont il n'était pas loin de tomber amoureux et ce petit garçon niché contre lui, il avait envie de former une famille.

La tâche ne serait pas facile, bien sûr. Amanda et lui allaient devoir trouver le moyen de construire un foyer. D'être des parents pour Tristan.

— Oui, allons-y, lança-t-elle d'un ton brusque. C'est cette maison, là-bas.

Matt regarda de l'autre côté du square la grande demeure ornée d'une entrée voûtée faite de briques blanches et noires. Derrière une fenêtre, il aperçut la silhouette d'une femme. Tante Florence devait guetter anxieusement leur retour.

— Voulez-vous le border dans son lit ? demanda Amanda en ôtant son écharpe.

Debout dans le hall d'entrée, Matthew tenait toujours Tristan dans ses bras. Il secoua la tête.

— Ah, vous trouvez cela trop intime, sans doute ? ironisa-t-elle. Cela ressemble trop à une vie de famille ?

Le regard de Matthew se durcit.

— Vous ne savez rien de moi, alors ne dites pas n'importe quoi.

— Comme s'il était possible à une femme de savoir quoi que ce soit sur vous, avec cette façon que vous avez de garder vos distances ! Eh bien, rien ne vous oblige à rester. Vous pouvez vous en aller. Vous savez où est la porte.

D'un mouvement brusque, elle se débarrassa de son manteau qu'elle jeta presque sur le portemanteau qui se dressait dans un coin du hall.

— Je suppose que vous êtes trop occupé à repérer qui sera votre prochaine conquête pour perdre votre temps à raconter une histoire à votre fils avant qu'il s'endorme, poursuivit-elle d'un ton rageur.

— Vous pensez donc que c'est ce que vous avez été pour moi ? Une conquête ?

— Ce que je pense n'a aucune importance... ce qui compte, c'est ce que *vous*, vous pensez. Et je ne me souviens pas d'avoir entendu mon téléphone sonner.

— Moi, je ne me rappelle pas qu'une certaine Cendrillon m'a laissé le temps de lui demander son numéro de téléphone, ni même son nom.

Tandis qu'Amanda s'emparait de Tristan, mille pensées s'agitaient dans sa tête. Pourquoi étaient-ils en train de se disputer ? De toute évidence, Matthew essayait de faire pour le mieux. Il se comportait en adulte, alors qu'elle... Pour lutter contre le violent désir qu'elle avait de les voir former tous les trois une famille, elle avait recours à la seule méthode qu'elle connaissait : elle le repoussait.

— Eh bien, une femme a...

Elle s'arrêta net. Elle avait failli dire « ses références », mais Matthew correspondait en tout point à ce qu'elle recherchait chez un homme. Il satisfaisait tout son être : sa tête, son cœur, son corps. Il était parfait. Elle ne méritait pas quelqu'un d'aussi parfait. Et elle était bien décidée à ne pas l'amener à faire quelque chose dont il n'avait pas envie.

— Une femme a quoi ? s'enquit Matthew d'un ton pressant. Sa fierté ? Sa dignité ? Ses secrets ?

Elle enfouit son visage dans les cheveux bouclés de son fils, essayant de rassembler ses idées et de retenir ses larmes.

Avec ses trois questions, Matthew avait touché chez elle un point sensible. Après que son mariage ridicule à Las Vegas eut connu une fin aussi cruelle, elle avait tenu tout le monde à distance. Et, si maintenant elle se battait contre Matthew, c'était parce qu'elle avait conscience de ne pas mériter son aide.

Mais ce qu'elle lisait dans son regard était très clair. Il se souciait d'elle et de Tristan, il voulait s'impliquer, et la seule idée d'avoir à répondre aux attentes de quelqu'un, mises à part celles de son fils, la terrifiait. Elle avait tellement déçu ses parents. Et John. Elle s'était mise en quête de quelque chose de solide pour découvrir finalement que ce qu'elle avait cru bien réel reposait en fait sur une fiction. Elle craignait, si elle ouvrait son cœur, de s'en voir jeter les morceaux en pleine figure.

— Ma chérie ?

Levant les yeux vers la cage d'escalier, Amanda vit sa tante penchée au-dessus de la rampe, le visage anxieux.

— Est-ce que tout va bien, ma chérie ?

— Oui, répondit Amanda d'un ton las. Matthew... a tenu à m'accompagner pour m'aider.

— Il est ici ? dit Florence en s'écartant de la rampe pour être hors de vue.

— Oui.

Amanda adressa un regard gêné à Matthew.

— Je vais monter voir si elle va bien et je mettrai Tristan au lit. La cuisine est par là, ajouta-t-elle en montrant une porte. Allez vous servir un verre de vin, si vous arrivez à trouver une bouteille. Je reviens dans un instant et je préparerai le dîner.

— Et si je m'en occupais ? Enfin, si votre tante et vous n'avez pas peur que je vous empoisonne, et si cela ne vous ennuie pas de me laisser faire comme si j'étais chez moi.

Elle lui adressa un petit sourire reconnaissant.

— J'accepte bien volontiers. Et la cuisine étant la pièce la plus chaude de la maison, il vaut mieux sans doute que vous vous y installiez. Je crois qu'il y a des pâtes...

Il lui pressa doucement l'épaule en souriant. Encore un geste de tendresse qu'elle ne méritait pas, se dit-elle, au bord des larmes.

— Je vais me débrouiller... Si vous aimez la cuisine simple d'un célibataire, vous allez être servie. C'est ma spécialité.

Étouffée par l'émotion et la gratitude au point d'en perdre

l'usage de la parole, Amanda hocha la tête puis elle tourna les talons afin que Matthew ne voie pas les larmes qui commençaient à ruisseler sur ses joues.

— Prenez tout votre temps…, lança-t-il derrière elle. Je vous promets de ne pas me transformer en citrouille.

Matthew prit la cuiller de bois et goûta la sauce qu'il venait de préparer en utilisant les ingrédients qu'il avait sous la main. Des tomates en boîte, quelques tranches de bacon et un oignon. À part quelques aliments pour bébé, il n'avait rien trouvé d'autre dans les placards de la cuisine.

Il ouvrit la porte du réfrigérateur avec l'espoir d'y découvrir de quoi enrichir sa sauce, mais il ne vit qu'un paquet de petits pois déjà bien entamé. C'était le grand vide.

Comme Amanda travaillait à plein temps et que sa tante semblait assurer toute seule la garde de l'enfant toute la journée, cela ne laissait pas beaucoup de temps pour faire les courses.

Il ajouta à la liste des choses qu'il voulait faire pour améliorer le quotidien d'Amanda et de Tristan une livraison régulière d'aliments de base.

Peut-être ne pouvait-il pas lui offrir son cœur, mais, à coup sûr, il pouvait remplir les placards.

Il entendit derrière lui le bruit de la porte battante qui devait être utilisée par les domestiques à l'époque où la maison était dans toute sa splendeur. Amanda se glissa dans la cuisine, un châle autour de ses épaules. Elle se frottait les mains et soufflait dessus pour les réchauffer.

— Tout va bien là-haut ? s'enquit Matthew.

— Oui. Tristan s'est endormi tout de suite, et tante Florence a insisté pour rester près de lui. Elle m'a demandé d'installer l'une des chaises longues à côté de son lit.

— Elle ne descendra pas dîner ?

Amanda secoua la tête.

— Elle a l'air de s'inquiéter pour Tristan. Il va falloir que j'engage une nounou. J'attendais seulement…

Elle s'arrêta net.

— D'avoir un job à plein temps ? acheva Matthew.

Il ne voulait pas la priver de l'occasion d'avoir un bon salaire si elle avait besoin d'argent. Bien sûr, il souhaitait ce poste à l'hôpital, mais pas au détriment d'Amanda.

Il savait qu'elle appartenait à une famille très fortunée. Ses parents ne l'aidaient donc pas ?

Elle ne répondit pas. L'air frileux, elle marchait de long en large dans la cuisine étroitement enroulée dans son châle.

— Brrr ! Il fait un froid de canard, là-haut.

Elle lui jeta un regard en coin.

— Mais la chambre de Tristan est équipée d'un chauffage d'appoint, ajouta-t-elle aussitôt, sur la défensive. Il règne une température agréable dans la pièce.

Matthew leva les mains en l'air, tenant toujours la cuiller en bois.

— Je ne suis pas ici pour juger, simplement pour… remuer la sauce.

Elle lui lança un regard noir.

— Oui, on peut dire que vous avez remué les choses.

Cette réflexion le blessa. Il avait fait de son mieux pour gérer la situation en adulte, mais si elle ne voulait pas y mettre du sien… Fini de jouer.

— Si je ne me trompe pas, je crois n'avoir découvert que tout récemment que j'avais un fils. Vous, vous avez eu plus de temps pour vous faire à cette idée. Et tout le temps qu'il fallait pour décider que je ne valais pas la peine d'être mis au courant.

— Vous êtes injuste ! protesta Amanda. Ce n'est pas pour cette raison que je ne vous ai rien dit !

— Ah non ? Pourquoi, alors ? Ce n'était sûrement pas les occasions qui vous manquaient puisque nous travaillons tout le temps ensemble. Et je sais aussi que le désir est toujours là, je l'ai senti à l'ardeur de vos baisers, l'autre soir… Alors, ne me dites pas que me cacher l'existence de mon fils ne répondait pas à un calcul de votre part.

Il se tut et respira un grand coup dans l'espoir de calmer l'émotion qui le submergeait. En vain. C'était aussi son fils ! N'aurait-il pas eu le droit d'être mis au courant ?

— J'ai dû attendre qu'il se produise un accident imprévisible pour découvrir que j'avais un enfant ! Avez-vous la moindre idée de ce que je peux ressentir ? De savoir que vous avez une si piètre opinion de moi ?

— Il ne s'agissait pas de cela ! Vous n'avez pas à vous sentir atteint dans votre ego.

— Ce n'est pas une question d'ego, Amanda. Il s'agit de mon fils. De nous. Mais peut-être est-ce votre ego qui est en cause ? Vous voulez sauver les apparences, n'est-ce pas ? Je ne suis sans doute pas un homme pour vous. Pas assez de sang bleu dans mes veines ? Papa et maman n'approuveraient pas ?

— Arrêtez ! s'écria Amanda, au bord des larmes. Je l'ai déjà dit, cela n'a rien à voir avec tout ça.

La colère de Matthew s'évanouit brusquement. Il y avait dans la voix d'Amanda — et dans tout son langage corporel, en fait — quelque chose qui disait que les choses étaient beaucoup plus complexes qu'il l'imaginait. Elle désirait qu'il l'aide, mais elle ne se sentait pas le droit de le lui demander, et elle seule en connaissait la raison.

Cela faisait mal... Mais pas autant que l'impression de n'être pas à la hauteur. Pourquoi se sentait-il aussi impuissant à la rassurer ? Il était un soldat. Un médecin. Un chevalier de l'Empire britannique ! Comment pouvait-il rester obsédé par quelque chose qui aurait dû s'estomper avec les années ? Il était resté un adolescent dans son cœur, gardant toujours la même douleur en lui, même à l'âge adulte, et, apparemment, Amanda aussi traînait derrière elle un lourd fardeau.

Il posa la cuiller de bois dans la sauce et s'appuya contre le comptoir.

— Si nous passions un marché ?

Voyant Amanda se crisper, il voulut la rassurer.

— Disons pour ce soir.

Il secoua la tête et se corrigea.

— Disons que jusqu'à Noël, vous et moi, nous pourrions nous donner une chance. Nous n'allons pas forcément tout régler entre nous, mais nous devons pouvoir parler de Tristan, sinon la vie à l'hôpital va devenir difficile. Et s'il y a une chose que je sais de vous, c'est que vous tenez à donner le meilleur de vous-même au travail.

— Vous voulez que nous parlions de lui pour que nous puissions bien travailler ? Incroyable !

— Ce que j'essaye de dire, c'est que vous n'avez plus à tout assumer toute seule. Trouver un arrangement nous prendra du temps et, en attendant, le service des urgences a besoin de nous. Je pense que vous n'avez pas plus envie que moi de les laisser tomber. Marché conclu ?

Amanda baissa la tête.

— Je... Je suis désolée. C'est juste que...

— ... Cela fait beaucoup de choses à digérer, acheva-t-il en souriant.

Pour lui aussi.

Réchauffée par la douce atmosphère qui régnait dans la cuisine, Amanda ôta son châle qu'elle jeta sur une chaise.

Disparus, ses vêtements de travail. À la place, elle portait un body qui n'avait rien de particulièrement sexy, mais sur elle... mmm... Et avec cette fermeture Éclair qui paraissait ne demander qu'à être ouverte, semblait-il. Mais non. Il n'avait pas la moindre chance.

— Est-ce que nous nous serrons la main pour sceller notre pacte ? suggéra Amanda, tendant déjà la sienne.

— Vous portez des chaussons en forme de licorne ?

— Oui. Vous aimez ? ajouta-t-elle en pointant le pied, à la façon d'une ballerine.

— J'adore.

Il recommença à remuer sa sauce, essayant d'oublier à quel point tout lui plaisait chez Amanda.

— Je croyais qu'il fallait se serrer la main lorsqu'on venait de conclure un marché, insista-t-elle.

— Un accord verbal me suffit.

Il sentit qu'elle l'observait tandis qu'il s'absorbait dans ses préparatifs culinaires. Il voulait garder la tête froide pour discuter du rôle qu'il pourrait jouer dans la vie de son fils.

Gêné par ce regard insistant posé sur lui, il commença à ouvrir tous les placards les uns après les autres.

— Je n'ai pas encore réussi à trouver les pâtes, dit-il. Où les cachez-vous ?

— Ah, voici mon garde-manger secret, répondit-elle en ouvrant la porte d'un antique passe-plat presque invisible. Oh !

— Votre garde-manger secret serait-il vide, ce soir ?

Elle fit la moue et hocha la tête.

— Cela m'en a tout l'air.

— Y a-t-il des magasins encore ouverts dans le coin ? Je peux sortir acheter ce qu'il faut.

Et, par la même occasion, rafraîchir mes ardeurs et oublier l'envie que j'ai de te débarrasser de tes vêtements.

Amanda se laissa tomber sur une chaise.

— Pourquoi, mais pourquoi faut-il que tout aille mal aujourd'hui ?

Dans un geste impulsif, il s'empara du châle d'Amanda et le lui enroula autour des épaules.

— Allez, levez-vous, ordonna-t-il.

— Quoi ? Non, je ne veux pas bouger.

— Mais si. Vous allez surveiller la sauce pendant que je sors acheter des pâtes.

— Je ne veux plus manger. Je n'ai pas faim.

À cet instant, son estomac émit des gargouillis.

— Venez, petite licorne.

Il souleva la chaise sur laquelle Amanda était encore assise et il la transporta près de la cuisinière.

— Je ne veux pas que la mère de mon enfant meure de faim, déclara-t-il en l'obligeant à se lever. Ni qu'elle attrape des engelures en attendant que son homme rapporte des provisions.

Son homme ?

D'où sortait-il cela ?

Amanda le dévisagea, avec une petite moue triste.

— Si vous trouvez aussi du pain à l'ail, pouvez-vous en rapporter ?

S'ils avaient formé un couple, cela aurait été le moment qu'il aurait choisi pour lui donner un délicat baiser sur les lèvres, tout en la caressant.

L'estomac d'Amanda gargouilla de nouveau.

Il se mit à rire.

— Je ferai de mon mieux pour en trouver, promit-il.

— Et aussi une focaccia, s'ils en ont. Mais ne vous cassez pas la tête, ajouta-t-elle avec un petit sourire en coin.

Il ne put s'empêcher de lui rabattre une mèche blonde derrière l'oreille, lui caressant la joue au passage.

Il me serait si facile de tomber amoureux de toi.

Il s'écarta. S'il voulait la protéger et prendre soin d'elle et de leur fils, il allait devoir garder ses distances.

Pour l'instant, il lui fallait faire en sorte de trouver du pain à l'ail.

7

— Ah, c'était délicieux..., déclara Amanda en repoussant son assiette. Est-ce votre mère qui vous a appris à cuisiner ainsi ?

— Non.

Matthew se leva de table pour aller déposer leurs assiettes vides dans l'évier.

Bon, d'accord...

— Est-ce un sujet sensible ?

— Quelque chose dans ce genre, répondit-il tandis qu'il commençait à faire la vaisselle.

— Je vois.

Elle essayait de recréer l'atmosphère détendue du dîner pendant lequel ils avaient surtout raconté des anecdotes relatives à leur travail.

— Ma mère n'occupe pas la première place dans la liste de mes conversations favorites.

— Ah, vous avez donc une liste ?

Haussant les épaules, il parut déployer encore plus d'énergie pour son activité.

— L'eau est glaciale, Amanda. Est-ce que votre chauffe-eau fonctionne ?

— C'est sur la liste, dit-elle en soupirant.

— Quelle liste ?

— La liste de tout-ce-que-j'ai-cassé-et-que-je-dois-remplacer.

Elle commença à compter sur ses doigts.

— Le chauffage, la plomberie, le double vitrage. Et il faut ajouter le coût des repas, les courses... C'est sans fin.

Le regard bleu de Matthew s'assombrit et, soudain, elle se sentit mal à l'aise. Il n'allait quand même pas essayer de lui retirer la garde de Tristan ? L'accuser d'être une mère indigne ?

— Est-ce un problème d'argent qui vous manque ? lança-t-il.

Elle bondit de sa chaise et lui montra la porte.

— Si vous croyez que c'est pour ça que je vous ai laissé porter mon fils jusqu'ici, vous feriez mieux de prendre votre manteau et de vous en aller. *Maintenant...*

Les mâchoires crispées, il la regarda froidement, plissant les yeux. Au bout d'un moment, il reprit la parole.

— Vous voulez dire *notre* fils. Je n'étais pas en train de suggérer que vous m'aviez amené ici en usant de vos charmes afin de faire main basse sur mon portefeuille. Je voulais juste savoir si c'était par manque d'argent que vous priviez votre maison du confort moderne.

Amanda sentit son indignation fondre comme neige au soleil.

— Oh ! Je vois... Heu... Désolée.

— Eh bien ? Est-ce le cas ?

— Oui, il s'agit d'argent. Mais pas du vôtre. Je travaille dur pour avoir tout ce que j'ai, et j'ai appris depuis longtemps que les largesses d'autrui s'accompagnent toujours de contreparties. Avant que vous ne posiez la question que je lis dans vos yeux, sachez que je ne peux rien demander à mes parents. Pourquoi papa ne m'aide-t-il pas ? Eh bien, parce que papa a découvert que sa fille n'était pas la petite chose pure et innocente qu'il voulait qu'elle fût. Alors, il lui a coupé les vivres. Ça s'est passé il y a très longtemps. Bien avant que je ne vous rencontre.

— Mais je croyais...

— Quoi ? Parce que vous nous avez vus tous participer à ce gala de bienfaisance, vous avez cru que nous formions une petite famille heureuse ?

Il hocha la tête.

— Encore une erreur. Il s'agissait juste de sauver les apparences. Ils voulaient voir si j'étais encore capable de tenir un rôle dans leur précieuse comédie sociale. J'imagine qu'ils me mettaient à l'épreuve. Et devinez quoi ? J'ai échoué.

En prononçant ces mots, elle se tint le ventre à deux mains, comme si elle était enceinte.

— Vous avez eu Tristan pour contrarier vos parents ? demanda Matthew, l'air visiblement désemparé.

Amanda s'en voulut d'avoir tant parlé et elle en était la première étonnée. Pourquoi livrait-elle toutes ces confidences à Matthew ? Soudain, elle comprit. Elle avait *envie* de tout lui dire.

Pendant près de trois ans, elle avait hésité à lui annoncer qu'il avait un fils et, maintenant, elle avait enfin l'occasion de le faire. De *tout* lui dire. Elle s'était attendue à le voir en colère, allant jusqu'à la rejeter, mais, curieusement, il était là, l'écoutant avec attention, hochant la tête. Digérant la nouvelle.

Il ne paraissait pas spécialement aux anges, mais... Autant faire les choses jusqu'au bout.

Il voulait découvrir qui était la mère de son enfant ? Eh bien, il allait être satisfait. Elle ne lui épargnerait aucun détail.

— Allons nous asseoir au salon. Il faut que vous soyez confortablement installé pour entendre ce que j'ai à vous dire.

Elle le conduisit dans la vaste pièce qui jouissait d'une hauteur de plafond impressionnante. Les rideaux n'étaient pas tirés, et elle préféra les laisser ainsi afin de profiter du spectacle offert par la neige qui tombait dru, à présent.

— Voulez-vous que je fasse du feu ? proposa Matthew.

— J'aurais dû acheter un sapin de Noël, dit-elle en soupirant.

— Alors ? Le feu ? insista-t-il, ignorant son commentaire.

Qu'avait-il contre Noël ? s'interrogea-t-elle. Elle, elle *adorait* cette fête. Mais elle n'avait pas eu le temps de s'occuper des décorations ni d'acheter des cadeaux.

— Amanda ?

— Oui, vous pouvez allumer le poêle, dit-elle.

Elle montra le poêle à bois que sa tante avait fait installer lorsqu'elle avait emménagé dans la maison, trente ans plus tôt.

— Les allumettes ?

— Sur l'étagère, là, près des photos.

Matthew balaya l'étagère du regard et, au lieu de prendre les allumettes, il s'empara d'une photo insérée dans un petit cadre en argent. C'était tante Florence qui avait insisté pour la mettre dans le salon malgré les protestations d'Amanda. Sans grand espoir… Il était inutile d'essayer de la faire changer d'avis une fois qu'elle avait décidé quelque chose.

— Est-ce vous avec… ?

— Oui, dit-elle en rougissant légèrement. C'est moi à… Je crois que je devais être enceinte de huit mois.

Pourquoi faisait-elle semblant de ne pas en être sûre ? Elle savait très exactement quand cette photo avait été prise. C'était le jour où elle était venue s'installer chez sa tante après que le directeur du service des urgences où elle travaillait lui avait dit de partir immédiatement en congé de maternité. Très énervée, elle lui avait alors fait savoir qu'elle ne reviendrait pas et qu'ils pouvaient disposer de son poste, ce qu'ils avaient fait.

À l'époque, elle avait pensé que le monde entier se liguait contre elle pour lui prouver qu'elle manquait trop de maturité pour avoir des responsabilités. À présent, elle voyait les choses autrement. Si son chef avait pris la décision de la renvoyer chez elle, c'était sûrement en songeant à son intérêt à elle autant qu'à celui du service. Mais cet épisode l'avait blessée, laissant en elle des traces qui la faisaient encore souffrir.

— Vous êtes très belle, murmura Matthew. J'aurais voulu…

Il se tut. Ils savaient tous les deux qu'il ne suffisait pas de souhaiter quelque chose pour que le rêve se réalise.

— Je regrette de ne vous avoir rien dit, dit-elle.

— Pourquoi ne pas m'avoir mis au courant ? Oui, pourquoi ?

Il s'assit à l'autre bout du canapé, se calant le dos avec un coussin écarlate. Bizarrement, il donnait l'impression de se sentir chez lui dans cette vieille demeure pleine d'antiquités de toutes sortes et de meubles qui s'étaient transmis avec amour, de génération en génération.

Était-ce un musée ou un asile de fous ? se demanda-t-elle. Un peu les deux, sans doute, en incluant Florence et elle-même. Tristan était la seule personne de la famille à être sain d'esprit.

Tristan. C'était uniquement pour lui que Matthew et elle se trouvaient réunis ici ce soir.

Elle se força à le regarder droit dans les yeux. Elle lui devait la vérité, elle en était consciente.

— Je suppose… Je suppose que je voulais avoir quelque chose à moi. Quelqu'un que je pouvais aimer d'un amour inconditionnel. Quelqu'un à qui je pouvais montrer, en partageant son quotidien, que moi aussi je méritais d'être aimée.

Cet aveu lui coûtait, mais elle devait continuer à parler. Elle devait le faire pour Tristan. Si son père voulait faire partie de sa vie et lui montrer l'amour qu'il avait pour lui, il fallait qu'elle trouve le moyen de le laisser prendre sa place.

— Que s'est-il passé avec vos parents ? demanda-t-il. Car ce sont eux, n'est-ce pas ? Ce sont eux qui vous ont convaincue que vous ne méritiez pas d'être aimée ?

— Oui, on peut dire ça. Ou bien peut-être était-ce moi… En tout cas, mes parents n'ont jamais manqué l'occasion de me faire remarquer que je ne serais jamais une Wakehurst digne de ce nom.

Elle laissa échapper un petit rire amer. La colère ne serait d'aucune aide pour personne, et surtout pas pour son fils. Elle espérait bien lui faire rencontrer un jour ses grands-parents. Comment pourraient-ils ne pas fondre devant ces belles joues rondes et ces magnifiques yeux bleus ?

Peut-être était-il temps de transformer la colère en tristesse et, si c'était possible, laisser celle-ci cicatriser les plaies. Elle devait brandir un rameau d'olivier et faire la paix. S'asseoir sur son amour-propre pour tenter de renouer avec ses parents.

— Je me dis parfois que, peu importe qui l'on est, on a tendance à attribuer à ces chers vieux parents la responsabilité de tous nos problèmes, n'est-ce pas ?

Le hochement de tête convaincu de Matthew lui prouva qu'elle avait dit vrai.

— Bon, si vous voulez connaître toute l'histoire, cela va prendre du temps, dit-elle en poussant un soupir.

Il fit un geste signifiant qu'il avait tout le temps de l'écouter.

— Parfait… Laissez-moi vous dire, pour commencer, que je suis consciente que mon histoire n'a rien de tragique, mais elle explique comment Lady Amanda est passée du statut de riche héritière à celui de médecin, puis à celui de maman célibataire et que, depuis, elle essaye de s'en tirer du mieux qu'elle peut.

— Je ne vous vois pas ainsi.

On eût dit qu'il cherchait à la protéger de la douleur que ravivait l'évocation de ces souvenirs.

Elle respira un grand coup et poursuivit.

— Mon enfance a été celle d'une gosse de riches, comme vous.

— Moi, ce n'est pas ce que j'ai connu. Vous allez devoir m'expliquer.

Elle ouvrit de grands yeux. Il semblait si à l'aise, financièrement. Les dons qu'il faisait aux œuvres caritatives... Son désir d'installer le chauffage central dans cette vieille demeure...

— Mais la société de votre père...

— Elle a connu un succès tardif. C'est venu après...

Il marqua une pause, le regard sombre.

— Après que j'ai quitté la maison familiale.

Amanda fut tentée de lui demander de raconter *son* histoire à lui, mais il semblait impatient de l'entendre continuer son récit.

— J'ai passé mon enfance à voir défiler tout un tas de nounous et de gouvernantes, reprit-elle. Elles partaient les unes après les autres, en prétendant que j'étais vraiment très difficile. Et c'était vrai, sans doute.

— Vous faisiez toutes les bêtises dont les enfants sont coutumiers ?

— Exactement ! Si j'étais psychiatre, je dirais que c'était probablement pour attirer l'attention sur moi. Mes parents sortaient presque tous les soirs et, lorsque c'étaient eux qui recevaient, ils me tenaient à l'écart de leurs invités. Ensuite, je suis allée en pension. Pendant les vacances, j'étais censée...

Elle regarda le plafond, cherchant le mot juste.

— Exécuter des *performances*, je dirais.

— Quoi ? Comme un animal de cirque ? « Montre-nous ce que tu sais faire, petit prodige » ?

— C'était à peu près ça.

Le souvenir lui revint brusquement de ces conversations qu'elle devait tenir en italien ou en espagnol avec des invités venus du continent.

— Je crois que toute cette pression a réveillé la rebelle en moi. Cela, et aussi le fait que mes parents ne restaient jamais assez longtemps à la maison pour remarquer que leur fille était en train de devenir un démon.

Matthew sourit.

— J'aurais aimé connaître cette Amanda-là.

— Non, vous n'auriez pas apprécié.

Elle croisa les mains et les regarda fixement tandis qu'elle poursuivait son histoire.

— Je sortais beaucoup. Beaucoup trop. Je préparais mon entrée à la faculté de médecine, mais cela me semblait assez facile. Je m'amusais...

— ... Jusqu'à ce que... ?

Elle leva les yeux et croisa son regard.

Lorsque je lui aurais tout dit, il me méprisera et il s'en ira.

Elle avait le cœur serré. Ne rien lui dire aurait eu le même effet, et elle voulait donner à Tristan la chance d'avoir un père. Si c'était ce que Matthew souhaitait : être un père.

— Lors d'un week-end, j'ai dépassé les bornes. J'avais des fonds en *fidéicommis*, ce qui représentait beaucoup d'argent. Mes amies étaient riches, elles aussi. Nous avons sauté dans un avion et nous sommes allées à Las Vegas.

— C'est une grosse dépense, en effet, mais ce n'est pas non plus la pire chose qu'on puisse faire en ce monde.

Se penchant vers elle, il lui posa une main sur le genou.

— Pourquoi vous le reprochez-vous encore ?

Elle avait les yeux fixés sur sa main, essayant d'ignorer la chaleur qu'il lui communiquait.

— Je me suis mariée.

Matthew s'écarta pour s'adosser contre le canapé. Il ne semblait pas la juger. Il avait juste l'air intrigué.

— Et votre mari... ?

— C'était quelqu'un d'assez gentil, qui avait quelques années de plus que moi et qui servait dans l'armée britannique. Il était en congé et il ne savait pas s'il allait signer un nouvel engagement, ou bien quitter l'armée pour monter un garage avec deux de ses amis, comme ils en avaient le projet depuis un moment.

Il n'avait pas été si mauvais, pensa-t-elle, le cœur triste. Mais il l'avait giflée, une fois, et cela avait suffi à lui ouvrir les yeux.

— Il savait que j'étais fortunée et, ce que j'ignorais à l'époque, il voyait en moi un moyen de n'être pas obligé de gagner sa vie. Mais, à notre retour de Las Vegas, mon père a piqué une crise. Il a fermé mes comptes, pris toutes mes cartes bancaires, et il m'a dit que si j'étais assez grande pour me marier, je l'étais aussi pour me débrouiller toute seule. Ma mère... Ma mère a eu un air dégoûté quand je lui ai dit ce que j'avais fait. Quant à John... Lorsqu'il a compris que je n'étais plus une riche héritière, il s'est révélé sous un tout autre jour. Il s'est mis à boire, mais ce n'était plus pour faire la fête.

— Pourquoi, alors ?

Matthew posait sur elle un regard si empathique qu'elle se sentit le courage de lui parler des horribles choses qu'elle aurait voulu effacer à jamais de sa mémoire.

— Vous voulez savoir la vérité ?

Il hocha la tête.

— Il voulait oublier le fait qu'il était marié à une jeune étudiante qui devait passer encore cinq ans à la faculté de médecine avant de pouvoir gagner le moindre sou. J'étais alors très jeune, et assez arrogante pour croire que ma mission sur terre était de devenir médecin. Je ne voulais rien faire d'autre. Je lui ai dit que s'il voulait vivre à mes crochets lorsque j'exercerais, il devait aussi se mettre au travail et signer un nouvel engagement dans l'armée le temps que je termine mes études. Cette idée ne lui plaisait pas, mais je devenais de plus en plus insistante et nos disputes finirent par dégénérer. Il m'a dit que, si j'étais entrée à la faculté de médecine, c'était uniquement parce que mes parents avaient donné des millions à l'université et celle-ci s'était alors trouvée *obligée* de me prendre. Il a ajouté qu'ils avaient fait cela pour préserver le nom des Wakehurst.

Accablée par ce souvenir, elle baissa la tête. Bien sûr, elle était beaucoup sortie mais elle avait aussi travaillé dur pour réussir l'examen d'entrée à la faculté de médecine et elle avait continué par la suite afin de prouver qu'elle était une candidate aussi sérieuse que n'importe quelle autre.

— Un jour, nous nous sommes disputés si violemment qu'il a fini par me frapper.

Elle porta la main à sa joue, comme si elle revivait ce moment. Mis à part ses parents, personne ne l'avait jamais traitée de façon aussi méprisante, John ne cessant de lui répéter qu'elle était insignifiante, sans aucun intérêt, incapable de susciter l'amour chez quelqu'un, et elle avait fini par le croire.

— Où est-il, à présent ? marmonna Matthew.

— Il est mort.

— Comment ?

— Je lui ai dit qu'il était un bon à rien. Qu'un homme digne de ce nom irait chercher du travail au lieu de boire et de battre sa femme. Le lendemain matin, il est parti. Il a signé un nouvel engagement dans l'armée et, quelques semaines plus tard…

Elle laissa échapper un sanglot, mais poursuivit son récit.

— Quelqu'un a frappé à ma porte…

— Il a été tué au combat ?

Elle hocha la tête. Matthew aussi était allé dans des zones de guerre et il savait comment ce genre de chose arrivait.

— Mes parents ont continué à refuser de me voir, alors je me suis jetée à fond dans mes études de médecine. Rien ne m'arrêtait. M'occuper des patients était pour moi un moyen de combattre mon propre chagrin.

— L'aimiez-vous ? demanda doucement Matthew.

Elle soupira.

— Au début, je l'ai cru, bien sûr, mais la réalité n'a pas tardé à me rattraper. Il était évident que nous avions fait une grosse erreur en nous mariant. Si les choses ne s'étaient pas terminées de façon aussi tragique, je ne doute pas qu'aujourd'hui je serais divorcée au lieu d'être veuve.

Le plus difficile pour elle, dans toute cette histoire, c'était de se sentir coupable d'avoir envoyé John à la mort en le poussant à rejoindre de nouveau l'armée. Lors de l'enterrement, elle n'avait pu regarder les parents de John dans les yeux et ils lui avaient fait clairement comprendre qu'elle ne serait pas la bienvenue à la veillée funèbre.

Il lui était apparu que le seul moyen d'essayer de se racheter, c'était de se jeter à fond dans le travail, d'y mettre toute son énergie et d'aider les gens dans les moments où ils se sentaient fragiles et apeurés.

— Comment, vos parents et vous, avez-vous réussi à vous réconcilier pour participer ensemble au gala de bienfaisance organisé au profit de SOS ?

— Ah !

Elle ne put retenir un petit gloussement dont elle fut la première surprise. Il contrebalançait la douleur intense qu'elle éprouvait à l'idée que l'inconséquence de son comportement ait pu avoir des effets aussi terribles.

— Lorsque j'ai décroché un poste dans un service des urgences à Chelsea, ils ont pensé qu'ils pouvaient me réintégrer dans leur monde à eux. Et moi, tout cela m'était bien égal. J'étais… J'étais comme engourdie jusqu'à ce que…

— Jusqu'à ce que… ? répéta Matthew en se penchant vers elle.

Amanda retint son souffle tandis qu'elle croisait son regard. Elle se demanda comment le destin avait pu se montrer si généreux avec elle en permettant à Matthew d'entrer dans sa vie et de lui donner son précieux petit garçon. Leur fils.

— Jusqu'à ce que je vous rencontre.

8

Matthew sentit son cœur exploser dans sa poitrine.

La peur succéda à l'espoir lorsqu'il se rappela qu'il n'était pas l'homme qu'il fallait à Amanda puisqu'il refusait tout engagement. Mais, quand elle lui avait dit que son mari l'avait frappée, il avait compris qu'il était prêt à tout pour la protéger, même si cela devait mettre son cœur en danger.

Était-ce ce qui était en train de se produire ? Ce cœur qui battait si fort… Était-il vraiment en train de tomber amoureux ?

— Cette soirée de gala fut… un moment très agréable.

— C'est peu dire. Lorsque je vous ai vu, j'ai eu l'impression de sortir du coma.

— Je me demande si, finalement, cela a été une bonne chose ou non…, lança-t-il sur le ton de la plaisanterie.

Elle répondit de même.

— Cela a été une très bonne chose… Même si cela m'a coûté cher.

— Comment ça ?

— Mes parents n'ont pas apprécié ma décision de garder l'enfant. Pour eux, je devenais une paria et j'apportais la preuve que j'en étais restée au stade de la fille rebelle et immature qui leur avait toujours donné du fil à retordre.

Elle le regarda, l'air coquin.

— Je suppose qu'il y a chez moi certaines pulsions que je ne peux contrôler, et vous êtes bien placé pour le savoir. Non qu'il y ait eu beaucoup d'hommes dans ma vie… Vous, vous étiez une brève aventure tout à fait spéciale.

Matthew éprouva une certaine fierté en l'entendant avouer qu'il lui avait fait autant d'effet qu'elle-même lui en avait fait. Mais, ce soir, il ne s'agissait pas de flatter son ego. Il s'agissait d'Amanda et de leur fils. Elle lui donnait une grande marque de confiance en lui livrant tous ses souvenirs les plus sombres, et il se devait d'être digne de cette confiance.

Elle travaillait dur et, de toute évidence, elle s'était toujours débrouillée toute seule. Bien sûr, sa tante l'aidait, mais, à lui, Amanda n'avait jamais rien demandé. Elle avait voulu se prouver qu'elle serait capable de s'en sortir toute seule parce que ses parents et son mari lui avaient fait croire qu'elle était nulle, incapable de rien dans la vie.

— Me téléphoner pour m'apprendre que vous étiez enceinte, c'était pour vous prendre le risque d'être rejetée une fois de plus ?

Elle eut un sourire timide.

— Vous auriez dû être psy, docteur Chase. Ou télépathe.

— Disons que j'imagine assez bien ce que vous avez vécu.

Elle haussa les sourcils, visiblement curieuse d'en savoir plus, mais elle ne posa pas de question, et il lui en fut reconnaissant. Ce n'était pas le moment de ressasser le passé, mais plutôt celui d'imaginer l'avenir immédiat.

Tout au fond de son cœur, il savait déjà ce qu'il devait faire. Apprendre à connaître cette femme. La chérir. L'aimer. La protéger. Et Tristan aussi.

Mais il avait un passé, et ce passé lui disait qu'il n'était pas l'homme de la situation. Même s'il faisait de son mieux pour combler les attentes d'Amanda, leur histoire ne connaîtrait sans doute pas la fin heureuse des contes de fées, telle qu'elle l'espérait. Mais il trouverait un moyen de lui venir en aide.

Il la vit bâiller — un long bâillement qui traduisait un épuisement émotionnel.

— On dirait qu'il est temps d'aller dormir, dit-il en se levant.

Elle prit la main qu'il lui tendait et se redressa à son tour. Le regardant droit dans les yeux, elle secoua la tête.

— Je ne peux pas. Il faut que tante Florence prenne enfin un peu de repos. Je vais la relayer auprès de Tristan. Il doit rester sous surveillance, cette nuit.

— Laissez-moi le faire.

Elle parut aussi surprise que lui par cette offre. Au même instant, elle ne put retenir un autre bâillement.

— Allez..., dit-il en la poussant doucement vers la porte. Montrez-moi le chemin. C'est moi qui veillerai sur Tristan.

Le prénom ne lui était pas familier, mais il prit plaisir à le prononcer. *Tristan*. Son petit chevalier.

Amanda lui lança un regard dubitatif puis, après un bref haussement d'épaules qui semblait vouloir dire « d'accord, comme vous voudrez », elle commença à monter l'escalier.

Il resta dans le couloir tandis qu'Amanda expliquait à mi-voix à sa tante que c'était lui qui prenait le relais. Lorsque Florence sortit de la chambre, elle ne dit rien, mais, en passant devant lui, elle lui posa une main sur le bras tout en hochant la tête comme si elle tenait pour acquis qu'Amanda et lui auraient un avenir commun.

Tandis que Florence regagnait sa chambre située au dernier étage de la maison, il s'aperçut qu'en cet instant il avait l'impression d'être en famille, ce qu'il n'avait plus jamais ressenti depuis la mort de son frère.

Amanda lui fit signe depuis la chambre de Tristan, plongée dans l'obscurité.

— Il dort encore, mais ses constantes vitales sont toutes bonnes, dit-elle. Il n'y a aucun signe inquiétant. C'est juste un petit garçon épuisé avec une grosse entaille à la tête.

Matthew la rejoignit et contempla la petite silhouette blottie sous la couette, entourée de jouets et de livres d'enfant. Tristan serrait dans ses bras un lapin en peluche auquel, visiblement, il tenait beaucoup.

Son fils.

L'émotion qui lui étreignait la poitrine était si forte que c'en était presque douloureux. Était-ce donc cela, l'amour d'un père pour son enfant ?

Il se demanda comment ses parents à lui avaient pu oublier si facilement qu'*il* avait encore besoin d'amour après la mort de Charlie. Comment n'avaient-ils pas vu que leurs regards silencieux et leurs paroles glaciales avaient détruit chez lui toute envie de vivre ? Maintenant qu'il voyait son propre fils, il se réjouissait d'avoir transformé la douleur froide, solitaire, et la culpabilité qui avait accompagné son enfance, en un désir brûlant de faire quelque chose de bien.

Tristan — il en était convaincu jusqu'au plus profond de lui-même — comblait ce désir.

Il s'assit sur la chaise longue.

— Venez, servez-vous de moi comme d'un oreiller, dit-il. Regardez un peu votre fils.

Comme elle lui lançait un regard méfiant, il lui caressa le bras pour la rassurer.

— Je ne vous mordrai pas. Et vous méritez bien de vous reposer un peu.

Elle finit par s'installer au bout de la chaise longue et lui jeta par-dessus son épaule un coup d'œil hésitant.

— Tout cela est si étrange.

— Je sais. Mais si, ce soir, nous faisions comme si c'était normal ?

De nouveau, elle le regarda d'un air méfiant.

— Il n'y a rien de « normal » entre nous.

— Exact.

Il lui fit signe de se rapprocher de lui.

— Cela ne signifie pas que nous ne pouvons pas essayer de changer ça.

Elle eut un petit ricanement.

— Vous croyez possible que cela devienne normal entre vous et moi ?

— Des choses étranges se sont produites.

Comme le fait qu'il ait eu soudain l'envie d'être le-type-qui-veut-rester-dans-les-parages.

— Ne luttez pas contre la nature, ajouta-t-il comme Amanda étouffait un nouveau bâillement. Venez vous allonger et regarder votre fils.

Elle s'exécuta, puis se retourna brusquement, en pointant sur lui un doigt accusateur.

— Pas de galipettes !

Il se mit à rire.

— Ce que nous avons fait ensemble n'était pas des galipettes.

Aussitôt, l'atmosphère devint plus lourde. Amanda ferma les yeux quelques secondes, puis les rouvrit, montrant qu'il n'était pas le seul à avoir revécu cette fameuse nuit qu'ils avaient partagée autrefois.

— Pas de galipettes, répéta-t-elle dans un murmure.

— Je ne dirais pas que l'idée ne m'a pas traversé l'esprit, chuchota-t-il, la main sur le cœur. Mais, ce soir, je fais le vœu de ne ravager aucune de vos courbes délicieuses.

— Délicieuses ?

Elle haussa un sourcil, comme si elle découvrait qu'il avait quelque chose d'aimable à dire sur sa sensualité à elle.

Il aurait pu lui répondre que, dans ce domaine, elle était exceptionnelle, mais il se montra plus sobre.

— Dignes des étoiles décernées par le guide Michelin. Je n'ai jamais connu mieux.

— Oh ! Eh bien...

Son air surpris disparut, remplacé par un visage serein tandis qu'elle s'allongeait contre lui, comme s'ils venaient de signer un pacte. Pas de galipettes, ce soir... Mais plus tard ? Qui pouvait savoir...

Il sourit tandis qu'elle s'installait confortablement. Il éprouvait un plaisir immense à voir qu'ils franchissaient encore une nouvelle étape dans leur relation. Était-ce cela le bonheur ?

Au début, Amanda garda une certaine raideur, mais, lorsque leurs souffles commencèrent à s'accorder et à suivre le même rythme, Matthew sentit qu'elle se détendait. Bientôt, pesant de tout son poids contre lui, elle s'endormit.

À cet instant, Matthew sut qu'il y avait une autre chose de bien qu'il pouvait faire, et il souhaita de toutes ses forces en avoir le courage.

Amanda s'étira et bâilla tel un chat sortant de sa sieste. Elle ne se rappelait pas avoir aussi bien dormi depuis très longtemps. Roulant sur le côté, elle découvrit avec ravissement que les arbres qu'elle apercevait depuis la fenêtre de sa chambre étaient couverts d'une épaisse couche de neige. Comme elle se laissait retomber sur ses oreillers en souriant, elle s'aperçut que des sensations inhabituelles l'habitaient. Elle se sentait protégée. Quelqu'un prenait soin d'elle.

Elle se trouvait dans son lit. Ne s'était-elle pas endormie sur la chaise longue lorsqu'elle était avec Matthew ?

Matthew. Il était avec son fils.

Elle se leva d'un bond. Après avoir enfilé une robe de chambre par-dessus son pyjama et chaussé ses pantoufles en forme de licorne, elle se rua vers la chambre de Tristan. Personne. Dévalant alors l'escalier, elle fila vers la cuisine et fit une pause devant la porte. Elle venait d'entendre la voix de Matthew et…

Le rire de Tristan.

— Et dans cet hôpital il avait un… stéthoscope… e-i-e-i-o !

Matthew était-il vraiment en train de donner une version médicale d'une comptine bien connue de tous les enfants ?

Elle faillit éclater de rire. De toute évidence, Tristan appréciait autant qu'elle l'interprétation de son père.

Matthew continuait de chantonner.

— Avec une tachycardie ici et une congestion pulmonaire là… Un battement ici… Un battement là… et des battements partout !

Lorsqu'elle entendit son fils glousser en réclamant « encore ! encore ! », elle ne put résister plus longtemps à l'envie de jeter un coup d'œil et elle entrouvrit la porte.

Tristan était assis sur une chaise, face à Matthew qui, debout devant lui, commençait une autre comptine en l'accompagnant de gestes que l'enfant était censé imiter. « Tête, épaules, genoux, doigts de pied », énumérait-il en touchant chaque fois la partie de son corps correspondante.

— Maman !

Le petit garçon se laissa glisser de sa chaise pour courir vers elle qui s'accroupit pour le prendre dans ses bras. Tous deux s'affalèrent alors sur le carrelage de la cuisine pour un énorme câlin.

Levant les yeux, elle vit que Matthew observait la scène en silence, le regard bienveillant. C'était étrange de penser qu'il était là, assistant à quelque chose d'aussi intime. Mais, en même temps, cela semblait... naturel. À la fois naturel et un peu bizarre.

Elle s'assit, tenant toujours Tristan dans ses bras.

— Vous lui avez changé son pansement...

— J'ai pensé que vous n'y verriez pas d'inconvénient, répondit Matthew. Il s'est réveillé de bonne heure, et je voulais jeter un coup d'œil à sa blessure. J'ai fait aussi quelques tests.

— Des tests ?

— Rien de grave, dit-il gentiment en enfilant les gants de cuisine de tante Florence.

Voyant que l'enfant l'observait attentivement, il les transforma en marionnettes.

— Je voulais juste vérifier que tout allait bien pour Tristan.

Amanda se tourna vers son fils qui semblait captivé par les mains marionnettes de Matthew. Elle lui caressa le visage.

— On dirait qu'il va avoir deux beaux yeux au beurre noir.

— Oui, dit Matthew, mais il n'y a là rien d'inquiétant. Le seul risque est que cela le démange un peu lorsque la coupure commencera à cicatriser.

Il avait pris une voix particulière, comme si celle-ci sortait de l'une des marionnettes qu'il avait improvisées. Tristan, fasciné, ne le quittait pas des yeux.

L'émotion envahit Amanda. Tout cela était bien joli, cette ambiance qui ressemblait au bonheur familial, mais fallait-il l'encourager si Matthew n'avait pas l'intention de s'investir durablement ?

Elle souleva Tristan dans ses bras.

— Oh ! Tu commences à peser lourd, mon chéri !

— C'est un beau garçon, commenta Matthew en ouvrant une porte du fourneau.

Ce commentaire agaça Amanda. Bien sûr, Tristan était un beau garçon. Comment aurait-il pu en être autrement avec le père qu'il avait ? Matthew était magnifique. Toute sa descendance ne pourrait qu'être...

Arrête ! Tu n'auras pas d'autres enfants avec Matthew Chase. Ni avec personne d'autre.

— Un croissant, jeune dame ?

Matthew venait de poser sur le comptoir des croissants tout chauds et un pot de confiture de fraises qu'elle ne se rappelait pas avoir acheté.

— Où avez-vous... ?

— Tristan et moi avons fait quelques courses après notre petite visite à l'hôpital, pas vrai, bonhomme ?

Le petit garçon hocha la tête, puis tendit la main vers les croissants.

— C'est chaud, mon chéri, dit Amanda. Pourquoi ne pas t'asseoir et boire ton lait pendant qu'ils refroidissent un peu ?

Elle contourna le comptoir et articula à l'intention de Matthew le mot « hôpital » avec les lèvres.

Il haussa les épaules.

— Je voulais juste vérifier.

— Vérifier quoi ? demanda-t-elle, la gorge nouée par l'anxiété.

— Tristan ! Croissant ! intervint l'enfant en cherchant à en attraper un.

— Oui, chéri, ton pap...

Elle s'arrêta et regarda Matthew.

— Je ne sais pas quel nom vous donner.

Le regard de Matthew s'assombrit. Douleur ? Regret ?

D'accord. Il fallait lui laisser du temps. Tout cela était nouveau pour lui.

— Comment vous a-t-il appelé ce matin ?

Il secoua la tête.

— En fait, il ne m'a pas appelé du tout. Nous avons simplement acheté des croissants et parlé d'anatomie.

— Mais il n'a que deux ans.

— Je le sais parfaitement, répondit-il avec un sourire en coin. Je me rappelle aussi bien que vous la nuit où il a été conçu. Et, contrairement à Tristan, je sais compter.

— Mais il sait compter !

— Amanda, je plaisante... Je sais tout autant que vous où un enfant de deux ans se situe sur l'échelle du développement. J'ai fait des études de médecine, rappelez-vous...

— Vous n'aviez pas du tout l'air de plaisanter.

Son cœur battait à tout rompre.

Il essaye de faire de son mieux. Et il t'a permis de bien dormir, ce qui ne t'était pas arrivé depuis des années. Et tu as dormi dans ses bras.

Elle se sentit en proie à une foule d'émotions, passant tour à tour de la peur à l'espoir, avec une question qui revenait en boucle dans son esprit :

« Comment puis-je lui dire que je voudrais le voir rester ? Et entendre Tristan l'appeler papa ? »

Matthew se félicita de n'avoir pas proposé que leur fils l'appelle oncle Matthew. C'était la première chose qui lui était venue à l'esprit, mais il savait que ce n'était pas la bonne solution. Amanda y aurait vu le signe qu'il souhaitait garder ses distances. Ne pas s'impliquer.

— Que diriez-vous si je suggérais « papa » ?

Visiblement, Amanda n'appréciait pas, alors il ajouta :

— Pourquoi ne pas continuer avec « Matthew » pour l'instant ? Pour rendre les choses plus faciles.

— Dites-moi, comment se fait-il que vous soyez allés de si bonne heure à l'hôpital ? demanda-t-elle, ne répondant pas à sa question.

Il éprouva un curieux sentiment de soulagement en la voyant aussi déstabilisée que lui. Comme s'ils avaient été l'un et l'autre submergés par un flot d'informations qu'ils commençaient tout juste à assimiler, rassemblant petit à petit les différents éléments, envisageant les problèmes un à un.

— Il est 10 heures. Nous sommes levés depuis des heures !

Amanda ouvrit de grands yeux.

— Mon Dieu ! Nous devions être à l'hôpital à 7 heures ! Pourquoi ne pas m'avoir réveillée ?

Il se mit à rire et lui caressa l'épaule. Elle s'écarta en secouant la tête, paraissant furieuse.

— Nous devrions être au travail !

— On est samedi, amour. Nous ne sommes pas de garde, aujourd'hui.

Amanda se figea, affichant une expression glaciale.

Matthew s'habituait de plus en plus à ses volte-face. Il la voyait s'immobiliser lorsqu'elle découvrait que les choses n'étaient pas exactement ce qu'elle croyait. Elle réfléchissait et cherchait une réponse tactique. C'était charmant. Elle était charmante. Bon, qui essayait-il de tromper ? Elle n'était pas charmante, elle était superbe et géniale. Il avait dû faire appel à toute sa volonté pour rester maître de lui-même et ne pas se glisser dans son lit lorsqu'il l'avait portée jusqu'à sa chambre, la nuit dernière.

— Vous venez de m'appeler « amour », lança-t-elle sèchement.

Ce n'était pas exactement la réponse qu'il attendait.

— J'appelle beaucoup de gens « amour ».

— Bon, eh bien, je pense qu'il vaut mieux s'en tenir à « Amanda » tant que nous n'aurons pas réglé un certain nombre de choses.

— Tristan a faim ! dit l'enfant.

— Bien sûr, amour.

Matthew sourit tandis qu'Amanda tressaillait en constatant qu'elle aussi venait d'utiliser ce mot. Comme il la regardait s'activer, il se dit qu'il était à sa place, ici, et qu'il avait raison de vouloir essayer de trouver comment ils pouvaient régler les choses. Trouver des solutions. Ensemble.

— J'ai une idée, dit-il après qu'Amanda eut servi à Tristan son petit déjeuner.

— Vous ne semblez pas à court d'idées, ce matin.

— Hé, écoutez…

Il l'attira à lui et, malgré la tension qu'il sentait chez elle, il la garda dans ses bras, lui caressant les cheveux et le dos, jusqu'au moment où elle commença à s'abandonner… légèrement.

— Je sais que je fais un peu figure d'intrus, ici, mais nous devons trouver le moyen de définir la façon dont nous envisageons l'avenir. Pourquoi ne pas commencer ce week-end ?

Elle posa sur lui un regard où se mêlaient incrédulité et espoir.

— Que diriez-vous si j'allais prendre chez moi quelques affaires et que je m'installais ici, ou bien dans l'une des chambres réservées aux médecins à l'hôpital, pour que nous passions du temps ensemble… Comme le ferait une famille ?

Amanda s'arracha à son étreinte.

— Je ne crois pas qu'il faille précipiter les choses, Matthew.

— J'en suis conscient. Mais je suis aussi conscient que, si vous ne passez pas du temps avec votre famille, il devient assez facile de vous comporter comme si vous n'en aviez pas.

— Que voulez-vous dire exactement ? Mes parents ont choisi de ne pas faire partie de nos vies. Ce n'est pas juste de me juger alors que ce sont eux qui ont pris cette décision.

— Je ne parlais pas de votre famille, Amanda, mais de la mienne.

S'il avait appris une chose durant son enfance, c'était que faire partie d'une famille, même au prix de chocs émotionnels souvent douloureux, exigeait du travail, de la résistance physique et de gros efforts permanents. Peut-être qu'Amanda ne voulait pas le voir partager leur quotidien, mais jamais il ne laisserait Tristan se sentir aussi seul qu'il l'avait été.

— Ah... Est-ce le moment où je dois vous demander de me raconter votre passé afin que nous soyons à égalité, vous et moi ? Allons-nous jouer à qui a eu la famille la plus pénible ?

— Non ! répondit-il sèchement en lui tournant le dos. Dites-moi, où rangez-vous votre café ? Mais peut-être préférez-vous le thé ?

— Oui, je bois du thé.

Il sentit qu'elle posait une main sur son bras.

— Matthew, voulez-vous me parler de vos parents ? Pas maintenant, mais à un moment ou un autre car j'ai l'impression que vous avez besoin de vous débarrasser d'un certain nombre de choses.

— Pas plus que n'importe qui, dit-il avec un sourire destiné à donner le change. Écoutez, de toute évidence, je suis allé trop loin en suggérant que nous passions le week-end en famille. Que diriez-vous si, à la place, je proposais seulement la journée ensemble ? Le week-end, ce sera pour plus tard. Peut-être...

— Nous pourrions aller à Hyde Park, dit Amanda.

— Oui, très bonne idée. Nous verrons la garde à cheval, Tristan devrait adorer.

— J'imaginais plutôt une promenade dans le Village de Noël. On y voit des sculptures de glace. Il y a une patinoire et du vin chaud...

— Ah, vous voulez emmener Tristan voir le Père Noël ? dit Florence qui venait d'apparaître sur le seuil de la cuisine.

Elle était en robe de chambre et ne semblait pas le moins du monde surprise de trouver Matthew encore chez elle, portant les mêmes vêtements que la veille.

— Cela veut-il dire que notre petit héros ici présent va tout à fait bien ? poursuivit-elle.

Matthew prépara le thé en se demandant comment il se faisait que lui, le célibataire endurci, était prêt à se confier à la seule femme qui avait su entrouvrir la porte donnant accès à son cœur meurtri.

Il nourrissait l'espoir qu'elle lui demande d'ouvrir tout grand cette porte. Qu'elle se montre aussi courageuse et honnête qu'elle l'avait été la nuit dernière. Mais il craignait aussi que, s'il la laissait découvrir tout son passé, elle ne tourne les talons et disparaisse.

Mais, ce week-end, il voulait tout oublier. Oublier sa haine de Noël, des guirlandes et des lumières scintillantes. Il allait s'amuser. Même s'il se rongeait de l'intérieur.

Il tendit une tasse de thé à Florence puis croisa le regard interrogateur d'Amanda.

— Pendant que nous y sommes, pourquoi ne pas installer un sapin de Noël dans cette maison ?

9

— Attendez ! Juste une minute.

Amanda, qui était sur le point de s'élancer sur la patinoire avec Tristan qu'elle tenait par la main, s'arrêta net et se tourna vers Matthew.

Son visage exprimait une douceur qu'elle ne s'était pas attendue à voir chez lui après avoir passé toute une journée avec un petit enfant. Surtout quand cet enfant avait refusé de faire la sieste.

Elle sentit que Tristan lui tirait le bras, impatient d'aller sur la glace.

— Maman !

— Un instant, mon amour.

— Ne bougez pas, répéta Matthew.

Comme si elle en était capable ! Elle dut même s'accrocher à la rampe de la piste tant elle avait les genoux qui tremblaient. Les beaux yeux bleus de Matthew la fascinaient. Il la regardait avec une telle *intensité* ! Avait-il l'intention de l'embrasser ? Devant Tristan ? Devant tout Londres ?

Son cœur battait beaucoup trop vite, et ses pupilles étaient certainement dilatées. Elle se sentait prise de vertige, telle une adolescente innocente s'apprêtant à recevoir son premier baiser, et elle passa le bout de la langue sur sa lèvre inférieure. Elle se mit à trembler en s'apercevant que Matthew avait surpris son geste. À présent, il savait sûrement ce qu'elle voulait. *Lui.*

Il tendit une main vers elle. Allait-il lui caresser la joue ? Lui prendre le visage entre ses mains en coupe et l'approcher du sien ?

Allons ! Jusqu'où se laisserait-elle emporter par son imagination ? Irait-elle jusqu'à croire qu'en moins de vingt-quatre heures elle était tombée folle amoureuse du père de son enfant ? Que le désir qu'elle avait éprouvé pour lui autrefois était aujourd'hui encore plus violent qu'à l'époque ?

— Là..., dit-il enfin en saisissant entre le pouce et l'index quelque chose qu'elle avait sous l'œil. Un cil. Faites un vœu.

Étonnée et déçue de ne pas avoir reçu le baiser auquel elle s'attendait, elle émit un petit rire.

— Allez, dites ce que vous voudriez avoir pour Noël, insista Matthew.

Toi.

Elle ferma les yeux en inspirant profondément et fit la seule chose qui était en son pouvoir. Espérer qu'un miracle se produise à Noël.

Matthew avait du mal à se reconnaître lui-même. Lui, le grand rabat-joie, traversait Bedford Square en portant gaiement sur l'épaule un grand sapin de deux mètres de haut, avec à côté de lui une superbe jeune femme qui tenait dans ses bras *leur* fils à demi endormi.

Il avait remarqué qu'après l'incident du cil Amanda était restée silencieuse, et il se demanda si elle ne regrettait pas d'avoir accepté de jouer toute la journée cette comédie de « la petite famille heureuse ».

Cette idée lui fit mal. Il avait été vraiment heureux. Ils s'étaient sincèrement amusés. Seulement, ils ne formaient pas une famille. Enfin, pas encore.

Il vit qu'Amanda fouillait dans ses poches.

— Tout va bien ?

— Oui, murmura-t-elle. J'essaye juste de trouver mes clés sans réveiller Tristan.

Matthew posa le sapin contre le mur de la maison.

— Passez-le-moi.

— Vous êtes sûr ?

— Mais oui, si vous êtes d'accord pour que je le prenne.

— Bien sûr. C'est seulement que… j'ai tellement l'habitude de tout faire toute seule, je…

En l'écoutant, Matthew eut le cœur serré. Amanda travaillait si dur et donnait tellement d'elle-même… C'était injuste qu'elle ait sur les épaules autant de responsabilités qu'elle assurait seule. Il se sentit honteux. Et triste.

Comme il prenait son fils dans ses bras, il se dit que l'essentiel pour lui, à présent, était de rattraper le temps perdu et de devenir quelqu'un sur qui on pouvait compter.

— Et le sapin ? s'inquiéta Amanda.

— Je reviendrai le chercher lorsque j'aurai posé Tristan.

— Je ne sais même plus où j'ai pu ranger les décorations, dit-elle en lui lançant un regard plein d'appréhension.

Il comprit qu'elle doutait encore de lui et se demandait sans doute jusqu'à quel point elle pouvait le laisser s'immiscer dans leur vie. Cette incertitude le poussait à être le plus présent possible. Il voulait être *ici*.

Il sourit et, d'un mouvement de tête, désigna la cuisine.

— Si vous mettiez la bouilloire sur le feu ? Il faut vous réchauffer. Je vais chercher le sapin. De toute façon, il doit sécher un peu avant d'être décoré. Nous pourrions peut-être nous voir demain et commencer à le garnir en buvant un chocolat chaud ?

Voyant l'expression d'Amanda, il comprit qu'il avait été bien inspiré en lui faisant cette proposition. En lui montrant qu'il allait s'en aller.

— Amanda, ma chérie, est-ce toi ?

Ils se tournèrent tous les deux vers l'escalier puis jetèrent un regard anxieux vers Tristan. Mais il dormait toujours à poings fermés. Matthew le tendit à Amanda.

— Je vous laisse le mettre au lit toutes les deux. Reposez-vous bien, cette nuit.

Avant de partir, il prit soin de rentrer le sapin dans le hall. Au moment de prendre congé, il marqua une brève hésitation, puis il posa un baiser léger sur le front d'Amanda et caressa les boucles blondes de Tristan.

— Je vous téléphone demain, dit-il en se dirigeant vers la porte.

Elle hocha la tête, une expression indéchiffrable sur le visage.

Une fois dehors, Matthew eut l'impression d'être complètement vide. Sa place était dans cette maison, auprès d'eux. Il aurait pu aider. Coucher son fils. Cuisiner pour le dîner. Emmener Amanda dans sa chambre et lui faire l'amour. Encore et encore.

Mais la porte s'était refermée derrière lui. Il n'était pas l'un des leurs.

Rentrant la tête dans les épaules pour lutter contre le froid, il se dirigea vers le seul autre endroit où il savait trouver un peu de réconfort. L'hôpital. Au moins pourrait-il y dépenser toute son énergie de façon utile.

— Êtes-vous prête à ce qu'on mette l'étoile ?

Amanda se retourna et regarda fixement la décoration que Matthew tenait dans ses mains. Elle avait emporté cette étoile de Bethléem lorsqu'elle était partie définitivement de chez ses parents, invoquant le fait qu'elle avait toujours été la seule à prendre réellement plaisir à décorer l'arbre de Noël. À présent, cette étoile représentait pour son fils une petite partie de son histoire familiale. Elle lui raconterait tout cela un jour. Tout comme elle lui parlerait de Matthew.

Celui-ci s'était montré charmant lorsqu'il avait accepté son invitation à venir déguster des tartelettes pendant qu'ils décoreraient le sapin. Mais, depuis son arrivée, son naturel chaleureux était teinté d'autre chose qu'elle avait du mal à identifier. Peut-être aurait-elle dû lui proposer de passer la nuit dans la chambre d'amis. Mais comment aurait-elle pu trouver le sommeil en le sachant si proche d'elle ?

Ah, la situation était bien compliquée...

— Amanda ? Que voulez-vous ?

Elle le regarda, s'interrogeant sur le sens de sa question. Lui proposait-il de l'épouser ? Oh oui, avec joie !

— L'étoile ? Êtes-vous prête pour l'étoile ?

Il l'agitait devant ses yeux.

Oh ! L'arbre de Noël. Son fils. Ses responsabilités.

— Oui, bien sûr, répondit-elle enfin.

Elle se tourna vers Tristan qui accrochait des babioles sur les branches les plus basses du sapin.

— Tristan, mon chéri, veux-tu voir briller l'étoile de Noël ?

Elle s'accroupit sur le parquet, les jambes croisées, enlaçant son petit garçon qu'elle avait pris sur les genoux. Tous deux regardaient Matthew qui, les bras tendus, essayait d'atteindre le sommet de l'arbre pour y accrocher l'étoile.

Elle était amoureuse de cet homme. De ce célibataire endurci qui s'était montré si pressé de partir, hier soir. De cet homme qui n'avait pas envie de partager leur vie.

Il réussit enfin à mettre l'étoile en place.

— Est-ce que c'est bien, ainsi ?

— Parfait..., murmura-t-elle.

Matthew se retourna brusquement et, lorsque leurs regards se croisèrent, elle s'arrêta de respirer. Il avait lu dans ses yeux le désir qui l'habitait.

— L'étoile ! s'écria Tristan en tapant des mains, l'air ravi.

À cet instant, on sonna à la porte d'entrée.

— Ne vous dérangez pas, mes chéris, j'y vais, lança Florence.

Elle se tenait dans l'embrasure de la porte, les bras chargés d'un plateau garni de tartelettes.

Matthew jeta un regard interrogateur à Amanda qui haussa les épaules. Elle n'avait invité personne.

Ils entendirent la porte d'entrée s'ouvrir et des « joyeux Noël ! » échangés dans le vestibule.

Le cœur d'Amanda s'arrêta de battre. Un sentiment d'insécurité la gagna, chassant l'atmosphère chaleureuse et confiante qui avait marqué jusque-là cet après-midi passé ensemble.

Figée sur place, elle se sentait incapable de se retourner. De faire le moindre mouvement. Ou même de cligner les yeux. Que faisaient-*ils* là ?

Tristan la regardait avec le même air surpris que Matthew. Ils semblaient se demander pourquoi l'arrivée de ces inconnus la faisait devenir blanche comme un linge.

— Amanda, ma chérie ! dit Florence d'une voix légèrement anxieuse. Regarde qui vient nous voir pour partager avec nous des tartelettes et du vin chaud !

Amanda aida Tristan à se remettre sur ses pieds et elle se leva. Se retournant, elle se força à sourire aux nouveaux venus.

— Maman, papa, joyeux Noël !

Matthew n'était pas un expert en matière de relations familiales, mais *même* lui était capable de comprendre que c'était Florence qui avait créé cette situation, comptant sur la bonne éducation de chacun pour que tout se passe de manière civilisée.

Les parents d'Amanda affichaient cette aisance propre aux personnes qui ont derrière elles des générations d'ancêtres n'ayant connu de tout temps que le confort et les privilèges.

Son père ôta son manteau, un modèle récent venant de Savile Row, et le tendit à Florence comme s'il avait affaire à une domestique.

— Oh ! J'espère que nous ne sommes pas arrivés trop tôt, dit Violet, la mère d'Amanda.

Elle regarda tour à tour sa fille et Matthew avant de s'arrêter sur Tristan qui s'avançait bravement vers ses grands-parents.

— Tristan..., dit-il en pointant son doigt sur sa poitrine.

Il tendit à sa grand-mère une boule de Noël, puis il la prit par la main et l'emmena vers le sapin.

— Oh ! mon Dieu ! Eh bien, bonjour...

Violet Wakehurst semblait prise dans un tourbillon d'émotions, passant de l'anxiété à l'enchantement, puis de nouveau à l'angoisse, comme si elle ne savait pas ce qu'elle ressentait exactement.

— Tu veux que j'accroche celle-ci ? Oh ! voyez-vous ça, Giles, mon chéri ? Très bien, nous allons la mettre là, sur cette branche, tu es d'accord ?

Ses doigts tremblaient légèrement tandis qu'elle accrochait la boule dans le sapin. Ensuite, elle observa son petit-fils, puis son mari, et finalement sa fille, tandis que son visage exprimait un plaisir mêlé d'étonnement.

Comment Tristan avait-il réussi cette performance ? se demanda Matthew. Comment ce petit garçon avait-il pu faire la conquête de sa grand-mère qu'il n'avait encore jamais rencontrée, tout comme il avait fait fondre le cœur de son père ?

La réponse lui apparut immédiatement. *La confiance.*

La confiance d'un petit être innocent qui croyait que tout irait bien dans ce monde tant qu'il y aurait de l'amour. C'était instinctif. Tout comme l'instinct de survie. C'était l'instinct qui poussait Tristan à tous les rassembler.

— Qu'est-ce qui vous amène ici tous les deux ? s'enquit Amanda en regardant ses parents. Bedford Square ne fait pas habituellement partie de vos sorties de Noël.

Son langage gestuel était celui d'une enfant apeurée, et il y avait dans sa voix une fêlure que Matthew n'avait encore jamais entendue. Elle cherchait à se protéger. Contrairement à Tristan, elle se comportait comme une adulte qui avait appris que la confiance et la loyauté n'étaient pas ses alliées. Qu'elles ne lui seraient d'aucune aide pour faire face à une situation à laquelle elle n'était pas préparée.

Le père de son enfant et ses parents avec qui elle était brouillée se trouvaient dans la même pièce, avec le fils qu'elle avait fait vœu de protéger. Ce devait être pour elle un vrai cauchemar.

— Je les ai invités, ma chérie, intervint Florence. C'est la période de l'année où l'on se rend visite, non ? Quelqu'un veut-il goûter à ces tartelettes ?

Personne ne bougea.

— Oh ! mon Dieu, j'ai oublié tous mes devoirs ! reprit-elle.

Elle se tourna vers Matthew, arborant un sourire chaleureux.

— Je crois que vous avez déjà rencontré mon frère, Giles, et sa femme Violet lors d'un gala de bienfaisance, me semble-t-il… Il s'agissait de venir en aide à des soldats, n'est-ce pas ?

Son intervention allégea l'atmosphère. Il y eut quelques échanges : « Oh oui, je me rappelle », ou bien : « C'était au Savoy, n'est-ce pas ? », ou encore : « Toi aussi, tu étais là, Amanda, si je me rappelle bien. »

Matthew décida de prendre le taureau par les cornes. Il s'avança vers les parents d'Amanda pour leur serrer la main.

— Puis-je vous débarrasser de vos manteaux ?

Amanda lui lança un regard horrifié qui disait : « Ne me

laisse pas seule. » À cet instant, Florence passa un bras autour des épaules de sa nièce.

— Excellente idée, Matthew, dit-elle en souriant. Pouvez-vous, pendant que vous y êtes, passer par la cuisine pour rapporter le vin chaud ? J'ai préparé des tasses, près du fourneau.

— Je m'en occupe.

Il se demanda si c'était là une façon de lui donner l'occasion de s'en aller. Ou bien Florence voulait-elle juste l'éloigner afin d'expliquer sa présence dans cette maison ?

Alors qu'il commençait à verser le vin chaud dans les tasses en porcelaine, il entendit la porte de la cuisine s'ouvrir derrière lui.

— Comment avez-vous pu *faire* une chose pareille ? marmonna Amanda, folle de rage.

— Quoi ? Mais je fais simplement ce que votre tante m'a demandé.

— Ne soyez pas ridicule ! Étiez-vous dans le coup ? L'avez-vous aidée à les faire venir ici ?

Il ne put s'empêcher de rire, ce qui eut pour effet de décupler la colère d'Amanda. Elle lui donna une tape sur le bras.

— Pourquoi riez-vous ? C'est un vrai cauchemar ! *Vous ! Mes parents !* Ils sont là-bas, au salon, avec votre fils ! N'allez-vous pas *faire* quelque chose ?

De nouveau, Matthew ne put se retenir de rire. Il y avait dix minutes à peine, il se demandait s'il était le bienvenu dans cette maison, et voilà qu'Amanda voulait le voir monter au créneau et se battre pour elle et pour leur fils.

— Pourquoi riez-vous ? répéta-t-elle, les joues toutes rouges.

Matthew posa sa louche et caressa le bras d'Amanda, encore plus amusé lorsqu'il la vit se raidir comme un petit soldat de plomb.

— Allons, amour, tout ça est un peu ridicule, non ? Ce coup monté... Je dois reconnaître que votre tante Florence ne fait pas les choses à moitié.

— Cette fois, elle a dépassé les bornes ! Pour commencer, elle m'amène à vous inviter au Village de Noël de Hyde Park, puis elle insiste pour que vous apportiez le sapin ici, en se servant de Tristan et des souvenirs de Noël comme...

Il la coupa d'une voix glaciale.

— Attendez une minute. De quoi parlez-vous quand vous dites qu'elle vous a amenée à m'inviter ? Vous ne souhaitiez pas ma présence ? Vous ne vouliez pas que j'apprenne à connaître mon fils ?

— *Non*, ce n'était pas ça du tout, répondit-elle, les poings serrés.

— Alors, quoi ? Vous défoulez-vous sur moi parce que vous en voulez à votre tante, ou bien êtes-vous en colère contre moi parce que je suis réapparu dans votre vie ?

— *Non !* s'écria-t-elle, les yeux brillants de larmes. Bien sûr que je désire vous voir ici, c'est ce que j'ai toujours…

Elle se tut brusquement.

— Tout ce que vous avez quoi ? Voulu ? Parce que, si c'est ce que vous alliez dire, sachez que je ressens exactement la même chose. Et j'ai l'intention d'aller plus loin. Je vous aime, Amanda Wakehurst. Et si vous ne voulez pas faire face à vos parents toute seule, rien ne vous y oblige.

— Je ne comprends pas, murmura-t-elle, l'air incrédule. Qu'êtes-vous en train de me dire ?

— En dehors du fait que je vous aime ?

Il n'avait pas prévu de lui faire cette déclaration, mais, maintenant il était décidé à aller jusqu'au bout. Il était prêt à tout pour assurer son bonheur et celui de Tristan, même à tenir tête aux parents d'Amanda.

Allant vers elle, il lui prit les mains et les porta à ses lèvres, les couvrant de baisers.

— Et si nous retournions au salon pour dire à tout le monde que la vraie raison de cette réunion de famille, c'était l'annonce de nos fiançailles ?

Le regard d'Amanda s'assombrit. Retirant ses mains, elle secoua la tête.

— Je regrette, Matthew, je ne peux pas faire ça. C'est très généreux et incroyablement gentil de votre part, mais je ne peux accepter votre offre.

Ce refus le déstabilisa. Il fit alors la seule chose qui lui venait à l'esprit. Prenant Amanda dans ses bras, il l'embrassa. C'était un doux baiser, un simple frôlement des lèvres.

— Dis-moi que tu ne m'aimes pas, murmura-t-il. Dis-le-moi, et je ferai tout ce que tu voudras.

Il continua de l'embrasser et de la caresser, en lui chuchotant des mots d'amour.

— Tout ce que je voudrai ? répéta Amanda en se pressant contre lui tandis que des larmes roulaient sur ses joues.

— Oui, bien sûr, amour. Je ferais n'importe quoi pour toi et pour Tristan.

Elle s'essuya les joues et s'écarta de lui.

— Je ne peux pas t'épouser.

Il s'approcha et lui prit le visage entre ses mains.

— Tu ne peux pas ou tu ne veux pas ?

— Les deux, si tu veux savoir !

— Amanda, ma chérie… Oh ! Pardon, mes mignons, je…

Florence venait de faire irruption dans la cuisine. Elle fronça les sourcils lorsqu'elle s'aperçut qu'elle ne venait *pas* d'interrompre une scène romantique.

— Matthew ? Qu'est-ce que vous… ? Amanda, ma chérie, viens ici, dit-elle en attirant sa nièce vers elle. Au nom du ciel, que se passe-t-il ? Je sais que j'ai fait fort en invitant tes parents, mais…

Renonçant soudain à comprendre le scénario auquel elle assistait, elle eut recours à ses bonnes manières pour sauver la situation.

— Et si nous leur apportions ce vin chaud ? Ou du thé ? Je vais faire chauffer de l'eau. Amanda, tu es affreusement pâle. Je suis désolée, j'aurais dû t'en parler d'abord…

— Non, tante Florence, ce n'est pas ta faute…

— J'ai demandé à votre entêtée de nièce de m'épouser, mais il semblerait que c'était mal venu de ma part, déclara Matthew, incapable de supporter plus longtemps la tension qui régnait dans la pièce. Ou bien peut-être n'était-ce pas le moment. Quoi qu'il en soit, je vais m'en aller. Faites un gros baiser de ma part à Tristan, voulez-vous ? ajouta-t-il, s'adressant à Amanda. Si ce n'est pas trop demander. On se reverra sans aucun doute à l'hôpital. Bonsoir, Florence.

Il posa un baiser poli sur la joue d'Amanda et lui pressa le bras avant de sortir de la cuisine, puis il récupéra son manteau qu'il avait accroché dans le hall d'entrée.

Lorsqu'il referma la porte derrière lui, il comprit que tout était fini. Une histoire d'amour venait de se terminer avant même d'avoir commencé. Il aurait dû suivre son instinct dès le début. Il n'était pas l'homme qu'il fallait à Amanda. Il abîmait tout et était destiné à rester seul.

10

— C'est le père de Tristan ?

Les parents d'Amanda avaient répété la phrase d'une seule voix, comme s'ils n'étaient pas sûrs d'avoir bien entendu.

Elle hocha la tête, les lèvres serrées, et leva les yeux vers le plafond d'un air anxieux. Elle savait pourtant que Tristan écoutait dans sa chambre les histoires que lui racontait tante Florence.

— Mais c'est merveilleux, ma chérie ! s'exclama sa mère.

— Vraiment ? Parce que vous savez maintenant que le père de Tristan est riche et titré ? Ou bien parce qu'il est médecin et en même temps Sir Matthew Chase ?

Elle, ce n'était ni le titre, ni le job, ni l'argent qui l'intéressait, mais l'homme. Matthew Chase. Avec ses yeux bleus, ses cheveux brun foncé et le grand cœur qu'elle lui avait découvert. Tout chez lui était… *parfait*. Elle l'aimait. Et elle venait de le chasser. Comment avait-elle pu tout gâcher ainsi ? *Une fois de plus*.

Elle connaissait la réponse. Elle l'avait chassé parce qu'elle gâchait toujours tout. Sachant ce qui arriverait inévitablement, elle avait accéléré les choses.

Mais pourquoi souffrait-elle tellement alors ? Comme si elle s'était elle-même amputée d'un membre.

— Amanda, il ne s'agit de *rien* de tout cela, protesta sa mère. Nous sommes simplement ravis d'apprendre que le père de Tristan partage la vie de son fils.

— Eh bien, ce n'est plus le cas.

— Tu veux dire, pour aujourd'hui ? Il a dû aller à l'hôpital ?

— Non, pas exactement.

— Qu'entends-tu par « pas exactement » ? intervint son père en plissant les yeux comme il le faisait quand elle était enfant.

— Il était ici pour passer du temps avec Tristan. Avec nous deux. Et… Et, maintenant, il est parti.

Elle se cacha le visage dans ses mains et retint un gémissement sourd. Qu'avait-elle fait ?

Elle ne s'était pas attendue à cette demande en mariage. Où avait-elle trouvé la force de dire non ? Un non qui semblait avoir de moins en moins de sens à mesure que les minutes s'écoulaient.

Levant la tête, elle se força à regarder ses parents en face.

— Maman, papa, j'ai besoin de votre aide.

Elle voulait aller jusqu'au bout de ce qu'elle avait à leur dire avant qu'ils ne se lancent dans leurs sermons habituels, lui reprochant de ne pas gérer convenablement son argent, d'être tombée enceinte sans avoir construit une relation solide avec le père de son enfant.

— Je sais que j'aurais pu me conduire autrement dans la vie afin que vous soyez fiers de moi, mais je suis ainsi. Je suis pleine de défauts. J'agis sans réfléchir. Et mes actes… ont des conséquences. Croyez-moi si je vous dis que, depuis des années, je me sens coupable de la mort de John. Je sais que c'est ma faute si…

Son père l'interrompit.

— Amanda, ma chérie, ce n'est pas vrai, dit-il d'une voix douce.

— Mais si, c'est vrai ! Je lui ai dit de se comporter en homme, de signer un nouvel engagement dans l'armée, et il est reparti se battre en Afghanistan. C'est ma faute s'il est mort.

— Non ! s'écrièrent ensemble ses parents en la regardant avec compassion.

— Ce ne sont pas vos disputes qui ont poussé John à rejoindre l'armée, reprit son père.

— De quoi parles-tu ? Comment peux-tu savoir ?

— Nous avons rencontré les parents de John, il y a quelques années, expliqua sa mère. Cela s'est fait lorsque nous avons appris ce qui s'était passé en Afghanistan.

— Vous les avez vus ?

— Oui, dit son père. Nous leur avons proposé de participer aux frais des obsèques de John, mais ils ont refusé. Nous avons alors décidé d'attendre un peu avant de les revoir et de leur demander s'ils connaissaient une œuvre de bienfaisance à laquelle nous pourrions faire un don au nom de John.

Amanda écarquilla les yeux. Ses parents avaient-ils essayé de compenser la mort d'un homme avec de l'*argent* ?

— Pourquoi me raconter tout ça ? C'était il y a treize ans. Pourquoi venir m'en parler maintenant et réveiller des souvenirs douloureux dont j'ai eu bien du mal à me libérer ?

— Ce que nous essayons de te dire, Amanda, c'est que tu n'es pas la seule à avoir des choses à te reprocher, dit son père d'une voix sourde. Nous sommes tous dans ce cas, et c'était si... si tendu entre nous...

Violet porta un mouchoir à ses lèvres, tentant d'étouffer un sanglot.

— Nous n'avons guère communiqué, n'est-ce pas, ma chérie ? ajouta son père d'un ton chargé de remords.

L'entendre l'appeler « ma chérie » la mit mal à l'aise. Avoir été reniée par ses parents pendant dix ans avait fait des dégâts. Elle fut tentée de se lever du canapé et de les laisser en plan comme ils l'avaient fait lorsqu'elle leur avait annoncé qu'elle était enceinte.

Cependant, il y avait aussi, dans un coin de son cœur, le désir brûlant de redevenir leur fille. Leur petite fille chérie. Si elle avait pu surmonter ces dix années de souffrance, elle se serait jetée à leurs pieds et les aurait serrés dans ses bras en pleurant, regrettant toutes les erreurs qu'elle avait commises dans sa vie.

Mais ce n'était pas le genre de la famille.

Alors, elle fit ce qu'elle avait toujours fait. Elle soupira, se préparant à entendre la liste des griefs que lui valait sa conduite inconsidérée, indigne du nom des Wakehurst.

Son père s'éclaircit la gorge.

— Comme je disais, nous avons insisté auprès des parents de John, en espérant que faire une donation en son nom...

— Quoi ? Vous espériez racheter ainsi la faute de votre fille qui l'avait envoyé à la mort ? s'écria Amanda.

— Non, ce n'était pas ça. Pas du tout. En fait, John avait toujours prévu de signer un nouvel engagement avec l'armée.

Le sang d'Amanda se figea dans ses veines. John ne le lui avait jamais dit, la rendant responsable de la situation. D'avoir amené son père à lui couper les vivres. De refuser d'abandonner ses études de médecine.

— John n'en avait pas vraiment envie, reprit son père. Cela peut se comprendre, mais ses parents ont insisté pour qu'il poursuive sa carrière militaire. Pour qu'il tienne sa promesse.

— Tu veux dire que, s'il est reparti au front, ce n'était pas uniquement à cause de moi ?

— Selon ses parents, il a finalement accepté de le faire parce qu'il avait honte de la façon dont il t'avait traitée et il ne savait pas comment se racheter. Lorsqu'il est arrivé en Afghanistan, il leur a adressé une lettre où il expliquait tout.

— Que disait-il dans cette lettre ? murmura Amanda.

Elle cacha son visage dans ses mains comme pour se protéger de la vérité. Durant ces treize dernières années, elle avait vécu en se sentant coupable de la mort de John.

— Il disait être responsable de tout.

— Comment ça, « de tout » ? Que voulait-il dire ?

— Il avouait que lui et ses camarades de l'armée avaient entendu parler de toi et de tes amies lors d'un dîner, quand vous étiez à Las Vegas. Ils avaient compris que vous étiez toutes les trois fortunées et que votre position sociale était... bien supérieure à la leur.

Son père se passa une main sur le visage, comme s'il avait du mal à continuer.

— Eh bien ? demanda Amanda. Qu'est-ce que tu me caches ?

— C'était un défi ! marmonna-t-il. Tout cela n'était qu'un défi. Le mariage, l'espoir de grimper dans l'échelle sociale grâce à toi... Ce n'était que le fruit d'un pari.

Amanda était sans voix. Un *pari*. Elle était comme assommée.

Puis, peu à peu, tout devint plus clair. Dès qu'ils étaient revenus en Angleterre, John avait changé. Il n'était plus en adoration devant elle. Il ne la touchait plus, sauf lors de la violente dispute qu'ils avaient eue. Si ses parents à lui étaient au courant de cette histoire de pari, pas étonnant qu'ils se soient sentis mal à l'aise avec elle.

Durant toutes ces années, elle avait cru qu'ils lui en voulaient, alors que c'était à leur fils qu'ils en voulaient ! Ils avaient essayé de le pousser à se racheter. Ce devait être terrible pour eux qu'il soit mort à la guerre avant qu'ils aient eu le temps de faire la paix avec lui.

Elle regarda ses parents assis en face d'elle sur le canapé. Ils avaient l'air anxieux, se tenant les mains comme pour se donner du courage. De tout temps, ils avaient essayé de l'aider, même si cela s'était avéré presque impossible à deviner tant leurs manières guindées étaient imprégnées d'une raideur et d'une réserve propres à l'aristocratie britannique.

— C'est pour cette raison que vous avez organisé le gala en faveur de SOS ? demanda-t-elle.

Comme ils hochaient la tête en même temps, Amanda prit conscience à quel point ses parents formaient un couple uni. Le couple le plus heureux et le plus solide qu'elle ait jamais connu.

Sa mère prit à son tour la parole.

— Après ça, nous voulions tout te dire… un jour ou l'autre. Mais tu as disparu, et nous avons alors pensé que te retrouver au milieu de tous ces militaires avait dû être une épreuve pour toi et n'avait fait que rendre les choses encore plus pénibles. Aussi avons-nous préféré laisser le temps faire son œuvre. Et puis, lorsque nous nous sommes revus et que tu nous as annoncé…

Amanda termina la phrase à sa place.

— Vous ne saviez pas comment me dire que, ces dix dernières années, ma vie n'avait été qu'une mascarade ?

Sa mère hocha la tête, laissant les larmes rouler sur ses joues.

— Nous sommes tellement désolés, Amanda. Nous n'avons pas été à la hauteur et nous savons à quel point tu peux te montrer passionnée…

— Tu veux dire téméraire, maman ?

— Non, bien sûr. Tu te donnes à fond dans ce que tu fais. D'abord, la médecine et, maintenant, Tristan.

— Que sais-tu de Tristan ? marmonna-t-elle, sur la défensive.

— À notre demande, Florence, qui se montre très protectrice à ton égard, nous a tenus au courant de tout, mais ton père ne pouvait se résoudre à n'avoir que des photos de Tristan. Avec ses yeux bleus, il ressemble tellement à...

Elle se tut brusquement.

— À son père, tu veux dire ? acheva Amanda.

— Oui. Si tu voulais essayer encore une fois... Si tu pouvais nous faire confiance... Nous aimerions tant pouvoir tenter de rattraper le temps perdu.

— Et si vous commenciez dès maintenant ? dit-elle en se levant d'un bond. Vous voulez bien aider tante Florence à s'occuper de Tristan ? Je crois que je viens de faire l'une des pires erreurs de ma vie, et il faut que j'aille la réparer.

— Alors, tu... Tu veux bien que nous passions du temps avec Tristan ? Que nous soyons chez toi ?

— Mais bien sûr !

Elle alla vers eux et les embrassa chacun sur la joue.

— Je sais que cela va nous prendre du temps à tous pour nous y habituer, mais là, je dois partir immédiatement si je ne veux pas passer le reste de ma vie dans les regrets. Il faut que je sorte. Pour Tristan.

Ses parents l'accompagnèrent dans le hall, insistant pour qu'elle s'habille chaudement avant d'affronter la neige qui tombait en abondance sur Londres.

— Où vas-tu ? lança son père lorsqu'elle ouvrit la porte.

— À l'hôpital !

Le cœur battant, elle franchit la porte et traversa le square pour partir à la recherche de l'homme dont elle espérait obtenir le pardon. Afin que ce miracle de Noël se réalise complètement.

— Docteur Chase, nous avons vraiment suffisamment de personnel ici ce soir, dit le Dr McBride, planté devant le tableau d'affectation. Merci de vous être occupé de ces deux derniers patients, mais je crois que vous feriez mieux de dépenser votre énergie... à essayer de vous détendre.

— Allons ! Je ne sais même pas ce que ça veut dire.

— Cela veut dire que vous avez l'air d'avoir grand besoin de prendre un jour de congé.

Matthew était conscient d'avoir surgi en trombe dans le service, prêt à tout pour oublier qu'il venait d'avoir le cœur brisé.

— C'est plutôt calme, ce soir, continua le Dr McBride. Vous devriez rentrer chez vous.

Chez lui ? Comme s'il savait ce que c'était que d'avoir un chez-soi. Sa maison, c'était Amanda et Tristan. Ils lui avaient donné l'impression d'être de nouveau lui-même, un être complet, et c'était la première fois que cela lui arrivait depuis la mort de Charlie. Avec eux, il s'était senti un homme. Un père. Quelqu'un digne d'être aimé. Et il était dévasté à l'idée qu'il n'éprouverait jamais plus ce sentiment.

Il avait *besoin de travailler.* De prouver qu'il valait quelque chose.

— Depuis quand cet hôpital n'a-t-il plus de problème de personnel ? demanda-t-il.

— Depuis que le Dr Wakehurst et vous, vous êtes venus chez nous. Nous allons bientôt être à la veille de Noël, docteur Chase. C'est là que nous risquons d'être débordés. Je vous conseille vraiment de rentrer chez vous. Ou bien peut-être d'aller faire vos achats de Noël ?

Cette suggestion lui fit l'effet d'un coup de poignard reçu en plein cœur. Son frère serait aujourd'hui en vie si ses parents n'étaient pas sortis faire les courses de Noël. Ou si lui-même avait écouté Charlie lorsque celui-ci lui avait demandé d'arrêter un moment son jeu vidéo. Pour qu'ils se parlent.

Pourquoi n'avait-il pas pris le temps d'écouter son frère ?

Voir le Dr McBride essayer de le pousser vers la sortie lui était insupportable. Pourquoi tout le monde semblait-il se liguer contre lui pour l'empêcher d'apporter son aide ? Tout ce qu'il voulait, c'était *travailler* !

— Je crois que je vais devoir faire valoir mon rang hiérarchique, dit-il.

— Je ne pense pas que vous puissiez le faire si je ne suis pas moi aussi dans les parages, intervint une voix féminine. Le poste est toujours partagé, non ?

Amanda. Matthew se retourna lentement tandis que le Dr McBride s'éclipsait discrètement.

Amanda. Elle était... *rayonnante*, avec ses cheveux blonds

parsemés de flocons de neige. Elle avait les joues rouges et le souffle court, comme si elle avait couru.

— Où est Tristan ? demanda-t-il. Y a-t-il un problème ?

— Tout va bien. Il doit dormir, si les histoires de tante Florence ont eu leur effet habituel.

— Je croyais que vos parents étaient chez vous ?

— C'est exact. Ils ont dit qu'ils resteraient là-bas jusqu'à mon retour, au cas où Florence aurait besoin de quelque chose.

Il haussa un sourcil.

— Alors, tout est arrangé entre vous ? J'en suis ravi pour vous. On dirait que la magie de Noël a opéré à Bedford Square.

Amanda hocha la tête, sans paraître affectée par le ton ironique qu'il avait pris.

— Savez-vous si, parmi les pièces réservées aux familles, il y en a une de libre ? s'enquit-elle, les yeux pétillants.

— C'est plutôt inapproprié pour nous, ne trouvez-vous pas ?

Cette fois, elle esquissa une grimace.

— J'ai commis une erreur, dit-elle.

— Nous en commettons *tous*, amour. Ce n'était pas la peine de courir jusqu'ici juste pour me rappeler que j'avais mal évalué la situation.

Il avait commencé à tourner les talons lorsqu'elle lui posa une main sur le bras.

— Je vous en prie, Matthew, dit-elle à voix basse. Je parle de *mon* erreur. Pouvons-nous aller dans l'un de ces salons privés pour parler tranquillement ?

Il avait une envie folle de lui répondre « non », mais quelque chose en lui s'y refusait.

Si tu en restes là avec elle, sans doute ne les reverras-tu plus jamais, ni elle ni Tristan.

Et, soudain, il songea à Charlie. Son frère avait pensé qu'il n'y avait pas de solution. Personne à qui parler. Personne pour l'aider et comprendre ce qu'il traversait. Personne à qui il pouvait demander de l'aide. Même pas son petit frère.

Mais Amanda était *ici*. Le moins qu'il pouvait faire était de l'écouter.

— Très bien, dit-il. Je crois que le salon du fond est libre.

Lorsqu'ils entrèrent dans la pièce, il attendit qu'elle soit assise pour s'installer en face d'elle.

— Je vous dois une explication, commença-t-il.

— Non !

— Mais si. Je suis sûre que vous avez vu que je n'étais pas sorti indemne de mon adolescence. Mon frère Charlie était nettement plus âgé que moi... J'étais un enfant « surprise ». Charlie était militaire. Il est revenu du Kosovo très abîmé par la guerre. Mes parents ne savaient pas vraiment quoi faire, alors ils ont réagi en bons Britanniques, en faisant bonne contenance.

Amanda hocha la tête. Il comprit qu'elle savait exactement de quoi il parlait, ce qui lui donna le courage de continuer.

— Quelques mois après qu'il a été mis en congé maladie pour dépression nerveuse, mes parents m'ont demandé de veiller sur lui pendant qu'ils sortaient faire des achats pour Noël. J'avais quatorze ans et j'étais fou de jeux vidéo. Depuis son retour, Charlie ne les supportait plus, surtout ceux où l'on tirait avec des armes à feu. Je lui ai demandé de venir jouer avec moi afin d'essayer de tenir la promesse que j'avais faite à mes parents, mais il a refusé. Il a dit quelque chose à propos du grenier, mais je n'ai pas compris. J'ai cru qu'il allait à la cuisine se préparer une tasse de thé.

Il regarda Amanda droit dans les yeux. Il se sentait plein de honte. Si seulement il avait suivi son frère au lieu de continuer à jouer à ces jeux stupides !

— Je l'ai trouvé vingt minutes plus tard, poursuivit-il d'une voix atone. Le temps que je le décroche de cette corde, il était déjà trop tard pour le réanimer.

— Oh ! Matthew, murmura Amanda.

Son visage exprimait une profonde compassion. Elle tendit les mains vers lui.

— Je suis si désolée pour vous que vous ayez connu une telle épreuve.

— Il ne faut pas être désolée. Tout était ma faute. Il est temps que je l'admette.

— Mais non ! C'est un drame affreux, mais vous n'y êtes pour rien. Et vous avez sauvé tant de vies humaines grâce à SOS.

— Cela semble ne jamais suffire.

Sa voix se brisa et, pour la première fois, il n'essaya pas de cacher l'angoisse qui le rongeait.

— Rien ne pourra jamais faire revenir Charlie à la vie. Rien ne pourra reconstituer ma famille.

Amanda se leva et vint s'asseoir près de lui.

— Et si vous fondiez votre propre famille ? dit-elle en posant la main sur celle de Matthew.

Il eut un rire triste.

— Ne parlons plus de ça. Je me suis montré ridicule. Un fichu entêté, comme d'habitude.

Elle poussa un cri indigné.

— Si, pour vous, être un « fichu entêté » consiste à créer une extraordinaire œuvre caritative, à être un médecin exceptionnel, à sauver des vies dans des zones de guerre et à être le père du petit garçon le plus merveilleux qui soit, alors je vais passer mon temps à proclamer avec fierté que mon mari est un *fichu entêté* !

Matthew la dévisagea quelques instants.

— Votre mari ?

— Ce qui fait de moi votre femme… À moins que vous n'ayez changé d'avis ?

— Vous voulez m'épouser ? Bien que… ?

— Bien que rien du tout. Tout ce qui a eu lieu dans votre passé a fait de vous l'homme que vous êtes aujourd'hui. C'est aussi ce que j'ai appris aujourd'hui, me concernant. Je regrette vraiment que vous ayez dû vivre un tel drame pour devenir celui que vous êtes maintenant, mais c'est grâce à cela que vous êtes devenu l'un des hommes les plus incroyables et les plus merveilleux que j'aie jamais rencontrés. Au point que je suis presque certaine d'être tombée amoureuse de vous, ajouta-t-elle avec une note de coquetterie dans la voix.

— Presque ?

— Absolument.

Amanda était amoureuse de lui. Il sentit une vague de chaleur l'inonder et, avant que l'un ou l'autre ne change d'avis, il se leva et prit Amanda dans ses bras.

— Je crois que tu vas découvrir que tu as le même effet sur moi, murmura-t-il en se penchant vers elle pour l'embrasser.

Avec cette femme près de moi, je ferai tout ce qui est en mon pouvoir pour que le monde devienne meilleur, pensa-t-il tandis que la gangue de glace qui avait jusque-là emprisonné son cœur commençait à fondre.

Épilogue

— C'est le moment d'accrocher l'étoile ! s'écria Tristan en battant des mains.

Il se tourna vers sa petite sœur qui s'essayait à marcher sur le tapis, les yeux brillants d'excitation. À dix-huit mois, elle avait encore le pas mal assuré.

— Regarde, Immi ! dit Tristan. Papa va mettre l'étoile !

Matthew sourit en ébouriffant les cheveux de son fils.

— Que dirais-tu si papa portait maman pour que ce soit elle qui accroche l'étoile au sommet du sapin ?

Joignant le geste à la parole, il prit Amanda dans ses bras et la fit tournoyer, comme s'ils étaient deux danseurs jouant dans une comédie musicale à Hollywood.

— Est-ce que tout ne pourrait pas rester exactement comme c'est ce soir ? dit-elle en se blottissant contre lui.

— Même si cela implique de renoncer aux moyens de donner à Immi et à Tristan un petit frère ou une petite sœur ?

Elle haussa un sourcil.

— Mmm… Cela demande réflexion, bien qu'il y ait des chances que tu sois le papa de trois enfants un peu plus tôt que prévu.

Matthew ouvrit de grands yeux.

— Quoi ? Es-tu en train de me dire que…

Elle hocha la tête, le regard brillant, et donna à Matthew un baiser léger.

— Tu vas être de nouveau papa dans quelques mois.

Mais Tristan s'impatientait.

— Maman ! Papa ! cria-t-il en montrant l'arbre pour leur rappeler leur mission.

Matthew souleva Amanda pour qu'elle mette l'étoile en place. Au moment de l'accrocher, elle se tourna vers son mari et son fils.

— Que dit-on quand on installe l'étoile ?

Matthew lui sourit.

— C'est le moment pour qu'un miracle de Noël se produise ! s'écrièrent-ils tous les trois d'une seule voix.

Une fois l'étoile accrochée, Matthew serra étroitement Amanda contre lui.

— C'est *toi*, mon miracle, amour ! Tu le sais, n'est-ce pas ?

— Même si je pose mes pieds glacés sur toi toutes les nuits ?

— Je ne pourrais pas m'en passer.

Il la prit par la taille et, tandis qu'ils contemplaient l'arbre de Noël décoré, Amanda songea à quel point sa vie avait changé en à peine trois ans, depuis le jour où elle s'était rendue au Bankside Hospital pour passer un entretien d'embauche.

Abandonnée contre la poitrine de Matthew, elle avait conscience de bénéficier de tous les miracles de Noël dont elle avait rêvé, et elle émit le vœu que d'autres connaissent comme elle toute la joie qu'elle éprouvait en cet instant.

LOUISA GEORGE

Rencontre à North Beach

Traduction française de
C. DUTEIL

BLANCHE

HARLEQUIN

Titre original :
ONE MONTH TO BECOME A MUM

Ce roman a déjà été publié en 2018.

1

Impatiente de piquer une tête dans la piscine de son frère pour se rafraîchir, Jessie Price s'élança.

Hélas, non seulement l'eau glacée lui coupa le souffle, mais ses yeux la brûlèrent, et une vive douleur irradia immédiatement sous ses paupières.

Elle fonça vers le bord, se hissa hors du bassin et tituba jusqu'à la douche extérieure.

Cette piscine devrait être dénoncée à l'agence de sécurité sanitaire, se dit-elle avec frustration en se frottant les yeux. Elle pouvait dire adieu à un bon bain relaxant après sa centaine d'heures de vol !

Ce fut à ce moment qu'elle entendit grincer le portail.

— Il y a quelqu'un ? s'enquit une chaude voix masculine.

Adieu aussi la paix et la tranquillité tant espérées…

Elle ferma le robinet de la douche et attrapa une serviette, qu'elle noua autour de sa taille en veillant à ce que son ventre soit bien recouvert.

L'homme à la voix de velours ferait des cauchemars pendant des mois s'il voyait ses cicatrices !

Elle essaya de fixer son regard sur le jardin mais ne distingua que des formes floues.

— Oui ? fit-elle à l'espèce de tache de Rorschach qui s'approchait. Je peux vous aider ?

— Ne comptez pas vous baigner, dit l'être flou. Je viens de balancer dix litres de chlore dans l'eau de la piscine.

Elle se redressa, comme si elle avait l'habitude de recevoir des inconnus en maillot de bain, enveloppée dans une serviette délavée de son frère au logo des All Blacks.

— Trop tard, j'ai des marshmallows grillés à la place des yeux ! Là d'où je viens, vous savez, le type chargé de la maintenance de la piscine prévient quand il remet du chlore. C'est dangereux ! Imaginez qu'un enfant ait sauté...

— Et, là d'où je viens, on se présente avant de s'insulter, coupa l'homme. Je ne m'occupe pas de la maintenance de la piscine. Je suis Luke McKenzie...

Il fit une pause, comme si elle était censée connaître son nom. Comme si *tout le monde* ne connaissait que lui !

Une nouvelle idole, peut-être ? Un joueur de rugby ? Elle venait de passer deux ans au fin fond de l'Asie, et les dernières stars néo-zélandaises lui étaient inconnues.

— Et alors ?

— L'associé de votre frère.

— Oh..., balbutia-t-elle en rougissant.

Son frère Zac lui avait laissé un mot. Elle l'avait parcouru en posant sa valise sans vraiment y prêter attention. Ce Luke McKenzie était donc le médecin associé.

Tragique. Etre médecin avec une voix pareille, quel gâchis !

— Je suppose que vous êtes Jessie ? Vous ne deviez pas arriver de Mongolie-Extérieure — ou quel que soit l'endroit où vous vous trouviez — avant demain.

Il avait une belle voix mais des manières déplorables. Quand Zac l'avait suppliée de le remplacer au cabinet médical, il avait oublié de préciser qu'elle travaillerait avec le roi des râleurs !

— Je ne « me trouvais » pas au Viêt-nam. J'y *travaillais*, précisa-t-elle, glaciale. J'ai décidé d'arriver plus tôt pour voir Zac avant son départ. Pas de chance.

— Il est parti hier. Il voulait passer une nuit de plus à Queenstown, où les fêtes sont légendaires.

Elle battit des paupières malgré la douleur.

La silhouette fantomatique semblait plus grande. L'homme avait dû s'approcher, comme en témoignait le parfum boisé qui flottait jusqu'à elle.

— Il faut bassiner vos yeux avec de l'eau froide.

— Sans blague, persifla-t-elle en essayant de ne pas inhaler.

Sans lui laisser le temps d'argumenter, il l'entraîna d'une main ferme dans la cuisine et la poussa devant l'évier.

Elle se dégagea aussitôt.

— Sérieusement, ça va. Je peux me débrouiller.

Elle avait appris à garder ses distances avec les types présomptueux. Et ce n'était pas une petite brûlure aux yeux qui la ferait changer.

— Heureusement que je suis arrivé. Les émanations de chlore peuvent rendre très malade. Vous semblez avoir froid.

— Je me demande bien pourquoi...

Ignorant le sarcasme, il drapa une serviette autour de ses épaules.

Curieusement, il était très doux.

A la fois sûr de lui, obstiné et délicat. Une somme de qualités qu'elle avait jadis admirées chez un homme, avant de les fuir comme la peste...

Elle resserra la serviette autour d'elle en regrettant de ne pas avoir une tenue plus décente : même si son maillot de bain, qui ressemblait à ce qu'avait porté son arrière-grand-mère en son temps, était suffisamment couvrant, elle avait l'impression qu'on devinait ses cicatrices.

Malgré la douleur, elle tenta de fixer le regard sur son interlocuteur.

— J'ai voyagé seule dans le monde entier. Je peux me faire un bain d'yeux.

— J'ai promis à Zac de prendre soin de vous. Cessez de discuter et penchez la tête au-dessus de l'évier.

— Je ne suis pas sûre que m'aveugler était inclus dans le contrat.

Il éclata de rire et, malgré la brûlure qui lui rongeait les yeux, elle sentit sa mauvaise humeur s'envoler.

— D'accord, je me penche, je me penche ! céda-t-elle, théâtrale.

— Etes-vous toujours aussi compliquée ? s'enquit-il d'une voix amusée. Je ne veux que vous aider.

Apparemment, contrairement à la plupart des hommes qui

fuyaient ses réflexions acerbes, ses techniques de distanciation ne marchaient-elles pas sur lui.

— Vous m'aideriez davantage si vous partiez.

— Une vraie reine du mélo ! Zac s'était bien gardé de me le dire.

— Comment osez-v...

De l'eau glaciale ruissela sur son visage, lui imposant silence.

Le jet était dirigé vers ses yeux, et le roi des râleurs lui tenait la tête, écartait ses cheveux mouillés. Il était tout proche, et elle sentait son souffle effleurer sa nuque.

Des muscles durs frôlèrent sa hanche quand il la contourna pour remplir la tasse dont il se servait. Des mains chaudes encadrèrent son visage pour essuyer l'eau qui gouttait de son menton.

Elle sentit un étrange picotement parcourir ses terminaisons nerveuses.

Elle avait envie de voir ses traits, la couleur de ses yeux...

Allons, depuis quand la couleur d'yeux d'un parfait inconnu avait-elle de l'importance ?

La dernière fois qu'elle avait été aussi près d'un homme, c'était pour rouer de coups de poing Michael après avoir découvert qu'il couchait avec son assistante sous prétexte qu'elle-même était incapable de satisfaire ses besoins.

Avec le recul, la scène lui semblait plutôt drôle, mais, si la leçon avait été dure, elle savait maintenant à quoi s'en tenir sur les beaux collègues aux mains trop douces.

Elle chassa de son esprit l'image de Michael et du roi des râleurs et se sécha les yeux avec la serviette.

— Ça va mieux, merci. Vous pouvez partir.

— Moi qui m'amusais tant, fit-il, sarcastique. J'y vais. Mais, si vos yeux ne vont pas mieux, il faudra les faire examiner. Et, si vous avez besoin de quelque chose, hurlez.

— Je n'y manquerai pas.

— Zac m'a demandé de vous faire visiter le coin.

— Une autre fois.

Pourquoi pas jamais ?

— Bien sûr, dit-il, visiblement soulagé. Nous habitons juste en face, la vieille maison blanche.

« Juste en face. » Génial, elle avait débarqué à Wisteria Lane, avec ses voisins fouineurs et ses familles modèles, tout ce qu'elle fuyait. Cependant, « nous », ça voulait probablement dire qu'il était marié avec une dizaine de gosses. Dieu soit loué.

— D'accord. La prochaine fois que je voudrai me brûler les yeux, j'irai frapper à votre porte.

Elle devina un vague sourire à travers le brouillard qui noyait sa vision.

— Sinon, je vous retrouve dans l'impasse lundi à 8 heures tapantes pour aller au cabinet, ajouta-t-il, en se dirigeant vers la porte à grandes enjambées. En route, je pourrai vous montrer les endroits à voir et vous parler du travail.

Le malaise familier qu'elle croyait avoir vaincu lui tordit l'estomac.

Monter en voiture avec lui ? Monter en voiture tout court ? Son pire cauchemar. Prendre l'avion, se déplacer en bicyclette, marcher, pas de problème. Mais rouler dans une voiture inconnue, pas si elle pouvait l'éviter !

— Hé, attendez... Je comptais marcher. Zac a dit que ce n'était pas loin.

— Nous sommes toujours très occupés le lundi matin, et j'ai beaucoup de choses à vous dire. Soyez là à 8 heures, conclut Luke McKenzie d'un ton sans réplique.

Manifestement, il avait l'habitude de se faire obéir.

Elle haussa les épaules.

Ça irait pour cette fois, il devait savoir conduire. Et puis, elle ne connaissait pas le chemin pour se rendre au cabinet.

A 8 heures le lundi matin, Jessie attendait dans l'impasse. Elle leva les yeux vers le balcon du premier étage.

— Eh, Luke ! Pourrais-je vous parler avant de partir ?

Il se pencha sur le balcon croulant sous la glycine.

— Bien sûr. Ça va, Jessie ?

— Non, ça ne va pas. Vous pouvez descendre ? Ça commence à ressembler à la scène du balcon de *Roméo et Juliette*, et vous n'êtes pas assez joli pour incarner Juliette.

Quelques instants plus tard, il la dominait de sa haute taille.

Elle le fixa, le cœur battant, la bouche sèche.

Joli ? Il était bien plus que ça. Tout en muscles et en séduction, il semblait sortir tout droit d'une pub pour un rasoir. Avec ses cheveux bruns à la coupe nette, son polo bleu pâle et son pantalon gris, il était l'image du parfait médecin.

Posant la main sur son ventre, elle sentit les bourrelets de ses cicatrices et recouvra la raison.

Plus jamais elle ne se laisserait embobiner par un beau visage !

Les yeux ronds, Luke s'efforçait visiblement de contenir son hilarité.

— Seigneur. Vos cheveux !

Elle sentit son cœur sombrer.

— C'est si évident que ça ? Votre fichu chlore les a décolorés...

— En vert ? C'est terrible.

Terrible ? A en juger par son air goguenard, il ne s'était pas autant amusé depuis longtemps.

— Allez-y, riez.

— Si vous insistez...

Elle hocha la tête, sentant le désespoir l'envahir.

Elle avait tant espéré que Zac serait fier d'elle ! Sa venue à North Beach était le premier pas vers une réconciliation familiale, et elle avait été ravie de rendre service à son frère. Mais maintenant...

— Et encore, gémit-elle, c'est mieux qu'hier. J'ai passé la journée sur internet à chercher des moyens de remédier au problème. Je me suis lavé les cheveux avec toutes sortes de trucs, de la purée de tomates au bicarbonate de soude, en passant par le vinaigre, expliqua-t-elle en tentant d'aplatir les frisottis qui se dressaient de part et d'autre de sa tête comme les mauvaises herbes d'un jardin en friche. Si les patients se plaignent que j'empeste la vinaigrette, vous saurez pourquoi.

Luke se pencha et renifla.

Lui-même sentait le shampooing à la cannelle et à la pomme, ce qui lui donna envie de se nicher au creux de son cou — à condition de l'atteindre — et de respirer avidement son odeur virile.

Elle se détesta pour ça. Vivre en ermite lui convenait très bien, même si à de rares occasions elle rêvait d'une épaule sur laquelle s'appuyer.

— Je ne sens rien de déplaisant, dit luke en se frottant le menton, moqueur. Docteur Price, j'aimerais vous dire que vos cheveux verts se remarquent à peine, mais hélas…

— Si vous m'aviez laissé un mot, je n'aurais pas sauté dans cette piscine. C'est votre faute.

— C'est ça, accusez le brave type obligeant !

— Je n'ose imaginer les dégâts que vous causeriez si vous preniez des initiatives.

— C'est reparti pour le mélo, pouffa-t-il.

Jessie Price était différente de ce qu'il attendait. Contrairement à Zac qui était la décontraction même, elle semblait très nerveuse. Il émanait de ses yeux bleu foncé qui vous tenaient à distance une tristesse rare chez quelqu'un d'aussi jeune. Un doigt dans la ceinture de son pantalon, elle levait le menton avec défi en une posture peu féminine, même si le chemisier bleu et le jean noir qu'elle portait aujourd'hui épousaient ses intéressantes rondeurs aperçues l'autre jour et si elle exsudait la sensualité. En bref, une petite personne à la forte personnalité et à la langue acérée.

Franchement, il avait hâte que Zac revienne.

— Alors, vous voulez toujours de moi ? lança-t-elle.

Il recula. Il avait besoin d'espace.

— Quoi ? Qu'est-ce que c'est que cette question ?

— J'ai pourtant utilisé des mots simples pour vous faciliter les choses. Vous semblez un peu distrait. Comme je ressemble à une pub pour le style hippie chic, je demandais si vous vouliez toujours de moi.

— Zac dit que vous êtes un médecin très compétent. Et on a désespérément besoin de vous.

— Je suis prête, papa, intervint une voix enfantine.

Lucy venait d'apparaître avec son cartable rose, et il accorda toute son attention à sa fille.

— Coucou, mon cœur.

Il souleva l'enfant dans ses bras et serra tendrement contre lui son petit corps potelé.

— Tu as tes livres ? Ta bouteille d'eau ? Ta boîte à déjeuner ? Ton inhalateur ? Ta culotte de rechange ?

La fillette hocha la tête avec véhémence.

— Oui, papa. Tout.

Il se débrouillait tant bien que mal pour élever seul sa fille, et la peur qu'il éprouvait parfois était largement compensée par le bonheur qu'elle lui donnait. Arriverait-il jamais à tout se rappeler ? Chaque jour, les besoins de sa fille changeaient. Elle grandissait vite, et il avait du mal à suivre.

— C'est bien.

Il respira le parfum de son shampooing à la fraise et la chatouilla. Elle gloussa en gigotant dans ses bras.

— Qui c'est, la dame avec des cheveux verts ?

— Cette dame s'appelle Jessie. Elle est la sœur d'oncle Zac, et elle va m'aider au cabinet. Jessie, voici ma fille Lucy.

Se retournant, il surprit une tristesse déconcertante sur le visage de Jessie, vit ses yeux noyés de larmes.

Mais elle redressa la tête, leur dédia un sourire crispé et tapota sa montre. Puis, fonçant vers la voiture, elle s'assit sans un mot à la place du passager.

Dérouté par cette réaction étrange, il la suivit et attacha Lucy sur son siège-enfant.

Jessie avait été bouleversée à la vue de sa fille. Pourquoi ?

Il claqua la portière, faisant involontairement sursauter Lucy. En compensation, il lui envoya un baiser, et celle-ci leva sa menotte en un geste adorable comme pour l'attraper.

Il regarda Jessie pour observer sa réaction.

Elle resta imperturbable.

C'était précisément pour cette raison qu'il évitait les femmes. Il avait appris à ses dépens qu'elles n'étaient jamais satisfaites de rien. Il avait raté un mariage, et il se garderait de réitérer l'expérience.

Il démarra et s'engagea sur la route.

Agrippée à la poignée de la porte, Jessie pratiquait son exercice de respiration. Elle ne pouvait se résoudre à regarder ni la fillette assise à l'arrière, ni le compteur de vitesse, ni le visage de Luke.

Sa précipitation à gagner la voiture avait dû lui paraître grossière. Dresser des barrières autour d'elle pour se protéger, c'était très bien, mais il y avait des limites. Comme les voitures et les jeunes enfants. Et elle pouvait ajouter les cheveux verts à la liste.

— Vous n'avez pas l'air bien, remarqua Luke. Ça va ?

— Oui.

— La nervosité du premier jour ?

— Quelque chose comme ça.

Elle s'était beaucoup regardé le nombril, beaucoup analysée, et elle était fière de sa faculté de récupération. Généralement, elle s'en sortait bien avec les enfants si elle était préparée. C'est pourquoi elle avait été surprise par la violence de sa réaction quand elle avait vu la petite fille.

Elle inspira profondément pour chasser le chagrin familier.

Puisqu'elle ne pouvait plus avoir d'enfant depuis l'accident, elle devait oublier ses rêves et aller de l'avant.

Le pied sur l'accélérateur, Luke filait dans la circulation de la voie rapide, plutôt dense à cette heure de pointe.

— On ne peut pas rouler plus lentement ? bredouilla-t-elle, le pied écrasant un frein imaginaire.

C'était décidé, demain, elle irait au cabinet à pied.

— Désolé. La circulation chaotique légendaire du Viêt-nam vous a rendue peureuse en voiture ?

— Non. Je n'aime pas la vitesse, c'est tout. Là, c'est parfait, précisa-t-elle alors qu'ils roulaient à dix à l'heure, ralentis par le trafic.

— Papaaaa ?

— Oui, chérie ? s'enquit Luke avec tendresse.

— C'est Jessie le *Grinch* ?

— Non ! répliqua-t-il, se retenant d'éclater de rire.

Jessie aurait juré qu'il rougissait.

Elle n'avait jamais vu Michael rougir. Pas même quand elle l'avait surpris le pantalon baissé.

— Je suis désolé, Jessie. Elle ne le pensait pas vraiment. Vous ne ressemblez pas du tout au *Grinch*.

— Au quoi ? Qu'est-ce que c'est, ce *Grinch ?*

— C'est une méchante créature verte, expliqua-t-il avec un sourire contrit. Un personnage de conte pour enfants qui essaie de voler Noël. Assez effrayant quand on a trois ans.

— Génial. Alors, mes cheveux vont donner des cauchemars aux enfants et des crises cardiaques aux vieillards !

— C'est vos cheveux qui vous tracassent ? Rassurez-vous, dit-il avec un sourire adouci, tout se passera bien.

— Je l'espère, maugréa-t-elle en lui jetant un coup d'œil.

Au-dessus de la lèvre, il avait une petite fossette où elle aurait pu glisser son petit doigt... ou le bout de sa langue.

Elle chassa cette pensée incongrue.

A l'arrière, le gazouillis de la fillette se mua en toux.

Une ombre passa sur le visage de Luke.

— Lucy ? Ça va, ma chérie ?

— Oui, papa, répondit l'enfant en toussant de nouveau.

Jessie capta un sifflement caractéristique. Un ronflement rauque. Elle faillit se retourner pour observer la fillette.

Allons, c'était juste une toux. Beaucoup d'enfants toussaient, elle n'avait pas à s'en mêler.

— Elle a probablement une crise de panique à l'idée de voyager avec une créature aux cheveux verts...

— Non, elle a de l'asthme. Ça va mieux, mon cœur ?

— Oui, papa.

Avec un sourire crispé, il s'engagea sur le parking fleuri d'une élégante villa de style colonial.

— Les crises sont causées par le stress, l'excitation, la peur... Mais vous le savez aussi bien que moi.

— Elle hocha la tête.

Elle avait vu de nombreux parents angoissés regarder leur enfant chercher son souffle. Luke devait être de ceux-là.

— Peut-être devriez-vous laisser quelqu'un d'autre l'examiner. Vous voulez que je le fasse ?

— C'est moi qui m'en occupe, dit-il sèchement en la fixant de ses yeux gris. Elle est ma fille, ma responsabilité. Je l'emmène à la crèche, puis je vous retrouve dans la cuisine du personnel dans dix minutes.

— D'accord. Au revoir, Lucy.

Elle regarda le père et sa fille contourner la maison, main dans la main. Puis, prenant son sac, elle se dirigea vers l'entrée du cabinet médical et pénétra dans le hall de réception inondé de soleil où flottait l'odeur familière du désinfectant.

Elle passa la main dans ses boucles indisciplinées.

Là était son domaine. Trois semaines ici, quatre semaines là. A soigner des gens, à sauver des vies. C'était sa vocation. Cheveux verts ou pas, elle était là pour le travail, pas pour gâcher son énergie en se laissant distraire par un type comme Luke McKenzie.

2

— Une piqûre d'abeille ? J'arrive tout de suite, dit Luke.

Chassant la troublante suppléante de ses pensées qu'elle avait plus ou moins occupées toute la matinée, il se concentra sur l'urgence et ses conséquences possibles.

Piqûre d'abeille. Choc anaphylactique. Parfois mortel.

Il régnait une véritable cacophonie dans le hall de réception. Un groupe de personnes entourait une femme affolée qui hurlait, un enfant dans les bras.

— Mon petit garçon ! Vite, aidez-moi ! cria-t-elle en se précipitant vers Luke. Il ne peut plus respirer.

— Ambulance. Oxygène. Chariot de réa, ordonna-t-il à la secrétaire. Salle 1. Vite.

Il s'efforça d'ignorer la souffrance qu'il éprouvait toujours devant un enfant malade, quand il revoyait Lucy sous ventilation assistée, couchée dans un lit d'hôpital.

Il prit l'enfant et, fonçant dans la salle de soins la plus proche, il l'allongea sur la table et commença à l'examiner.

— Comment s'appelle-t-il ?

Tenant la main de son enfant, la mère était très pâle.

— Ty... Tyler, bredouilla-t-elle avec effort.

— Quel âge a-t-il ? Je dois le savoir pour le dosage médicamenteux, précisa-t-il devant son air hébété.

— Sept ans.

— Combien pèse-t-il ?

— Je ne sais pas… Environ vingt kilos, je pense, balbutia-t-elle d'une voix chevrotante. Je devrais le savoir…

— C'est bon, nous le pèserons.

Lucy étant asthmatique, il connaissait chaque détail d'elle, utile ou non. Mais il ne pouvait pas en vouloir à cette femme. Comment aurait-elle pu savoir que le poids de son enfant pouvait être primordial en situation d'urgence ?

Les lèvres de Tyler avaient doublé de volume, sa peau était couverte d'une vilaine urticaire rouge. Les yeux gonflés, il se tortillait en étreignant sa gorge, et des traces de vomi maculaient son T-shirt. Il tremblait de tout son corps, mais il gémissait, ce qui signifiait qu'il respirait. Pour le moment.

Luke lui prit le pouls, rapide et faible. Il lui mit le brassard du tensiomètre automatique autour du bras et attendit le verdict.

Tension dangereusement basse.

Il glissa un oxymètre à son pouce et grimaça.

— Oxygène ? Chariot de réa ? s'impatienta-t-il.

Les constantes de l'enfant chutaient. Ses voies respiratoires étaient compromises. Il fallait agir très vite en cas de choc anaphylactique, réaction allergique très grave.

— Où a-t-il été piqué ? demanda-t-il.

— A l'arrière du cou. J'ai mis de la glace dessus.

— Souffre-t-il d'autres allergies ?

— Non. J'aurais dû mieux le surveiller, sanglota la mère, en larmes, en découvrant la nuque de Tyler, révélant une grosseur où était fiché un minuscule dard noir.

Luke prit une pince à épiler et arracha le dard.

— A-t-il d'autres problèmes médicaux ?

— N-non. Oh ! Seigneur, aidez-le, supplia-t-elle en s'agrippant à son bras.

— Je suis là pour ça. Si vous voulez bien patienter dehors…

Il fit signe à Maggie, l'infirmière du cabinet, de l'emmener.

Il savait qu'elle aurait voulu rester auprès de son enfant, mais l'expérience lui avait appris que certaines images étaient impossibles à oublier, et il préférait lui épargner cette épreuve.

A peine fut-elle sortie qu'il vit Jessie entrer, une bouteille d'oxygène dans une main, poussant un chariot de l'autre.

Ouf, un autre médecin. Il n'aurait pas besoin d'aboyer ses ordres.

Elle installa la bouteille d'oxygène au-dessus du lit et tourna le robinet. Le chuintement rassurant de l'oxygène pressurisé emplit la pièce.

Leurs regards se rencontrèrent, unis dans l'urgence.

— Choc anaphylactique ? demanda-t-elle.

Il inspira profondément.

— Oui. Piqûre d'abeille. J'ai besoin d'adrénaline. Vite.

— J'en ai à revendre, dommage que vous ne puissiez la mettre en bouteille.

Pendant que Jessie fixait le masque sur le visage enflé de Tyler, il prit un paquet d'ampoules et le matériel d'injection. Il vérifia le dosage de l'adrénaline et remplit la seringue.

— Ça va piquer un tout petit peu, Tyler. Ne bouge pas.

Il retroussa le short de l'enfant, désinfecta la zone et enfonça l'aiguille dans le muscle de la cuisse.

— Je prépare la perfusion, annonça Jessie en prenant le nécessaire sur le chariot.

Elle fit un garrot au bras menu de Tyler, frotta l'endroit avec une compresse imbibée de Bétadine et enfonça l'aiguille dans la veine.

— Je pose le cathéter, et je mets en route une poche de sérum physiologique.

— Bien joué, Grinch.

Jessie lui sourit, et il eut l'impression de recevoir un coup à l'estomac.

Bon sang ! Tyler commençait à être tiré d'affaire mais, lui, il avait des problèmes s'il craquait pour un sourire.

— Maman ? gémit faiblement Tyler en tirant sur son masque à oxygène, les yeux injectés de sang. Où elle est ?

— Calme-toi, Tyler, murmura Luke avec douceur en repositionnant le masque, elle est à côté.

Ne pouvait-on pas inventer un masque qui ne flanque pas une peur bleue aux enfants ?

— Peu importe qu'ils prennent la forme de poissons ou de dragons, ces masques font un bruit d'enfer, n'est-ce pas, mon bonhomme ? dit Jessie en caressant la tête de l'enfant.

— J'étais en train de penser la même chose, remarqua-t-il. C'est curieux.

— Quoi ? fit-elle, sourcils froncés. C'est juste effrayant pour eux. Garde-le encore, Tyler, ça va te faire du bien.

— Je veux maman.

— On ira la chercher dans une minute. Reste tranquille. Tu es très courageux, tu sais.

Soulagé, Luke s'appuya au chariot en soupirant.

En urgence, il travaillait sur pilote automatique, se fiant à ses compétences médicales et aux traitements qui avaient fait leurs preuves. Mais, ensuite, il éprouvait toujours un contrecoup émotionnel, avec l'atroce prescience qu'un jour, ce serait peut-être sa fille qu'il aurait à soigner.

Caressant les cheveux du petit garçon, Jessie lui adressa un sourire radieux.

— Sa fréquence respiratoire est déjà bien meilleure, dit-elle. Et sa tension remonte. Je suis toujours surprise par la rapidité avec laquelle l'adrénaline agit.

Son sourire l'enveloppait dans une douce chaleur. Ses yeux bleus brillaient, pailletés de petits points dorés, son petit nez était parsemé de taches de rousseur…

Mais une femme n'était pas qu'un beau sourire. Elle était aussi mensonge, dispute, souffrance. C'était la raison pour laquelle il élevait seul sa fille, et cela lui convenait parfaitement.

Il se força à détourner les yeux pour se ressaisir, et le visage anxieux de la mère de Tyler entra dans son champ de vision.

— Il va mieux ? questionna celle-ci.

Devinant combien elle avait envie de le toucher, de le voir, il la fit asseoir sur une chaise près de son fils.

— Tout va bien. Il est tiré d'affaire. Vous pouvez lui tenir la main, dit-il en ébouriffant les cheveux de Tyler, qui sourit faiblement. Il mérite une récompense et, quand on vous donnera le feu vert, vous pourrez lui offrir une glace.

Jessie observait Luke avec admiration, étonnée par son autorité, son empathie. Sa voix de velours avait un effet apaisant.

Apparemment, cela fonctionnait sur Tyler et sa mère, qui le fixaient gravement pendant qu'il les rassurait.

Il faisait tout parfaitement. Avec une compassion sincère.

— Comme vous le savez, Tyler a eu une réaction allergique à une piqûre d'abeille. Nous lui avons fait une injection pour le soulager, mais il arrive qu'il y ait rechute, aussi va-t-on le garder vingt-quatre heures en observation à l'hôpital. Ça lui est déjà arrivé ?

— Jamais. C'était horrible, dit la femme en frissonnant. Vous lui avez sauvé la vie. Merci.

— Nous n'avons fait que notre travail. Il faudra peut-être qu'il porte sur lui une seringue spéciale à l'avenir. Pour le cas où il se ferait piquer par une abeille et aurait une réaction similaire.

— Ses lèvres ont une meilleure couleur, commenta Jessie en prenant le pouls de l'enfant. Son rythme cardiaque est encore rapide, mais c'est sans doute dû au bolus d'adrénaline. Ça lui a sauvé la vie, mais ça peut perturber son organisme.

— L'ambulance est là, annonça Maggie en pénétrant dans la pièce. Je les fais entrer.

Vingt minutes plus tard, Jessie regardait Luke dire au revoir à leur jeune patient, encore frappée par ce qu'ils venaient de vivre.

Il avait géré la situation avec calme et professionnalisme, et tout le monde lui avait obéi le plus naturellement du monde. Elle n'avait jamais vu un médecin plus compatissant, plus maître de lui. Malgré ce qu'il s'était passé, il demeurait aussi frais et dispos qu'en début de matinée. Dr Parfait, en somme.

Comment faisait-il ? Elle, elle devait ressembler à un épouvantail.

Elle passa la main dans ses cheveux hérissés, cherchant des yeux un miroir — ce qui l'alarma.

Depuis son retour en Nouvelle-Zélande, elle se souciait beaucoup de son apparence. Pourquoi cela avait-il soudain autant d'importance ? L'aspect ne comptait pas. Ce qui importait, c'était le travail. Sauver des vies…

Evidemment, couverte de cicatrices comme elle l'était, il valait mieux qu'elle en soit convaincue. Sinon, elle serait stupide. Ou masochiste, ce qu'elle n'était pas.

Luke referma la porte et se tourna vers elle.

— Merci pour votre aide, Jessie. Vous êtes un médecin hors pair.

Elle sentit ses joues s'enflammer.

Oui, elle était un bon médecin. Mais c'était agréable de l'entendre de la bouche d'un collègue.

— Vous aussi. Est-ce que ça va ?

— Bien sûr. Pourquoi cette question ?

— Je me disais qu'étant donné la pathologie de Lucy, ça devait être dur pour vous de soigner des bouts de chou. Vous n'êtes pas obligé de garder ça pour vous, vous savez.

Luke haussa les épaules.

— Ça va. Sincèrement, dit-il, manifestement peu désireux de partager ses préoccupations personnelles.

Il griffonna une note, signa des prescriptions — il avait une écriture fluide et claire pour un médecin —, puis il se tourna vers elle et sourit, ses yeux bleu-gris aux éclats d'acier bruni dégageant une chaleur troublante.

— J'aimerais vous inviter à déjeuner...

— Ah ?

Inutile de s'affoler. Ce type était probablement marié. Même s'il ne portait pas d'alliance et n'avait pas parlé d'une épouse. Mais qu'en savait-elle ?

— Oui. Je fais toujours un débriefing au bar à sushis à l'arrivée d'un suppléant, d'habitude. Malheureusement, j'ai pas mal de courses à faire. C'est l'anniversaire de Lucy la semaine prochaine, et je suis de corvée. Peut-être plus tard dans la semaine ?

— Pas de problème. Je vais m'acheter un sandwich et mettre à jour la paperasserie. Peut-être même me familiariser avec le chariot de réanimation. (Mémoriser le code-couleur des paquets sur le chariot était une question d'orgueil professionnel.) J'espère que vous arriverez à tout organiser.

— Pour le zoo et le château gonflable, j'en doute. On pourrait faire notre débriefing après les consultations, à 5 heures ?

— J'espérais rentrer chez moi...

Mais Luke était déjà loin.

— D'accord, à plus tard, soupira-t-elle.

Cet homme avait une vie bien remplie. Médecin à plein-temps et papa disponible. Avec de la chance, la réunion de ce soir serait brève s'il avait une famille qui l'attendait et une fête d'anniversaire à préparer.

Elle chassa Luke de ses pensées. Regardant autour d'elle, elle se demanda par quoi commencer.

Le chariot de réa ?

Ce fut alors qu'il passa la tête par la porte, la faisant sursauter.

— Je suppose que vous ne savez pas organiser une fête pour une fillette de trois ans ? Pour être honnête, je suis un peu dépassé. Il paraît que le déguisement est obligatoire…

Elle ne se rappelait pas à quand remontait la dernière fête à laquelle elle avait assisté, enfantine ou non. Les invitations n'étaient pas les bienvenues quand on fuyait toute relation.

Elle s'appuya au bureau de la réception, et sa main glissa presque machinalement sur les bourrelets de peau qui déformaient son abdomen. Elle caressa le vide, l'endroit où elle avait senti son bébé donner des coups de pied, l'endroit où la douleur fulgurante avait explosé dans son ventre et qui n'était plus qu'une masse de tissus cicatriciels.

Non. Pas de fête d'anniversaire pour bambins. Et il était vain de s'appesantir sur le passé.

— Désolée, aucune idée. Ce n'est pas à moi qu'il faut demander ça.

— Bah, ça valait la peine d'essayer.

Elle inspira profondément.

— Vous ne devriez pas plutôt en parler avec la maman de Lucy ? s'enquit-elle avec un sourire forcé.

Luke se détourna, la mâchoire durcie.

— Je me débrouillerai.

Brillant. Elle aurait mieux fait de se taire.

Les yeux fixés sur l'écran de l'ordinateur, Jessie s'efforçait de se concentrer sur le dossier du patient suivant, mais les questions se bousculaient dans sa tête.

Pourquoi Luke ne voulait-il pas demander à la mère de Lucy de l'aider à organiser son anniversaire ? Elle avait vu l'éclair de dédain dans ses yeux quand elle avait parlé d'elle. De toute évidence, ses relations avec sa femme étaient tendues.

— Excusez-moi, Jessie, dit Maggie en faisant irruption dans la pièce, pouvez-vous voir Kyle Phillips sans tarder ? Il est en train de saccager la salle d'attentte, et sa mère est au bord des larmes.

— Bien sûr. J'allais justement l'appeler.

— Généralement, c'est Luke qui le voit, mais il est surchargé cet après-midi.

Elle tressaillit malgré elle en entendant le nom de Luke.

Elle était mal partie !

Mais, si son corps avait des réactions qui lui échappaient, elle gardait la tête froide. Michael lui avait appris qu'elle n'était pas faite pour les relations amoureuses. La découverte de l'infidélité de son mari après son accident, la perte de son bébé puis de son mariage, tout cela avait gravé un serment dans son cœur : « Plus jamais ça. »

— Envoyez-le-moi tout de suite, dit-elle à Maggie.

« Empêchez-moi de penser à Luke et à son sourire. »

Pensait-elle à son sourire, maintenant ? Et son serment de ne plus jamais se laisser prendre au piège ? Il avait un sourire craquant, des dents parfaites, et alors ? Il dépensait probablement une fortune en soins dentaires.

— Luke est toujours ponctuel et ne prend jamais de retard dans ses consultations, reprit Maggie, intarissable sur son employeur. Je ne sais pas comment il fait, avec la petite Lucy. Elle lui donne du fil à retordre. Mais il a bien organisé sa vie autour d'elle.

On aurait dit qu'elle parlait d'un faiseur de miracles !

— Ça a été un gros choc, et un terrible changement pour lui. Il y a quelques années, il était insouciant et avait une vie sociale bien remplie, un vrai fêtard.

— Un fêtard ?

— Tout a changé quand il a eu Lucy. Il se débrouille très bien comme père célibataire.

Jessie hocha la tête.

Elle commençait à comprendre. Elle en apprendrait sûrement plus au cours des prochaines semaines. Par exemple ce qui était arrivé à la mère de Lucy, et comment Luke avait pu être insouciant en étant chargé de famille.

Elle regarda l'heure sur l'écran de l'ordinateur.

— J'ai déjà du retard, je ferais mieux de voir ce patient.

Stacey Phillips posa une main tremblante sur l'épaule de son fils âgé de trois ans.

— Pour l'amour du ciel, tiens-toi tranquille, Kyle, et laisse le médecin examiner tes oreilles.

— C'est bon, j'ai fini, dit Jessie en reposant l'otoscope sur son chargeur. Vous aviez raison, Stacey. Kyle a une légère rougeur sur le tympan causée par une infection virale, mais ce n'est pas grave. Les antibiotiques ne seront d'aucune utilité puisqu'ils s'attaquent aux bactéries et non aux virus, mais le paracétamol le soulagera. Tiens, Kyle, montre le train à maman pendant que je rédige la prescription, ajouta-t-elle en tendant à l'enfant un petit train de bois.

— *At ... choum !* éternua Kyle, aspergeant copieusement le pantalon de Jessie.

Génial. Une belle morve collante assortie à sa couleur de cheveux... Ses honoraires avaient intérêt à inclure les frais de blanchisserie.

— Je suis navrée, balbutia la jeune mère, décomposée. Kyle, demande pardon au médecin. Vilain garçon. Vilain !

Jessie lui sourit, un peu étonnée par cette réaction, excessive pour un simple éternuement. Peut-être Stacey était-elle simplement anxieuse ?

— Ce n'est rien, il ne l'a pas fait exprès. Un bout de chou m'a déjà vomi dessus ce matin, un autre a gribouillé sur ma manche avec un feutre, et j'ai encore quatre heures de consultation devant moi. Je commence juste à m'échauffer.

L'argument parut porter, mais Stacey ne se leva pas. Les yeux pleins de larmes, elle se tordait les mains, les jambes agitées de tics nerveux.

— Il y a autre chose, Stacey ? Quelque chose vous inquiète ? s'enquit Jessie en se penchant vers elle.

Secouant la tête, Stacey s'essuya les yeux.

— On ferait mieux d'y aller. Vous êtes occupée.

Jessie lui tendit un Kleenex et attendit.

Les patients avaient parfois besoin qu'on leur consacre plus de temps.

Enfin, Stacey se mordit la lèvre, détourna les yeux.

— Je n'ai pas eu mes règles ce mois-ci.

— Vous pensez que vous pourriez être enceinte ?

— Oui. J'ai les seins sensibles, et je suis tout le temps nauséeuse. Comme la dernière fois.

— Et ça ne vous rend pas heureuse ?

— Non. Mon mari vient de me quitter. Je ne peux pas m'occuper seule de deux petits, j'ai déjà du mal avec un...

— Je comprends, dit Jessie.

Une boule lui comprimait l'estomac, l'empêchant de respirer. S'occuper de femmes enceintes ranimait régulièrement la tristesse enfouie au fond d'elle.

Pendant sa grossesse, les petits détails l'avaient marquée. Dans les livres sur le sujet, le développement du fœtus se mesurait en analogie avec les fruits. La taille d'une fraise, puis d'un citron, puis d'un pamplemousse. Elle aimait plaisanter en disant qu'elle allait donner naissance à une salade de fruits. Sa grossesse lui avait donné le sentiment de porter le plus heureux des secrets, et son cœur avait grossi en même temps que son ventre, débordant d'amour pour ce petit être qu'elle ne connaissait même pas.

Mais le moment était mal choisi pour penser à ça, et elle refoula les émotions qui l'étranglaient.

— Je voulais un second enfant, pas mon mari, avoua Stacey, les lèvres tremblantes. Je croyais arriver à le convaincre, mais on se disputait tout le temps.

— La vie est dure parfois, Stacey. Je le sais.

Stacey déchirait son Kleenex, dont les morceaux tombaient sur ses genoux en un petit tas blanc.

— Je ne peux pas avoir ce bébé. Ce n'est pas le moment. Je ne sais pas quoi faire...

— Quoi qu'il arrive, vous vous en remettrez. Faites-moi confiance, dit-elle, sachant d'expérience qu'on pouvait survivre à tout.

Elle ramassa les bouts de Kleenex et les jeta à la poubelle avant de prendre la main de Stacey.

— Une chose après l'autre. Je vais d'abord demander à Maggie de faire un test de grossesse.

— Non ! protesta Stacey, toute pâle. Maggie est la tante de mon mari, et les nouvelles vont vite ici. North Beach est une petite ville. Je ne veux pas qu'il sache. Pas tant que je n'ai pas pris de décision. N'en parlez à personne, s'il vous plaît.

— D'accord. Je vais devoir glisser quelques notes dans le dossier, mais, comme il s'agit de la consultation de Kyle, personne ne regardera ce qui vous concerne. Je suis là pour vous aider, Stacey, je ne dirai rien.

Luke contempla le ravissant derrière penché au-dessus du placard à médicaments et refréna un grognement de frustration, s'efforçant d'ignorer la chaleur interne que ce spectacle éveillait chez lui.

Que lui arrivait-il ? Ses hormones étaient complètement en décalage avec son cerveau !

D'après ce qu'il savait d'elle, Jessie Price était une femme égoïste et instable. Comme Chloe. Oui, elle était attirante, mais les femmes attirantes ne manquaient pas dans le coin.

Il refoula son désir.

— Comment ça va ? questionna-t-il pour être poli. Vous vous êtes remise des émotions de ce matin ?

Jessie se redressa et le regarda.

Ses cheveux en tire-bouchon étaient retombés, et des mèches souples encadraient son visage, lui donnant un air angélique. Une veine pulsait rapidement sur sa gorge fine, et il dut faire un effort pour en détacher son regard.

— Quoi ? Vous disiez ? s'enquit-elle.

— Heu, rien.

Elle se détourna et s'en alla d'un pas pressé.

Il la regarda s'éloigner dans le couloir, les épaules raides.

Etait-ce son imagination ou avait-elle rougi ? Elle semblait hantée. Il avait déjà vu cette expression chez Chloe, le jour où il avait trouvé le billet d'avion qu'elle avait acheté avec sa carte de crédit à lui pour quitter North Beach.

Sa carte de sortie de prison, comme elle l'avait appelé.

Mais Jessie, hantée ?

— Vous avez trouvé ce que vous cherchiez, Jess ?

— C'est Jessie, ou Jessie, répliqua-t-elle sans s'arrêter. Je n'aime pas que l'on m'appelle Jess.

— Vous êtes sûre que ça va ?

Toute rouge, elle pivota sur elle-même et ses yeux bleu foncé le transpercèrent.

— Je suis occupée, Luke.

Ses doigts menus étaient crispés sur quelque chose. Que cachait-elle ?

— Vous venez de voir Kyle Phillips, n'est-ce pas ?

— Oui.

— Tout va bien ? Vous aviez besoin de quelque chose pour lui ?

— Non, fit-elle avec un sourire crispé. Il faut que j'y aille.

Comme elle se détournait, elle se cogna contre la porte, et un petit paquet lui échappa.

— Vous avez perdu quelque chose.

Avec un soupir, elle se pencha en même temps que lui pour ramasser le paquet, et leurs mains se frôlèrent.

Leurs yeux se rencontrèrent et elle lui adressa une prière muette : « Ne posez pas de question. »

Il ne posa pas de question. Il était incapable de parler, l'estomac noué, le cœur battant, les lèvres sèches.

Dieu, qu'importait ce qu'elle faisait, ce qu'elle cachait, elle était adorable.

Soudain, il avait envie de sentir ses lèvres sur les siennes, de se presser contre son corps voluptueux et de faire taire les questions qui se bousculaient dans sa tête.

L'embrasser ? Ici ? Devant tout le personnel ? Depuis quand le désir passait-il avant la décence ? D'où lui venait cette faiblesse ?

Les femmes comme Jessie étaient du poison, et il n'avait aucune envie d'y goûter. Il devait impérativement se ressaisir.

S'arrachant à son regard captivant, il lui tendit le paquet.

— Tenez… Oh ! C'est un test de grossesse ?

— Merci, fit-elle, rouge jusqu'aux oreilles, en se relevant.

— Généralement, c'est Maggie qui s'occupe de ce genre de chose, je vais l'appeler. Dites à la patiente d'attendre.

— Non... Je vais le faire.

Il sentit son cœur s'accélérer.

Idiot. Kyle Phillips avait trois ans et n'avait nul besoin d'un test de grossesse. Ni le patient suivant, Frank Carrington, un octogénaire. Le test devait être pour elle.

— Désolé, je ne voulais pas me montrer indiscret.

Jessie le fixa, les yeux écarquillés.

— Vous croyez que ce test est pour moi ?

Elle s'assombrit et passa involontairement la main sur son ventre.

Il l'avait déjà vue faire ce geste dans la voiture, et quand elle avait rencontré Lucy. Curieux. Sans doute un tic nerveux, comme se ronger les ongles.

Elle se dirigea vers sa salle de consultation.

— Ce n'est pas le cas, fit-elle avec un rire doux-amer. A présent il faut vraiment que j'y aille.

— Bien sûr.

Il demeura cloué sur place, secoué par la réaction viscérale qu'elle déclenchait en lui.

Quand elle aurait fini son remplacement au cabinet, il aurait besoin d'une thérapie !

A une époque, il aurait essayé de la séduire, aurait pris plaisir à lui faire la cour. Mais il s'était déjà méchamment brûlé les ailes à ce jeu-là. La vie privée de Jessie Price ne le concernait pas.

3

Après une longue journée chargée et un débriefing, Jessie n'avait qu'une envie : rentrer chez elle se coucher.

Une promenade à pied semblait idéale par cette belle soirée d'été. Elle en profiterait pour analyser les pensées troublantes que Luke McKenzie suscitait en elle, combinant ainsi exercice et exorcisme...

— Jess ? Je croyais que vous étiez déjà partie. Vous voulez que je vous ramène ? demanda Luke en s'avançant d'un pas nonchalant vers sa voiture.

Zut. Juste quand elle commençait à se détendre...

— Merci, répondit-elle poliment. Je préfère marcher, ça me fera du bien.

— Pas de problème, commenta-t-il d'un air amusé, adossé à son break. Cette journée a été votre baptême du feu, non ?

— Je pensais que ce serait plus calme à North Beach. Mais je peux assurer.

— Je n'en doute pas, docteur Price. Après vous avoir vue en action, je crois que vous pouvez affronter n'importe quoi.

Le bleu ardoise de ses iris était plus prononcé à la lumière du crépuscule tandis qu'il la fixait en souriant, et ses lèvres...

Seigneur, elle mourait d'envie de l'embrasser !

D'où lui venait cette idée ? C'était tellement déplacé que c'en était presque drôle. Mais la chaleur qui consumait son ventre l'était beaucoup moins.

Impossible. Les hommes faisaient souffrir. Si elle n'était pas masochiste, elle devait partir. Vite.

— Alors, on se voit demain ?

— Seulement si vous prenez en charge les frais de nettoyage, ironisa-t-elle en lui désignant les taches qui maculaient ses vêtements.

Mais le regard de Luke s'attarda sur son corps, et elle sentit avec horreur ses joues s'empourprer, des picotements la parcourir.

Elle n'avait jamais eu de picotements avec Michael. Les choses avaient été simples, rassurantes, sous contrôle. Jusqu'à ce qu'il perde les pédales en couchant avec une employée.

Elle haussa les épaules, s'efforça de détourner les yeux de son beau visage, de sa bouche sensuelle.

— Les risques du métier, je suppose.

Il hocha la tête.

— Je parie que je peux identifier chacune de ces taches à dix pas, remarqua-t-il, les yeux brillants.

Elle se passa malgré elle la langue sur les lèvres.

— Une étrange aptitude. Chacun les siennes.

— Je suis bourré de talents, insista-t-il d'un air suggestif.

Sentant une vague de désir l'embraser à la pensée de la magie dont sa bouche et ses mains étaient capables, elle s'empressa de détourner les yeux.

— Je n'en doute pas, docteur McKenzie.

Elle connaissait par cœur la magie des hommes, leurs ruses, leurs tromperies. Et elle avait appris à se protéger, notamment en s'en tenant à des conversations anodines jusqu'à ce qu'elle puisse s'échapper poliment.

— Hum... Vous avez parlé de la maman de Lucy tout à l'heure. Maggie m'a dit...

— Maggie est très bavarde. Ne faites pas attention.

Il consulta sa montre et claqua la portière de sa voiture.

— Ecoutez, Zac m'a demandé de vous montrer le coin. J'ai cinq minutes. Vous voulez voir la plage ?

— Ne vous dérangez pas pour moi, je peux me débrouiller.

— Votre frère me frottera les oreilles si je ne le fais pas.

— Je suis sûre que vous saurez faire face.

Les yeux étincelants, il lui sourit nonchalamment.

— C'est à prendre ou à laisser. Mais décidez-vous vite, Jessie. Cinq minutes, c'est tout ce que je vous offre.

— Bon, d'accord.

Elle pouvait bien lui consacrer cinq minutes. Puis trois brèves semaines. Et, ensuite, retour à la vie normale loin de North Beach et du séduisant Luke McKenzie.

Elle le suivit sur un sentier qui serpentait à travers les dunes. Otant ses sandales, elle savoura le contact du sable chaud entre ses orteils. La brise marine lui paraissait délicieusement rafraîchissante dans la moiteur du soir.

Le parfum boisé de Luke flottait jusqu'à elle, lui rappelant leur rencontre devant l'évier de la cuisine. Elle s'écarta pour mettre plus de distance entre eux.

Cet homme était dangereux. Cinq minutes de promenade, puis elle s'excuserait sans perdre un instant.

Luke s'arrêta devant un groupe de rochers volcaniques noirs formant une sorte de banc. Sous les derniers rayons du soleil, leurs facettes scintillaient comme des joyaux bruts.

— Je viens parfois ici me détendre après le travail.

— Vous ne devriez pas rentrer chez vous ? Et Lucy ?

— Sa nounou passe la prendre à la crèche.

— Vous avez l'air d'avoir une vie bien remplie...

Luke haussa les épaules.

— Comme n'importe quel parent isolé. Il y a des situations pires.

Il voyait bien que Jessie le regardait comme si elle attendait une explication. Contre toute attente, il avait envie de lui raconter sa vie. Zac et Maggie ne manqueraient pas de le faire, mais il valait peut-être mieux qu'elle l'entende de sa bouche.

— La mère de Lucy nous a abandonnés.

Jessie se rembrunit. A l'évidence, elle ne s'attendait pas à une explication aussi peu conventionnelle. Les pères partaient, les mères restaient... En général.

— Vous n'êtes pas obligé d'en parler.

— Ce n'est pas un secret. Vous auriez fini par le savoir.

Il donna un coup de pied dans le sable et regarda les petits grains glisser sur sa chaussure en s'efforçant de contenir son amertume.

Il avait tout fait pour que ça marche, et l'échec avait été d'autant plus cuisant. Assez pour le dissuader de tenter de nouveau l'expérience.

— J'ai honte de le dire, mais Lucy est le résultat d'une brève aventure de vacances.

— Maggie a dit que vous aimiez faire la fête.

— Oui, Zac et moi étions réputés pour ça, autrefois.

Il réprima un sourire au souvenir des histoires variées dans lesquelles ils s'étaient fourrés tous les deux.

Mais avoir une petite fille avait sans doute été la plus grave, la plus intense. Elle avait mis un terme définitif à ses années d'insouciance. Etre père était la chose la plus extraordinaire et la plus effrayante qu'il lui soit jamais arrivé.

— J'ai connu Chloe, la mère de Lucy, moins d'une semaine, puis elle est repartie. Imaginez ma surprise quand elle a débarqué huit mois plus tard, enceinte jusqu'aux yeux.

— Ça a dû être dur pour vous, compatit-elle.

— Oui. J'ai fait mon devoir, je l'ai épousée, mais elle ne s'habituait pas à cette vie. Un soir, elle est partie, me laissant le bébé sur les bras. Littéralement.

— Quel âge avait Lucy ?

— Huit mois, l'âge où le bébé ne supporte pas d'être séparé de sa mère. L'enfer… Je peux en rire maintenant, mais à l'époque j'ai cru devenir fou en jonglant entre mon travail et les nuits blanches avec un bébé qui passait son temps à hurler, se remémora-t-il. Pauvre gosse, elle ne comprenait pas. Un jour sa mère était là, et le lendemain elle avait disparu.

Jessie s'assit à côté de lui sur un rocher, les mains crispées nerveusement sur les genoux, les joues empourprées.

— Chloe devait avoir une bonne raison de laisser son enfant, mais je n'arrive pas à imaginer ce qui peut pousser une mère à faire ça.

— Elle était jeune, « pas faite pour les contraintes » selon ses propres mots. Elle détestait l'ordre, la routine.

Il haussa les épaules, refoulant la rancœur qu'il croyait avoir surmontée.

Qu'il *avait* surmontée ! Elever un bébé avait été une distraction bienvenue.

— Elle détestait tout ce que je lui offrais, la maison en banlieue, la vie routinière. Elle est partie pour se trouver.

Jessie semblait touchée.

— J'ai plutôt l'impression qu'elle a tout perdu. Je suis sincèrement désolée pour vous, murmura-t-elle.

Elle lui jeta un regard ému qui lui donna envie de la serrer dans ses bras.

Non. Ce serait imprudent, et il ne l'était plus.

— Je m'en suis remis. J'ai la chance d'avoir Lucy.

— Pensez-vous que Chloe voudra retrouver cette vie un jour ?

— Qui sait ? Elle ne m'a contacté depuis que pour demander le divorce et réclamer une pension. Elle n'a même pas demandé de nouvelles de Lucy. Mais elle a des droits, et je ne l'empêcherai jamais de voir sa fille. J'essaie d'être un père et une mère à la fois... Mais j'avoue que j'ai toujours du mal à lui faire ses tresses et à lui enfiler ses collants, et la perspective de la puberté me fait déjà paniquer.

Et, sur sa table de nuit, le tas d'ouvrages sur l'éducation grossissait de façon exponentielle.

— Je ne vous ai vus ensemble que quelques minutes, mais il est évident que Lucy vous adore. Vous êtes un bon médecin, et vous semblez avoir les pieds sur terre pour un homme. Vous y arriverez.

— Je l'espère.

Peut-être avait-elle raison même si elle le connaissait à peine.

Jessie avait conscience qu'il en avait coûté à Luke de lui faire cette confession. Il ne voulait peut-être pas l'admettre, mais il avait été profondément blessé. Il avait perdu beaucoup. Une épouse, la confiance.

Elle était bien placée pour le comprendre. Elle compatissait sincèrement à ses malheurs, et la tentation de poser une main apaisante sur son bras était forte, même si elle ne pouvait y succomber — car ce genre d'attitude l'avait déjà conduite au désastre, ses cicatrices étaient là pour en témoigner, physiquement et psychologiquement.

Allons, elle avait tout de même la santé et l'indépendance, deux choses essentielles ! Elle avait réussi à mettre un couvercle sur son douloureux passé, et, même si la souffrance était remontée à la surface ces derniers jours, elle allait bien refermer le couvercle.

Mais lui, au moins, il avait gardé quelque chose qu'elle n'aurait jamais : un enfant. *Son enfant.* En cela, il était l'homme le plus chanceux du monde.

Ramassant un galet plat, Luke le lança sur l'eau scintillante.

Un ricochet. Deux. Trois...

— Trois ? C'est tout ? Je parie que je vous bats !

Elle trouva une pierre lisse et l'envoya glisser sur les vagues.

— Quatre, cinq !

Il se tourna vers elle, les yeux brillants.

— Impressionnant.

Elle lui sourit triomphalement.

Alors que la plupart des enfants grandissaient en s'amusant avec des jeux vidéo, elle avait eu des livres, des cailloux et de la terre pour occuper ses loisirs. Vivre avec une mère géologue, ce n'était pas très drôle, mais c'était éducatif.

— J'aime croire que je maîtrise la plupart des aptitudes de survie. Si vous me voyiez avec un lance-pierre...

— Y a-t-il une chose que vous ne sachiez pas faire ?

— Oh ! il y en a plein !

Avoir des enfants, par exemple.

Elle se pencha pour ramasser un autre galet et cacher son visage empourpré.

Un jour, peut-être trouverait-elle le courage de lui raconter son histoire. Mais, pour l'instant, elle ne voulait pas de sa pitié.

— Très bien, je relève le défi, dit Luke en prenant une pierre plate. Six ?

— D'accord. Je suis curieuse de vous voir à l'œuvre.

Elle regarda la pierre effleurer la surface translucide en rebondissant une, deux, trois, quatre fois...

— Cinq. Six ! *Yes !* s'écria Luke en faisant rouler ses muscles. Je suis le meilleur !

Elle loucha sur son beau derrière et s'empressa de regarder l'horizon embrasé par les derniers rayons du couchant.

— Quel beau coucher de soleil ! L'endroit est vraiment magnifique.

Il ne la quittait pas des yeux. Son regard avait une intensité étrange, une sorte d'avidité. Comme s'il la désirait.

Si c'était le cas, elle le lui rendait bien. La tension vibrait entre eux comme de l'électricité statique.

Elle se mit à marcher au bord de l'eau, savourant le contact de l'eau fraîche qui venait lui lécher les chevilles.

Luke la suivit sur le sable sec, un peu en retrait.

— Vous n'étiez jamais venue à North Beach ? demanda-t-il d'une voix douce.

— Non. J'aurais aimé, mais ça ne s'est jamais fait.

— Zac m'a dit qu'il ne vous avait pas vue depuis longtemps.

Elle sentit son cœur se serrer de regret. De honte d'avoir tant différé sa visite.

C'était typique de Zac de n'être pas là pour l'accueillir. Elle l'avait probablement blessé par son silence. Cela avait semblé plus facile, mais les années sans aucun contact avec sa famille avaient laissé un vide qu'elle devait maintenant combler.

— Je comprends pourquoi il s'est installé ici, c'est si paisible.

— Il a mis un moment à s'adapter. Il se prétendait allergique à l'idée de se fixer. Je suppose que c'est de famille ? Mais North Beach l'a séduit. C'est assez loin de la ville pour qu'on s'y sente en vacances, et très reposant après une gueule de bois. C'est d'ailleurs après une folle nuit de fête qu'il a signé le contrat qui le retient ici, ajouta Luke en souriant piteusement.

— Quoi ? Vous avez osé soûler mon frère et le faire hypothéquer son avenir ! s'écria-t-elle en envoyant une gerbe d'eau dans sa direction.

— Il l'a fait tout seul, protesta-t-il en sautant hors de portée. Et je crois que le salaire décent et les horaires flexibles qui lui permettent de s'entraîner avec ses chers Auckland Panthers sont une honnête compensation.

Elle sortit de l'eau et secoua les pieds pour faire tomber les gouttes.

— J'aurais dû deviner que sa motivation première était le rugby plutôt que le désir de s'établir.

— Il jouit enfin d'un revenu et d'un travail réguliers. Vous devriez essayer.

— Aucun risque, rétorqua-t-elle. J'aime bouger. Après ça, je passerai six semaines à Dunedin, et ensuite, qui sait ?

— Vous aimez vraiment vivre comme une nomade ?

Non. Si. Non. Elle ne savait plus.

— J'ai passé toute ma vie ainsi, je ne peux pas me fixer.

Ce n'était pas tout à fait vrai, elle l'avait fait une fois. Mais elle ne pourrait plus. Perdre son bébé, sa fertilité et son mari en l'espace d'un mois cauchemardesque l'avait rendue à sa vie vagabonde. Se fondre dans l'anonymat l'avait sauvée.

— Je crois que Zac aimerait que vous restiez un peu, murmura Luke.

« Moi aussi », semblait-il dire. Ou l'imaginait-elle ?

Cette pensée la grisa et l'effraya à la fois. Ils venaient d'endroits différents, ils avaient des rêves différents.

— Mon contrat avec Dunedin prend effet la veille du retour de Zac, alors je vais le manquer, souligna-t-elle.

— Vous aimez bouger, j'aime rester en place, résuma-t-il en souriant.

Le silence retomba, uniquement rompu par le murmure des vagues et les cris des mouettes. Au loin, un bateau avançait sur l'eau scintillante, sans doute un chalutier qui ramenait la pêche de la journée.

Elle n'avait pas connu une telle paix depuis longtemps… Une sérénité qui s'envolait dès qu'elle posait les yeux sur Luke McKenzie.

Elle regarda furtivement son profil grave, sa bouche bien dessinée.

Ne pensait-il pas comme elle que les contraires s'attiraient ? Si elle l'embrassait une fois et apaisait la faim insensée qu'elle avait de lui, peut-être retrouverait-elle la paix ?

Elle fut prise de panique.

D'où lui venait cette idée idiote ? Céder à un désir passager et trahir les promesses qu'elle s'était faites ? Pas question. Cela ne les mènerait nulle part.

Il se tourna vers elle.

— Jessie…

Elle déglutit et leva vers lui un regard interrogateur, les lèvres entrouvertes comme une invite.

— Oui, Luke ?

— Vous avez quelque chose de fascinant.

Elle retint son souffle sous le regard couleur d'ardoise qui la fixait, attendant sa réponse.

Un baiser, et elle connaîtrait le goût de ses lèvres, puis elle pourrait partir. Une fois, et elle s'en irait. Définitivement.

Elle ferma les yeux.

Sa raison faiblissait, la tentation était trop forte…

Une mouette passa au-dessus d'eux avec un cri strident, et elle sursauta, recouvrant ses esprits.

Idiote ! Il ne pouvait rien sortir de bon de tout cela. Que du chagrin.

— On ne peut pas faire ça, fit-elle en reculant.

— Vous avez raison, prononça Luke avec effort.

Une seconde de plus, et il aurait eu de gros problèmes. Il était moins une. Jamais il n'aurait imaginé que le piaillement d'une mouette lui procure autant d'irritation et de soulagement à la fois !

Que lui arrivait-il ? Il ne savait plus ce qu'il faisait. Son sang battait dans ses veines, le désir pulsait dans son ventre. C'était insensé. Il devait absolument se ressaisir.

Des années plus tôt, il aurait trouvé tout naturel d'embrasser une femme et de l'oublier l'instant d'après. Mais il ne pouvait plus maintenant. Pas avec Lucy à considérer. Pas avec le souvenir cuisant que lui avait laissé Chloe. Il connaissait par cœur le sentiment d'être abandonné par une femme égocentrique guidée par son seul intérêt personnel. Il aurait pu écrire un livre là-dessus. Jessie était une vagabonde, une nomade, comme Chloe. C'était de la folie.

Mais il y avait chez elle une vulnérabilité secrète qui lui donnait envie de la protéger — outre le fait qu'elle était sexy en diable.

Il fourra les mains dans ses poches et reprit ses esprits tandis que son cœur recouvrait un rythme normal, puis il consulta sa montre.

— Je dois y aller.

Il aurait dû partir sans se retourner, mais Jessie soutenait son regard, aussi agitée que lui.

— Je suis désolé, Jessie. Ce serait stupide de commencer quelque chose. Nous allons travailler ensemble quelques semaines, puis vous partirez. Nous pouvons juste être amis.

— Je sais.

— Je vous raccompagne chez vous, ou vous rentrez à pied ? demanda-t-il, incapable de la regarder en face.

— Je préfère marcher.

— Bon. C'est mieux ainsi, dit-il en tournant les talons.

4

Une fraîche brise vespérale accompagna Jessie tandis qu'elle clopinait, pensive, ses chaussures à la main, vers l'impasse où elle habitait.

Elle devait prendre de la distance avec ses problèmes pour qu'ils cessent de la tracasser. Et Luke McKenzie commençait vraiment à être un problème. Elle avait connu la douleur de voir partir un homme, sa mine choquée en voyant ses hideuses cicatrices. Le lourd silence qui avait suivi son départ. Elle ne voulait pas revivre ça.

Le retour sur le sentier caillouteux avait été douloureux pour ses pieds, mais, quand elle tourna dans la petite rue tranquille, elle avait eu le temps de mettre de l'ordre dans ses pensées.

La seule solution était de garder ses distances.

— Qu'est-ce que… ?

Elle se figea, le cœur battant, à la vue du gyrophare rouge qui clignotait dans le crépuscule, et aussitôt des images défilèrent dans sa tête tandis qu'elle fermait les yeux.

La route glissante sous la pluie. Le fracas assourdissant suivi d'un silence sinistre. La douleur écrasante. Le morceau de métal brillant fiché dans son abdomen. Le gyrophare rouge qui clignotait…

Elle se força à ouvrir les yeux.

Il y avait bien une ambulance devant la maison de Luke.

Lucy !

Elle franchit les cent derniers mètres en courant.

Des hurlements venaient de la maison. Pas des halètements rauques d'asthmatique. Des cris stridents de peur. Ou de douleur. On ne criait pas comme ça quand on avait une crise d'asthme.

Elle poussa la porte, scruta l'entrée et, le cœur au bord des lèvres, suivit la traînée de taches écarlates qui maculaient le parquet de bois blond en direction du séjour.

— Luke ! Ça va ?

— Jessie.

Au milieu des hurlements de Lucy, la voix étrangement calme de Luke l'emplit d'angoisse.

Assis sur un canapé de cuir noir, un bras tenu au-dessus de la tête par un ambulancier, il lui sourit faiblement. Il avait une profonde entaille de la base de l'auriculaire au pouce, et le sang ruisselait sur son poignet, gouttant de son coude.

L'entourant de ses petits bras, Lucy sanglotait éperdument.

La gorge serrée, Jessie l'examina pour la première fois.

Un halo de boucles soyeuses, un adorable petit nez retroussé, des joues rouges, une moue craquante. Un ange. A la voix stridente.

— Je vais bien, chérie, murmura Luke en la serrant contre lui de son bras valide.

La fillette se blottit contre sa poitrine, et ses sanglots s'apaisèrent peu à peu.

Jessie s'approcha, l'estomac noué. Elle ne comprenait pas la terreur qui l'avait saisie quand elle avait cru que Luke ou sa fille était en danger.

Celui-ci esquissa un sourire. Il ne semblait pas en état de choc.

— Navré de vous avoir fait peur, Jessie. Tout va bien. Mais je vous conseille de ne jamais jongler avec des couteaux...

— Je m'appelle Jessie, dit-elle à l'ambulancier. Je suis médecin et je travaille avec Luke. Je peux jeter un coup d'œil ?

— Bien sûr. Je m'appelle George, répondit l'ambulancier en lui cédant sa place.

Elle saisit la main de Luke et lui fit fermer le poing tandis que le sang coulait de la blessure.

— Cette coupure est vilaine. Il va falloir de nombreux points de suture, peut-être même l'intervention d'un spécialiste de la main. Un tendon peut être touché. Je pourrais vous recoudre, mais je n'ai pas l'équipement nécessaire. Les urgences sont loin ?

— A quinze minutes, répondit l'ambulancier en se penchant sur sa trousse médicale. Moins avec le gyrophare.

— Il faut mettre un pansement compressif pour stopper le saignement.

— Je m'en occupe, dit George en ouvrant un sachet stérile dont il sortit une compresse épaisse.

Elle maintint la compresse sur la blessure pendant que George s'occupait du sparadrap.

— En voyant l'ambulance, j'ai cru que Lucy avait une crise d'asthme. Comment diable vous êtes-vous fait ça ?

— Je découpais un ananas pour le dessert de Lucy. Le fruit a roulé, ma main a glissé. Je ne voulais pas déranger George, mais j'ai pensé qu'il valait mieux que j'évite de conduire.

— Depuis quand avez-vous accès aux instruments tranchants ? Vous devriez laisser ça aux adultes, ironisa-t-elle gentiment.

— Je vais chercher mon collègue qui doit être en train de parler à la radio, et nous vous emmenons aux urgences, annonça George en sortant.

— Vous devriez vous étendre, Luke, intervint-elle en surveillant le pansement que le sang imbibait déjà. Vous pourriez entrer en état de choc.

Il haussa les épaules, le visage très pâle.

— Non, dit-il dans les boucles de Lucy. Ça va. Je voulais juste partager le dessert avec Lucy, car j'avais manqué son dîner. Becky fait la cuisine, et en général je ne manque jamais le dîner.

Il l'avait manqué parce qu'il était avec elle. Et, maintenant, il était blessé. Voilà ce qu'il se passait quand elle se laissait aller.

— Je suis désolée, nous n'aurions pas dû faire cette promenade, murmura-t-elle. Tout est ma faute.

— Non, protesta Luke en changeant Lucy de position. J'aurais dû être plus attentif en m'attaquant à cet ananas. J'avais l'esprit ailleurs.

La fillette s'agrippait à lui, la poitrine encore soulevée par des sanglots sporadiques. Il lui chuchota quelque chose à l'oreille, et elle sourit.

Jessie les envia pour le lien très fort qui les unissait.

A une époque, elle avait rêvé d'avoir ce genre de lien avec un mari, un enfant…

Aujourd'hui, son univers se limitait à elle, et elle avait décidé que ça lui suffirait. Elle avait touché le fond après son accident et le départ de Michael, et elle ne voulait pas repasser par là. Pour protéger son cœur et sa raison, elle tenait les autres à distance, c'était le prix à payer. Mais voir Luke et Lucy lui faisait prendre conscience que, malgré sa vie trépidante, elle était seule.

Luke se leva en calant sur sa hanche l'enfant qui s'agrippait à lui, et il vacilla légèrement, blanc comme un linge.

— Merci d'être venue. C'est dur quand ce genre de chose arrive. Je n'ai ni parents ni famille dans le coin.

— Les voisins sont là pour aider en cas de problème, non ?

— Bien sûr, Mary Poppins. Vous êtes diplômée de puériculture ? s'enquit-il en regardant vers la porte d'un air hésitant.

Elle lui tira la langue.

— Non, mais je connais les paroles de toutes les comptines. En outre, c'est une zone sinistrée ici, précisa-t-elle en désignant les taches de sang sur le sol et l'ananas abandonné dont le jus dégoulinait sur la table du coin-cuisine. Je vais nettoyer et m'occuper de Lucy. Sinon, il faudra la détacher de vous chirurgicalement avant de pouvoir vous examiner.

Mais, quand elle saisit la fillette par la taille pour la prendre, celle-ci s'agrippa à son père et fondit en larmes.

Jessie réprima une vague d'émotion.

Des années plus tôt, dans un effort surhumain pour aller de l'avant, elle avait refoulé son instinct maternel au plus profond d'elle-même et avait réussi à s'occuper d'enfants sur un plan strictement professionnel. Mais la vue de ce bout de chou en larmes ranimait douloureusement sa tristesse. S'en charger personnellement lui faisait une peur bleue.

Allons, Luke avait besoin d'elle.

S'armant de courage, elle détacha les petits doigts de la fillette du cou de Luc.

— On peut lire un livre ou jouer à un jeu ? suggéra-t-elle.

— Merci, dit Luke en laissant glisser Lucy de sa hanche. Elle est intimidée par les inconnus. Il vaut mieux que ses habitudes soient le moins possible perturbées. J'ai laissé un message à Becky, j'espère qu'elle ne va pas tarder.

Bien que soulagé que Jessie s'occupe de sa fille, il était conscient que la présence de la jeune femme dans la maison ne pouvait que compliquer les choses. Après ce qu'il s'était passé sur la plage, il aurait dû la tenir à distance au lieu de l'accueillir dans son espace privé qu'elle allait marquer de son odeur, de sa présence.

Mais quel choix avait-il ? Lucy était la priorité. Voir son père tourner de l'œil ne lui ferait aucun bien.

— Luce, c'est Jessie, tu te rappelles ? Elle est mon amie, et elle va te garder pendant qu'un médecin soigne ma main.

— Non, cria la fillette en se blottissant contre lui. Non ! Non ! Non !

Il n'avait pas besoin de ça. Il lui fallait un adulte pour partager son fardeau. Affronter seul ces problèmes l'épuisait.

— Voyons, ma chérie. Jessie est très gentille, tu vas voir.

Par-dessus la tête de Lucy, Jessie rencontra le regard de Luke et rougit en se rappelant leur baiser manqué.

Il devait y penser aussi, car elle vit une lueur passer dans son regard, puis il articula silencieusement « A plus tard ».

Elle pria pour avoir recouvré son sang-froid d'ici là.

— Je suis gentille, c'est vrai, dit-elle en attrapant l'enfant qui se débattait, avec un sourire destiné à le convaincre que sa précieuse petite fille serait en sécurité avec elle. On sera bien ensemble, hein, ma puce ?

— Il y a une liste de numéros de téléphone utiles sur le réfrigérateur. Il faut lui donner ses médicaments au moment du coucher, ils sont dans la cuisine, tiroir du haut. Son inhalateur est dans sa chambre, et elle aime…

— Partez. Allez ! Je ne suis peut-être pas Mary Poppins, mais je peux me débrouiller. Il est tard et elle est fatiguée, ça ne devrait pas être si terrible.

Jessie soupira en arpentant la chambre de Lucy plongée dans la pénombre, la fillette sanglotant dans ses bras.

Les heures passaient, et celle-ci ne dormait toujours pas. Elle avait tout essayé, en vain. Chaque fois qu'elle avait essayé de la mettre au lit, la petite fille s'était accrochée à son cou.

Pauvre petite...

— Tu en as de la force, pour une si petite chose !

Elle se laissa choir sur le canapé rose bonbon et regarda autour d'elle en frissonnant.

Seigneur, que de rose ! C'était peut-être la couleur framboise écrasée des murs qui empêchait Lucy de dormir, à moins que la valse des nounours fuchsia de la veilleuse ne lui donne la nausée. Luke avait cru bien faire en faisant de la chambre un paradis pour petite fille, mais elle-même faisait une overdose de sucre dans cette ambiance barbe à papa.

— Une autre histoire ? Un verre de lait ? chuchota-t-elle à l'oreille de Lucy, comme elle avait vu Luke le faire.

— N-n-non. Papa. Papa !

— Il va bientôt rentrer, je te le promets.

Il n'y avait plus de larmes dans les grands yeux bruns de la fillette, mais elle était secouée de sanglots secs, déchirants. Depuis que George avait refermé le hayon de l'ambulance, elle n'avait cessé de pleurer, geindre, hurler, sangloter.

L'appel de son père toutes les demi-heures n'arrangeait rien, la sonnerie régulière du téléphone arrachant Lucy à la somnolence où elle commençait à sombrer. Jessie avait dû lui demander de ne plus appeler, le son de sa voix ne faisant que bouleverser davantage sa fille.

— On est en train de soigner sa main, tu te rappelles ?

Elle s'efforçait de parler doucement, mais son épuisement transparaissait. Ou était-ce sa nervosité ? L'enfant était-elle sensible à son anxiété ?

Elle se força à se détendre.

La proximité de cette petite fille si semblable à celle qu'elle avait rêvé d'avoir ranimait en elle une tendre nostalgie qu'elle croyait avoir à jamais enterrée au fond d'elle. Le chagrin lui broyait la poitrine. Elle ne pouvait s'empêcher de se demander quel genre de mère elle aurait été.

A en juger par son expérience de ce soir, pas terrible !

Aurait-elle été, comme Luke, adepte de la discipline et de la routine, ou aurait-elle été plus souple ? Une chose était sûre, elle n'aurait pas ressemblé à sa mère.

Dès qu'elle avait appris qu'elle était enceinte, elle s'était consumée d'amour pour son bébé. Elle lui avait parlé tous les jours, lui avait fait des milliards de promesses qu'elle n'avait jamais eu l'occasion de tenir, lui avait prodigué mille attentions, le berçant, lui faisant écouter de la musique. Quand elle l'avait senti bouger en elle sur un concerto de Mozart, elle avait su qu'elle portait un grand musicien, un chirurgien du cerveau, un prix Nobel de la paix...

Elle s'empourpra à ce souvenir.

Michael plaisantait à ce sujet, disant qu'elle serait une mère possessive focalisée sur son rejeton.

Mais, au moins, elle aurait été une *mère* !

Lucy suçait sa tétine par à-coups fiévreux. Ses paupières se fermaient. Sa respiration s'apaisait. On y était presque...

Soudain ses yeux s'ouvrirent, scrutèrent la pièce.

— Je veux mon papa.

— Chut, mon cœur. Tu veux ta peluche ? proposa Jessie en glissant une girafe en peluche dans sa petite main.

— Non. Papa, articula l'enfant.

Elle pointa un doigt potelé vers une collection de photos près du lit. Sur l'une d'elle, une jeune femme tenait un nouveau-né contre son cœur.

Chloe.

Celle-ci avait le petit nez de Lucy, ses grands yeux, sa chevelure indisciplinée. Mince comme une liane dans sa robe baba cool, elle souriait d'un air rêveur.

Un esprit libre. Mais quel prix avait coûté sa liberté ?

Sur un autre cliché, Luke portait Lucy sur un bras et entourait Chloe de l'autre. Ils souriaient.

C'était bien pour Lucy d'avoir des photos de sa mère. Trop jeune pour avoir de vrais souvenirs de sa maman, elle avait besoin de s'accrocher à quelque chose de tangible. Pour l'instant, elle ne pouvait pas comprendre ce qui s'était passé, mais un jour elle poserait des questions, et Luke devrait y répondre. La vérité serait-elle aussi douce et sucrée que cette chambre ?

Tout enfant devrait se sentir désiré et aimé par ses parents.

Jessie sentit son cœur se serrer en songeant à sa propre mère.

Le Dr Marguerite Price, éminente géologue avant tout. En tout cas, avant d'être une épouse et une mère. Où ses enfants se trouvaient-ils sur la liste de ses priorités ? Pendant toute leur enfance, elle avait été froide et distraite, le nez dans ses recherches, derrière une porte close ou sur le terrain.

Ne valait-il pas mieux être abandonné que vivre avec un parent qui se rendait à peine compte de votre présence ?

Berçant doucement Lucy, Jessie examina la photo de Luke, son regard honnête, son attitude protectrice.

Cet homme n'abandonnerait jamais personne. Il recueillait plutôt les chats écorchés comme Chloe. Lucy avait de la chance, comme les autres enfants qu'il aurait un jour. Car il finirait par rencontrer une célibataire au sang chaud pourvue d'ovaires en état de marche, elle n'en doutait pas.

— Il est beau, ton papa, murmura-t-elle en étreignant Lucy. Tu as beaucoup de chance, il t'aime vraiment énormément.

La fillette plissa le front, fronça son petit nez, sa bouche se crispa.

— Papa…

Une nouvelle crise menaçait. L'angoisse de la séparation semblait incurable chez Lucy et Luke.

Scrutant la chambre en quête d'une solution, Jessie souleva Lucy dans ses bras, alla à la fenêtre et repoussa le rideau.

Dehors, un croissant de lune luisait dans le ciel criblé d'étoiles.

— Regarde, Lucy, le monsieur de la lune.

Les sanglots cessèrent.

— Monsieur ?

— Tu vois son visage formé par les ombres et la lumière ? Il te sourit, car il veut que tu t'endormes. Il nous protège la nuit, et il est content quand tout le monde est au lit. On ne veut pas qu'il soit triste à cause de nous, n'est-ce pas ?

— Non, répliqua la fillette en secouant la tête.

Jessie se sentait un peu stupide de proférer ces sottises. Elle se rappelait à peine les histoires de son enfance, mais cela semblait marcher. Elle avait capté l'attention de Lucy, ses pleurs s'étaient taris.

Elle lui montra une constellation.

— C'est le grand chasseur Orion, un homme très fort et très courageux, comme ton papa. Tu vois sa ceinture ? Et là, c'est son épée, expliqua-t-elle en dessinant les silhouettes sur la vitre. Et voilà le taureau qu'il combat.

— Un taureau ? s'étonna Lucy, effarée.

— Oui, il y a plein de silhouettes d'animaux dans le ciel. Mais il faut être dans des endroits différents du monde pour les voir. Des chiens, un scorpion, un bélier, un lion. Il y a même une poêle à frire.

— Une poêle ? gloussa Lucy.

— Pour que le monsieur de la lune fasse la cuisine pour les animaux. Il faut bien qu'ils mangent, non ?

Devant le visage fasciné de la fillette, Jessie remercia silencieusement son père de l'avoir divertie avec ces anecdotes quand elle était petite. Au moins, un de ses parents avait accordé un peu d'attention à ses enfants !

Pendant ses voyages, un de ses plus grands plaisirs avait consisté à contempler le ciel nocturne pour identifier les constellations. Orion et la Croix du Sud avaient été son point d'ancrage, les seules constantes pouvant être associées à l'idée qu'elle se faisait d'un foyer.

— L'étoile la plus brillante s'appelle Vénus. En vérité, c'est plutôt une planète. Vénus était une princesse très belle, avec beaucoup d'amoureux. Comme toi un jour.

Lucy nicha sa tête au creux de son épaule, et ses petits bras l'étreignirent.

— T'es drôle, Jess.

Jessie déglutit, émue par la confiance qu'elle lui témoignait. Elle aurait aimé être aussi confiante qu'elle.

— Et toi, tu es une adorable poulette, répliqua-t-elle en frottant sa joue contre la sienne, inhalant sa douce odeur.

Au contact de son petit corps chaud, la tendresse l'inondait, elle avait l'impression que son cœur allait éclater.

Quelle mère pouvait abandonner une enfant si exquise ?

— Souhaitons bonne nuit au monsieur de la lune.

La fillette agita sa menotte potelée vers le ciel.

— Bonne nuit, monsieur de la lune.

Jessie la berça encore un moment contre elle, et la respiration de Lucy ralentit, son corps s'alourdit.

Elle se pencha pour scruter la fillette.

Celle-ci dormait enfin.

Elle la coucha sous sa couette rose fluo et la borda, puis elle déposa un baiser sur son front et sortit sur la pointe des pieds.

Mission accomplie !

Elle s'étendit sur le premier lit qu'elle trouva, s'efforçant d'oublier qu'elle repartait dans dix-neuf jours.

Pourvu que l'angoisse de la séparation ne soit pas contagieuse !

5

Luke s'était assuré que Lucy dormait paisiblement. A présent, sur le seuil de sa propre chambre, il contemplait Jessie dont la poitrine se soulevait doucement dans son sommeil.

Son parfum fleuri flottait jusqu'à lui. Sa chevelure blond verdâtre tranchait sur l'oreiller bleu marine, comme sa peau crémeuse qu'il brûlait de toucher. Un doux ronflement franchissait ses lèvres, et sa moue adorable le fascinait.

Incapable de s'en empêcher, il s'imagina allongé près d'elle, reprenant leur baiser manqué.

Seigneur, il était vraiment fatigué. Il verrait sûrement les choses autrement après quelques heures de sommeil. Il avait volé des douzaines de baisers dans sa vie, pourquoi celui-ci aurait-il été spécial ?

Mais il avait frôlé quelque chose de fou, il le sentait. Sa première folie depuis des années. Un risque stupide. Il l'avait échappé belle.

— Luke ? articula Jessie d'une voix endormie. Vous êtes déjà là ?

Elle remua, se frotta les yeux. Sa main s'empressa de remonter la couette jusqu'à son menton avant d'allumer la lampe de chevet.

— Alors, Mary Poppins, comment ça va ?

— A votre avis ? J'ai dormi deux heures, et je suis dans le lit d'un étranger avec mes vêtements d'hier…

— Finalement, vous ne ressemblez pas tellement à Mary Poppins, et je vous préférais endormie, commenta-t-il avec un sourire narquois. Pour ma part, je rêve d'être dans n'importe quel lit, même tout habillé. J'ai passé des heures à me tourner les pouces à l'hôpital. Enfin, *le* pouce…

Elle se dressa d'un bond.

— Comment va votre main ?

Il lui montra sa paume protégée par un épais pansement et son bras en écharpe.

— Pas trop de dégâts. Juste treize points de suture et un rappel antitétanique. Ils adorent piquer les gens, là-bas.

Elle s'assit au bord du lit avec un sourire railleur.

— Remerciez le ciel de ne pas avoir eu affaire à moi. J'aurais utilisé ma plus grosse aiguille.

— Sans anesthésie. Oui, j'imagine.

Même à 6 heures et demie du matin, elle avait le sens de l'humour. Chloe, elle, s'était toujours levée tard et ne décrochait pas un mot avant d'avoir avalé sa dose de caféine.

Chloe ? Curieux, il n'avait pas pensé à elle depuis des années, et voilà qu'il la comparait à Jessie !

Elles étaient la fois si différentes et si semblables. Chloe était partie. Jessie partirait. C'était un avertissement.

Au bout du couloir, Lucy gémit dans son sommeil.

— Chut, ne la réveillons pas, dit-il en fermant la porte.

Il regretta immédiatement l'intimité dans laquelle ce geste les plongeait, mais il devait penser à Lucy. Il ne fallait pas qu'elle voie Jessie dans son lit.

— Si elle se réveille tôt, elle sera de mauvais poil. Comment ça s'est passé hier soir ? Elle a fini par se calmer ? Vous lui avez donné du lait ? Et son asthme ?

— Comme je vous l'ai dit à vos premier, deuxième et troisième appels, elle n'a pas toussé une seule fois. Ça s'est passé les doigts dans le nez, fit Jessie en agitant la main, tendant le tissu de son chemisier sur ses seins.

Il détourna les yeux avec effort.

— Je m'inquiétais. Je ne la laisse pas souvent.

— Je comprends. Mais, au troisième appel, je commençais à être un peu agacée.

— Vraiment ? Je n'ai pas remarqué. Vous savez, ça m'a pris des années de la faire dormir à une heure régulière.

— Eh bien moi, je l'ai fait en un temps record. On m'appelle « Celle qui chuchote à l'oreille des bambins ».

— Vous me faites marcher ?

— Oui, admit-elle en se massant les tempes. Je n'ai pas l'habitude des nuits agitées. Quel est votre secret ? Comment avez-vous fait après le départ de Chloe ?

Il se revit poussant le landau dans les rues sombres pendant des heures pour endormir Lucy, s'efforçant d'apporter un semblant de normalité dans sa vie troublée.

Il soupira.

— Le Phénergan.

— Vous lui avez donné un somnifère ! s'insurgea Jessie.

— Non, c'était pour moi, répliqua-t-il en riant devant son air choqué. Vous êtes facile à mettre en boîte. Sérieusement, ça a été dur, mais nous adoptions une routine et nous nous épuisions mutuellement. Elle finissait par s'endormir.

Il ouvrit son armoire de sa main valide et sortit une chemise et un pantalon, comme s'il était normal pour lui de bavarder avec une jolie femme en se préparant pour la journée. Le peu de temps où ils avaient vécu ensemble, Chloe n'avait jamais été bavarde le matin. Sauf pour se plaindre ou ironiser.

— Etre parent ne semble pas être une sinécure, remarqua Jessie en lissant ses vêtements froissés avec une moue.

Il hocha la tête, fasciné par le geste gracieux de sa main.

Elle ne pouvait pas savoir qu'il la trouvait adorable avec sa tenue fripée et ses cheveux hirsutes.

— Il y a des moments stressants. Il faut penser à tant de choses. De quoi a-t-elle besoin ? Est-elle heureuse ? A-t-elle des amies ? Sa maman lui manque-t-elle ? La liste est infinie. Mais c'est magique de la voir devenir une petite personne.

— Je peux être franche ? Je ne suis pas surprise qu'elle ait du mal à s'endormir dans sa chambre. C'est comme vivre à l'intérieur d'un bâton de sucre d'orge.

Il se ressaisit.

— Vous trouvez qu'il y a trop de rose ? Je me suis posé la question, mais je croyais que le rose était un truc de fille.

— La Belle au bois dormant elle-même aurait du mal à y trouver le sommeil…

Passant la main sur son menton râpeux, il se rappela qu'il avait besoin de se raser.

Il consulta sa montre.

— Désolé, mais je dois me préparer.

— Moi aussi. J'y vais.

— Merci encore infiniment pour votre aide.

Il sortit la main de l'attelle et essaya de défaire l'écharpe de son cou. Sans succès. Il essaya encore. Nouvel échec.

— Bon sang, c'est pire que tenter de se libérer d'une camisole de force !

— Laissez-moi vous donner un coup de main.

Jessie se hissa sur la pointe des pieds pour faire passer l'écharpe au-dessus de sa tête. Concentrée sur sa tâche, elle avait un adorable froncement de sourcils.

— Baissez-vous un peu. C'est ça.

Il inclina la tête à quelques centimètres de sa gorge laiteuse et aperçut son soutien-gorge en dentelle blanche, le doux renflement de ses seins.

Le parfum de fleurs s'intensifia. La température de la pièce monta de plusieurs degrés.

Elle était si proche. Dans sa chambre. Avec des sous-vêtements en dentelle… Dans sa folle jeunesse, il l'aurait prise dans ses bras pour lui faire l'amour sur-le-champ, avant de poursuivre son chemin, le cœur léger. Combien de temps tiendrait-il ?

Elle posa l'attelle sur le lit.

— Voilà. Gardez le bras levé pour éviter l'œdème.

— Merci, Jess. A présent, j'ai besoin de vous pour déboutonner ma chemise.

— Je ne crois pas, non, murmura-t-elle.

Elle le fixait, les yeux agrandis, et il sut qu'elle ressentait aussi l'étrange courant qui passait entre eux.

Ils reculèrent en même temps.

— Si vous avez besoin d'aide avec Lucy, appelez-moi.

Lucy, oui. Se concentrer sur Lucy.

— Elle dort comme un ange. Vous pourriez m'aider avec ma chemise, puis je vous aiderais avec la vôtre.

Il en resta pétrifié. Quelle mouche le piquait ?

Jessie avait parfaitement compris. Elle donna une chiquenaude sur le premier bouton de sa chemise.

— Pas question. Je rentre chez moi, maintenant. Mes consultations m'attendent, et j'ai dans l'idée que mon patron sera en arrêt de maladie. Je serai donc très occupée.

Puis son regard se posa sur les vêtements qu'il avait sortis, et elle fronça les sourcils.

— Qu'est-ce que vous faites ?

— En dehors d'essayer de vous déshabiller, je prépare mes affaires pour la journée.

— Vous n'allez pas venir travailler aujourd'hui, si ?

— Bien sûr que si.

Elle le toisa, les mains sur les hanches.

— Vous avez dormi combien d'heures ?

— Quelques-unes, ici et là.

— Insuffisant pour s'occuper de patients malades. Il faut avoir l'esprit clair. Quels antalgiques vous a-t-on prescrits ?

— Un local, et du paracétamol si nécessaire. Et ça ne l'a pas été. Je suis bon pour le service. D'ailleurs, j'ai probablement plus dormi que vous.

— Mais, moi, je ne souffre pas.

Il lui adressa son plus beau sourire.

— Merci de vous inquiéter pour moi. Je vais préparer Lucy, venir ce matin et voir comment je me sens. Je suis un pro, jamais je ne mettrais mes patients en danger. A présent, si vous pouviez…

Il défit le premier bouton de sa chemise avec un effort théâtral, sous le regard à la fois horrifié et intéressé de Jessie.

Il trouvait amusant de jouer avec elle. Il y avait longtemps qu'il ne s'était pas montré aussi facétieux.

— Vous pourriez peut-être tenir mon bras en l'air pendant que je me douche ?

— Vous vous débrouillerez très bien tout seul. Rendez-vous dehors dans une heure.

Jessie se dirigea vers la porte en s'efforçant de reprendre une respiration normale, les sens complètement chamboulés.

Luke lui avait demandé de le déshabiller ! Il avait mis ses bonnes intentions à rude épreuve, c'était le moins qu'on puisse dire.

A la porte, elle se retourna.

— Attention de ne pas mouiller votre pansement.

— Votre dévouement pour vos patients est sans pareil, Jess. Alors, vous me rejoignez sous la douche ?

— Pas question.

— D'accord, je protégerai mon bras avec un sac plastique.

Ses doigts s'arrêtèrent sur le deuxième bouton. Un petit triangle de peau bronzée était visible dans l'échancrure de sa chemise.

Elle se demanda ce qu'elle ressentirait en promenant ses doigts sur cette peau.

N'était-il pas un peu tôt pour avoir ce genre de pensée ? Si elle s'attardait, elle ferait sûrement quelque chose de regrettable. Comme lui arracher sa maudite chemise.

— Attendez, je vais le chercher, ce sac en plastique.

Elle descendit en courant au rez-de-chaussée et fouilla les placards à la recherche d'un sac en plastique. Pour penser à autre chose, elle se répéta ce qu'elle avait à faire.

Protéger sa main puis rentrer chez elle. Protéger sa main…

Pour ne pas réveiller Lucy, elle regagna l'étage sur la pointe des pieds, poussa la porte de la chambre et se figea.

Le dos tourné, Luke fredonnait en faisant glisser son pantalon sur ses hanches. Ses muscles saillirent quand il se débarrassa de ses vêtements avant de se redresser. Puis, lentement, très lentement, il se retourna.

Elle resta pétrifiée, notant ses membres déliés, sa peau lisse au-dessus de son ventre plat, la fine toison qui partait de son nombril pour se perdre dans son slip.

Elle voulait le toucher. Elle voulait qu'il la touche. La pièce semblait avoir rétréci autour d'eux, et l'air brûlant était irrespirable.

— Vous aimez ce que vous voyez, Jess ?

Elle s'efforça de recouvrer son souffle.

— Oui, répondit-elle, abrupte.

— Moi aussi, beaucoup, murmura Luke. Approchez, Jess.

Elle se força à lever les yeux et les fixa sur sa pomme d'Adam.

— Arrêtez de m'appeler Jess.

— Arrêtez de froncer les sourcils, dit-il en tendant vers elle sa main valide. Approchez, *Jessie*.

Le doux chuchotement faillit avoir raison de son sang-froid. Personne, pas même Michael, ne lui avait jamais témoigné un désir aussi intense. Et elle avait été mariée avec lui avant… Avant l'accident.

— Je ne peux pas, je vous l'ai dit, fit-elle, la bouche sèche.

Elle promena les yeux sur ses lèvres pleines, ses pommettes saillantes, son regard ardent qui posait mille questions et lui offrait autant de promesses.

Elle n'avait pas besoin de promesses, elle avait besoin d'un miracle.

— Voici votre sac en plastique. Je dois y aller, articula-t-elle d'une voix rauque en jetant le sac sur le lit. Nous ne voulons pas arriver en retard au cabinet, n'est-ce pas ?

Il fit un pas vers elle, et elle sentit son parfum boisé, viril.

— Je suis le patron. Je fais ce que je veux.

— Pour l'amour du ciel, dites-moi de partir.

Il posa les doigts sur son bras, remontant vers son épaule, et elle en oublia de respirer. C'était comme si un aimant l'attirait irrésistiblement vers lui.

— Partez si vous voulez, Jessie, chuchota-t-il en parcourant son corps des yeux.

Le souffle court, il souriait avec malice, guettant sa réaction.

Parler était impossible, penser était impossible.

— Je… Je devrais…

Des petits pas étouffés résonnèrent dans le couloir.

— Papa !

La porte s'ouvrit à toute volée, et Lucy se précipita vers Luke pour entourer ses jambes de ses petits bras.

— Papa est là ! s'écria-t-elle, rayonnante.

Il la souleva de son bras valide, réprimant une grimace quand elle s'appuya sur sa main blessée.

— Parfait timing, ma puce.

Lucy prit son visage entre ses mains potelées et l'embrassa sur la bouche.

Jessie inspira profondément.

Parfait timing, en effet. Il était moins une, une fois de plus. Elle devait mettre un terme à tout cela et s'en aller.

La fillette regarda par la fenêtre, les sourcils froncés.

— Le monsieur de la lune est parti ?

— Oui, mon cœur, répondit Jessie. C'est son tour de se coucher, maintenant. Il reviendra te protéger ce soir. Il faudra être sage et aller au lit sans faire d'histoire.

— Le monsieur de la lune ? questionna Luke, perplexe.

— C'est une longue histoire, dit-elle en lui adressant un clin d'œil. Je vous dirai peut-être notre secret si vous le demandez gentiment.

— Croyez-moi, Jessie, je peux être très gentil...

— Je n'en doute pas.

Elle soutint son regard une seconde avant de prendre conscience qu'il flirtait encore.

N'importe quel homme pouvait être « gentil » quand il voulait quelque chose. Michael avait été parfait quand il l'avait courtisée. Mais, quand elle avait eu besoin de soutien, il s'était empressé de fuir. Elle devait éviter comme la peste les hommes « gentils ».

— Il faut vraiment que j'y aille. Et, vous, vous avez besoin d'une douche. Une douche glacée, même.

— L'invitation tient toujours, murmura-t-il sans la quitter des yeux, un sourire éloquent aux lèvres. Mais vous avez raison, Jessie. C'est une idée stupide.

Puis, se concentrant sur Lucy, il lui chatouilla les côtes, et la petite fille se tortilla dans ses bras en gloussant.

La pièce avait repris sa taille habituelle, Jessie avait recouvré une respiration normale. Mais le spectacle de Luke en slip câlinant sa fille lui fit de nouveau aspirer à ce qu'elle ne pourrait jamais avoir.

Lucy pointa un doigt potelé vers elle.

— Elle mange avec nous, Jess ?

— Non, chérie, je dois rentrer chez moi.

— *Jessie*, corrigea Luke. Elle n'aime pas qu'on l'appelle Jess. Mais je trouve que ça lui va bien.

— Bon, d'accord, appelez-moi Jess si ça vous fait plaisir, dit Jessie en ébouriffant les boucles de la fillette. Mais ne vous en prenez pas à moi quand Lucy s'apercevra que Jess est un nom de chat ou de vache. Je ne pourrai pas soutenir la comparaison !

— J'en doute fort, commenta-t-il en lui jetant un regard empreint de chaleur.

— Bon, cette fois, j'y vais.

Sur le seuil, elle agita la main pour les saluer, partagée entre la volonté de partir et le désir de rester.

— Au revoir, Lucy. Au revoir, Luke.

Ah, les hormones !

Mais, en descendant l'escalier, elle prit conscience que son désir n'était pas dû à un déséquilibre hormonal ni à son long célibat, ni même à la séduction de Luke ou son sens de l'humour. Pas seulement, en tout cas.

Luke McKenzie était aussi un homme bien. Bon. Honnête. Un homme qu'elle estimait

Les trois prochaines semaines allaient être longues.

6

Adossée à la portière de la voiture, Jessie attendait, les bras croisés. Ses cheveux volant dans la brise matinale, elle portait un chemisier aussi rose que ses lèvres.

Luke se surprit à se demander quel goût elles avaient.

Bon sang, il avait réussi à se concentrer presque trente minutes sur Lucy, et voilà que ses pensées d'ado en rut reprenaient le dessus !

La petite scène de la chambre tout à l'heure avait été plutôt amusante. Mais l'amusement ne subvenait pas aux besoins de sa fille, ne payait pas les factures, ne protégeait pas son cœur.

— Ecartez-vous, Jess. Nous allons être en retard au cabinet, et Lucy va manquer la visite au zoo avec la crèche.

Elle ne bougea pas.

— Vous devez être le seul homme de Nouvelle-Zélande à avoir un changement de vitesse manuelle et, avec votre main blessée, c'est dangereux. Il n'est pas question que vous conduisiez cette voiture. Si je conduisais ? proposa-t-elle d'une voix rauque.

Il se raidit. Secouant la lèvre, il fit monter Lucy à l'arrière et laissa Jessie boucler la ceinture de sécurité du siège-enfant.

Elle avait les yeux cernés, l'air égaré. En plus, elle semblait avoir la phobie des voitures.

Comme il glissait la main dans sa poche, sa paume heurta la boucle de sa ceinture, et une douleur fulgurante lui traversa la main.

D'accord, conduire n'était pas une bonne idée.

— On pourrait marcher, suggéra-t-il.

— Quoi ? Pour que Lucy manque la visite ? Pas question. Donnez-moi les clés, dit-elle en tendant la main.

— Non.

— Pourquoi ?

— Juste non.

— Insuffisant. Laissez-moi conduire.

— Non.

— Mais pourquoi, grands dieux ?

Parce qu'il voyait sa nervosité. Elle ne voulait pas conduire. Elle n'avait aucune envie de monter dans la voiture. Et il hésitait à lui laisser faire une chose qui l'effrayait aussi manifestement.

— Parce que vous n'êtes pas assurée pour ma voiture.

— J'ai mon permis de conduire.

— Ecoutez, Jess, vous avez été formidable, mais vous n'êtes plus obligée de m'aider. Nous prendrons un taxi.

— C'est vous qui avez commencé.

— Quoi ?

— Vous vous êtes occupé de la piscine de Zac. Vous m'avez bassiné les yeux. Vous aidez tout le temps les autres. A présent, c'est mon tour. Donnez-moi vos clés.

— Ai-je le choix ?

— Non, répondit-elle. Les patients nous attendent, et cette petite doit voir un tigre ou deux avant la fin de la journée.

— D'accord. Merci, dit-il en lui ouvrant la portière. Heu... vous savez vous servir d'une boîte de vitesses manuelle ?

— C'est comme conduire un vélo, ça ne s'oublie pas. Hélas.

Se mordillant les lèvres, Jessie inséra la clé de contact. Ses mains tremblèrent en agrippant le volant. Elle ferma les yeux et inspira profondément.

— Très bien, on y va.

— Ça va ?

— Mmm.

— Vous voulez en parler ?

— Non... Ne parlez plus, maintenant.

Elle regarda le rétroviseur une fois, deux fois, puis elle passa la première, avança lentement vers l'intersection et freina en avisant un véhicule à plusieurs centaines de mètres.

— C'est dégagé, observa-t-il. Vous avez tout le temps de passer.

— Si vous devez sans cesse faire des commentaires, descendez tout de suite. Je déposerai Lucy à la crèche.

— Pardon, je me tais.

Jessie attendit que la voiture les ait dépassés. Puis elle patienta encore, regarda à droite et à gauche, et s'inséra lentement sur la voie rapide.

Penchée en avant, elle avait une fine couche de sueur sur sa lèvre supérieure. Elle ne dépassait pas le cinquante kilomètres-heure et ne lâchait brièvement le volant que pour changer de vitesse. Devant eux la route était dégagée, mais derrière serpentait une longue file de véhicules qui klaxonnaient et faisaient des appels de phares, essayant de les doubler.

Enfin, ils s'engagèrent sur le parking de la crèche.

Jessie soupira, soulagée. Elle s'adossa à son siège et essuya ses mains moites sur son ventre. Puis elle se tourna vers lui.

— Voilà, dit-elle d'une voix haut perchée qui chevrotait un peu. On a mis un peu plus de temps que d'habitude, mais on est arrivés sans encombre. Et, si jamais vous me parlez encore pendant que je conduis, j'arracherai vos points de suture avec mes dents. Je ferais mieux d'aller travailler, maintenant. Passe une bonne journée au zoo, chanceuse Lucy !

Elle sauta du véhicule, déposa un baiser sur la tête de la fillette et s'éloigna rapidement.

Il la suivit des yeux avec un respect nouveau, conscient de l'épreuve qu'avait été pour elle le court trajet en voiture.

Elle avait beaucoup de cran.

Il avait envie de lui demander pourquoi elle avait peur de conduire, pourquoi elle portait toujours la main à son ventre, mais il ignorait comment s'y prendre. C'était trop personnel, et, de toute façon, elle ne répondrait probablement pas.

Mais, que cela lui plaise ou non, elle était sortie de sa coquille pour eux. Pas seulement ce matin, mais hier soir aussi. Pour lui. Pour Lucy.

Plus il la connaissait, plus elle l'intriguait.

— Il n'y a pas de pouls. Allez chercher le défibrillateur, Maggie, vite, ordonna Jessie en déchirant la chemise du vieil homme qui gisait par terre à l'entrée du cabinet. Appelez une ambulance et trouvez Luke. Et débarrassez-nous des badauds, ajouta-t-elle avec un signe de tête vers les curieux qui observaient la scène. Ce n'est pas de la télé-réalité.

Elle se pencha vers les lèvres bleuâtres et écouta.

Rien.

Chouette façon de commencer sa pause-déjeuner...

S'agenouillant près du vieil homme, elle lui leva le menton, lui pinça le nez et souffla deux fois dans sa bouche.

Elle fut soulagée de voir sa poitrine se soulever.

Elle positionna ses mains à l'emplacement du cœur et, comptant à voix haute, commença le massage cardiaque.

— Quinze. Seize... Où est Luke ?

Malgré son désir de garder ses distances avec lui, elle se serait sentie mieux s'il avait été là.

Depuis quand ?

C'était un excellent médecin, voilà pourquoi. Elle était capable de gérer seule la situation, mais une réanimation était plus facile à deux. Un pour souffler, l'autre pour faire le massage cardiaque.

Elle continua le massage, bras tendus, insufflant sa force vitale au pauvre homme. Voulant qu'il vive.

Quelque part, il avait une famille qui l'aimait, qui souffrirait de le perdre.

— Pas aujourd'hui, mon ami, haleta-t-elle.

Un frisson insolite lui apprit l'arrivée de Luke tirant le chariot de réanimation, et elle poussa un soupir de soulagement.

Il allait la seconder.

Bien sûr ! C'était pour ça que son cœur battait comme un fou.

Le défibrillateur à la main, il s'agenouilla près d'elle.

— On ne peut pas vous laisser seule cinq minutes sans qu'il y ait un drame, ironisa-t-il en appliquant les deux palettes sur la poitrine du patient. Ça va, vous ?

— Oui. C'est un... de vos... patients ? s'enquit-elle, essoufflée, en continuant ses compressions.

— Je ne crois pas, répondit-il en scrutant le visage du vieillard. Vous connaissez son identité ?

— Non… Vingt-deux. Vingt-trois. Il a trébuché… Vingt-six… En se tenant la poitrine. S'est effondré.

— Un pouls ?

— Pas trouvé… Trente, souffla-t-elle en s'asseyant sur ses talons pour s'essuyer le front du revers de la main. Bon sang, c'est dur. Où en est-il ?

Ils attendirent que le défibrillateur automatique interprète le rythme cardiaque.

Un tracé tremblant s'afficha sur le petit écran à diode.

— Fibrillation ventriculaire, dit-elle, attendant les instructions.

— *Préparez-vous au choc électrique*, articula une voix mécanique. *On s'écarte.*

Ils reculèrent et regardèrent le corps du vieil homme se soulever sous la force du courant électrique puis retomber.

— *Suivant instructions, commencez compressions,* poursuivit la voix artificielle.

Luke lui tendit une sonde d'intubation et un laryngoscope.

— Vous pouvez l'intuber ?

— Bien sûr.

— Parfait. Je me charge du massage.

— Génial. Je n'avais pas ce luxe au Viêt-nam, commenta-t-elle en glissant le laryngoscope dans la gorge du patient, guidant le tube dans la trachée et connectant le ballon sur la bouteille d'oxygène.

— Bien joué, dit Luke avec un sourire appréciateur. Du premier coup.

— Impressionnant, non ? répliqua-t-elle, fière d'elle.

Elle avait réalisé cette procédure des dizaines de fois, mais elle n'avait jamais éprouvé une telle satisfaction. Elle surprit le regard de Luke et sentit l'électricité crépiter entre eux.

Si on ne jouait pas avec le feu, on ne se brûlait pas.

— Prête pour le troisième round ?

Il reprit le massage cardiaque tandis que la machine comptait.

A trente, elle envoya deux bouffées d'oxygène et attendit le choc électrique.

Toujours aucune réaction.

— Allez, monsieur, accrochez-vous, pria-t-elle en silence.

— *Suivant instructions, effectuez compressions*, répéta la voix robotisée.

— D'accord, d'accord, dit Luke et, appliquant sa paume sur la poitrine du patient, il poursuivit le massage, tendant et relâchant ses muscles à chaque mouvement. Allez, monsieur, respirez !

Du coin de l'œil, elle vit s'approcher George, l'ambulancier rencontré la veille.

Etait-ce seulement hier ? Elle avait l'impression de connaître Luke depuis des lustres, et il ne s'était passé que quelques heures. Des heures de chaos, d'émotions, de désir. Sa vie ne serait plus jamais la même.

Elle pressa le ballon deux fois pour envoyer de l'oxygène dans les poumons du vieil homme. De nouveau, ils attendirent le verdict de la machine.

— *Suivant instructions, effectuez compressions.*

Puis :

— *Rythme modifié, annulez chocs.*

Luke posa un doigt sur le cou du patient et sourit.

— Je sens un pouls. Faible et erratique, mais un pouls.

Elle sentit son propre cœur battre de soulagement et d'excitation mêlés.

— Génial !

Le vieillard n'était pas encore sorti d'affaire, mais ils avaient réussi à faire repartir son cœur.

Une demi-heure plus tard, Jessie regardait s'éloigner l'ambulance qui emportait le vieux monsieur à l'hôpital.

— Il s'appelle Harold Jenkins, dit Luke en la rejoignant. Il est ici en vacance. Sa femme le rejoint aux urgences.

— Bonne chance, Harold, murmura-t-elle en voyant l'ambulance disparaître au coin de la rue. Il est temps de nous préparer pour les consultations de l'après-midi.

— Une seconde. J'ai besoin de prendre l'air, dit Luke en se

dirigeant vers une table de pique-nique qui donnait sur la baie. Profitons de la paix pendant que c'est possible.

Elle hocha la tête.

On éprouvait toujours le besoin de déstresser après une expérience intense, pour faire retomber l'adrénaline.

Elle s'assit en face de lui, ne sachant trop que dire.

— M. Jenkins allait mourir, et nous l'avons ramené, murmura-t-elle. On forme une bonne équipe, tous les deux.

— Sacrément bonne, oui. Comme une machine bien huilée.

Luke sourit, et elle eut envie de baiser ses lèvres.

Non, elle ne pouvait pas. Ils étaient convenus de ne pas sortir ensemble. D'autant moins qu'il avait une petite fille. C'était trop. Trop de risques de souffrir.

Mais ses compliments la rendaient fière. Elle se sentait respectée, valorisée. Il prenait le temps de lui parler, de la féliciter, et pour la première fois depuis longtemps le feu qui brûlait dans ses yeux lui donnait l'impression d'être désirée...

Qu'il aille au diable. Il lui faisait ressentir des choses dont elle ne voulait pas.

Sa main se posa brièvement sur son ventre, et elle sentit ses cicatrices. Elle se remémora la douleur qu'elle avait endurée, à laquelle elle avait survécu.

Elle avait ressenti assez de choses pour toute une vie.

— La réanimation apparaît toujours comme un miracle, observa Luke. On prend conscience de la fragilité de la vie.

— Chaque fois, je me promets d'essayer de vivre un peu mieux, d'être plus courageuse, acquiesça-t-elle.

Puis elle reprenait ses habitudes et ajoutait des briques au mur protecteur qu'elle continuait d'ériger autour d'elle.

Elle s'efforça de ne pas le regarder, pour ne pas lui voler ce baiser qui l'obsédait tant.

Ça, ce serait courageux. Stupide, mais tellement merveilleux !

— Vous avez beaucoup d'arrêts cardiaques ? C'est impressionnant pour un petit cabinet médical.

— C'était le premier. Vous avez été géniale. Vous êtes la femme la plus courageuse que je connaisse ! La plus effrayante aussi, ajouta-t-il en souriant.

— Ces machines sont sensationnelles. Il suffit de suivre les ins-truc-tions-du-ro-bot, articula-t-elle, imitant la voix mécanique de l'appareil.

Il rit.

— Je-ne-par-lais-pas-seule-ment-de-la-ré-a-ni-ma-tion.

— Votre imitation laisse à désirer. Il y a du boulot à faire.

— Je sais.

Luke reprit son sérieux, et la couleur de ses yeux changea pour prendre une étonnante nuance gris foncé. Il parut vouloir se lever, hésita, puis se rassit.

— Je voudrais vous remercier d'avoir conduit ce matin. J'ai l'impression que cela vous a beaucoup coûté.

On y était. Prendrait-elle le risque de parler ? Le risque que le mur protecteur perde quelques briques ?

Elle inspira.

— Oui, je supporte à peu près d'être passagère, mais je panique à l'idée de prendre le volant. J'ai eu un accident il y a quelques années. Ça m'a secouée.

— Vous avez été blessée ? demanda Luke avec une inquiétude touchante. Maintenant que j'y pense, Zac en a vaguement parlé une fois.

— Pas de quoi en faire un drame.

— Un accident de voiture est toujours un drame, Jess, dit-il en scrutant son visage, la forçant à détourner les yeux.

Elle était tentée de tout lui raconter. De se décharger de son fardeau. Mais ce genre de conversation jetterait un froid sur leur amitié. Elle avait travaillé dur pour avancer. Tout cela appartenait au passé. Ce fichu passé qui pointait son nez quand elle tenait Lucy dans ses bras et essayait de résister au charme de son père.

— Ça arrive. Je vais bien, maintenant.

Luke hocha la tête mais n'ajouta rien, comme s'il comprenait qu'il ne devait pas poser trop de questions, et elle lui en fut reconnaissante.

— Il y a quand même une chose, dit-il, clignant des yeux sous le soleil.

— Je déteste les questions inattendues, lâcha-t-elle, s'efforçant de garder son calme.

— Comment se fait-il qu'il n'y ait pas de M. Jessie ? Vous n'avez jamais été tentée de vous ranger ?

— Si, une fois. Nous travaillions ensemble, nous vivions ensemble. Nous nous sommes mariés. Ça n'a pas marché. J'ai retenu la leçon : ne jamais s'impliquer avec un collègue de travail. Il paraît qu'il est remarié et qu'il attend un bébé… J'ai repris ma vie itinérante après notre rupture. Je n'ai pas de temps pour une relation, je me déplace sans cesse.

— Je suppose que ça complique les choses, admit Luke, l'air détaché.

Elle se sentit frustrée. Il lui était difficile d'ignorer l'attirance qu'il avait pour elle et d'éviter les sujets personnels. Il ne voulait pas lui parler de sa propre vie, elle aurait dû être contente qu'il ne tienne pas non plus à évoquer son passé, puisqu'elle ne voulait pas de liens avec lui.

Mais, chaque fois qu'elle s'efforçait de dresser une barrière entre eux, il l'abattait avec son humour, sa gentillesse, sa force tranquille. Et ses lèvres sensuelles l'obsédaient.

Plus tôt ils reprendraient le travail, plus tôt elle penserait à autre chose. Du moins essaierait-elle.

— Venez, il faut retourner auprès des patients, dit Luke.

Il posa la main sur son bras et la retira vivement.

— Oh ! pardon…

Elle tressaillit en voyant la traînée écarlate sur son bras.

— Luke, votre main !

7

— C'est le massage cardiaque, grimaça Luke en considérant son bandage ensanglanté qui pendait de son poignet. Je vais demander à Maggie d'y jeter un œil.

— Sûrement pas ! clama Jessie. Je sais parfaitement faire des sutures. J'étais la meilleure à l'école de médecine.

Elle le ramena *manu militari* au cabinet, et ils s'enfermèrent dans la salle de soins.

— Asseyez-vous !

Elle lui approcha une chaise, attrapa le chariot de pansements et se pencha sur sa main.

— J'adore quand vous êtes en colère, chuchota-t-il. Vos yeux flamboient. On dirait que vous allez exploser. Vous croyez vous contenir, mais toutes vos émotions sont inscrites sur votre visage.

— Je ne suis pas en colère, je me concentre, prétendit-elle en défaisant le pansement poisseux de sang… Je suis aussi transparente ? ne put-elle s'empêcher de demander.

— Comme du verre, répondit-il en souriant.

Son sourire s'évanouit quand elle explora les points de suture détendus.

— Ça fait mal ?

— Non.

— Menteur.

Il plaqua un sourire sur ses lèvres, désireux de lui prouver que lui n'était pas si transparent que ça.

— Cinq points de suture ont lâché. Alors c'est vrai, je suis énervée. Nous aurions dû être plus prudents. J'aurais pu faire le massage cardiaque pendant que vous intubiez.

— Je sais. Mais un massage cardiaque, c'est dur.

— Vous avez cru que je n'y arriverais pas, c'est ça ? commenta-t-elle, luttant pour rester impassible.

— Non, j'essayais d'aider. Nous avons sauvé la vie de cet homme. Et puis…

— Quoi ?

— Maintenant, je passe plus de temps avec vous.

— Faites attention, dit-elle, les joues empourprées, en lui donnant une tape sur le bras.

Il se réprimanda en silence.

Il n'arrivait pas à se taire. Il ferait mieux de se concentrer sur elle, son charmant froncement de sourcils, le petit triangle de dentelle qu'il apercevait dans l'échancrure de son corsage, la moue adorable de ses jolies lèvres.

Ou, mieux, ne pas se concentrer sur elle du tout.

Il ferma les yeux et essaya de penser à autre chose. Il se récita mentalement les noms des plus célèbres All Blacks, mais son parfum fleuri le ramenait malgré lui à elle, à sa bouche charnue.

Il ne pouvait pas l'embrasser. Il avait fait une promesse. Ils étaient convenus d'être amis, rien de plus.

Mais cela ne l'empêchait pas de la désirer. Il devrait faire appel à toute sa volonté pour quitter cette salle sans céder à l'envie de baiser ses jolies lèvres.

— C'est douloureux ? fit-elle, interrompant ses réflexions.

— Ça va.

Ça n'allait pas si bien que ça, mais pas question de l'admettre. Il souffrirait en silence.

— Ce ne sera pas long, dit-elle.

Le regard de Jessie glissa sur son corps athlétique et elle déglutit, s'efforçant de contrôler ses hormones en déroute.

Inutile. Sa vision périphérique se brouilla, ses oreilles bourdonnèrent, lui donnant une sensation de vertige. La chaleur devint suffocante.

Luke dut le sentir aussi, car il ouvrit les yeux.

— C'est très intime, vous et moi ici.

Elle lutta pour maîtriser le tremblement de sa main.

— Ne vous y habituez pas trop. Nous avons des patients à voir.

— Pourquoi vous faites ça ?

— C'est mon travail. Les médecins soignent les patients. C'est ainsi que ça marche.

— Non, gronda-t-il. Pourquoi changez-vous de sujet ?

Elle leva la seringue, amorça la pompe.

— Si je suis si transparente, dites-le-moi.

Se fermer comme une huître chaque fois qu'il devenait trop personnel, c'était la seule solution. Elle ne devait rien lui donner d'elle. Ce serait trop douloureux au moment de partir.

— Très bien. On commence par l'anesthésie locale. Vous connaissez le topo.

Elle sentit sa main se crisper sous la sienne.

— Allez-y, piquez. C'est vous le patron.

— Le fait est que j'ai en ma possession tous les instruments de torture, alors que vous n'avez qu'une plaie béante.

— Et alors ?

— Alors, vous devez respecter mes règles.

— Lesquelles ? s'enquit-il d'un air de défi.

« Regarder, ne pas toucher. »

— Soyez gentil, restez tranquille. Détendez-vous.

Il lui jeta un regard perçant.

— Vous croyez que je peux me détendre avec vous ?

— Ce sera bientôt fini, et vous pourrez partir.

— Bon sang, Jess, pas tant que je ne vous aurai pas embrassée !

L'aveu résonnait aux oreilles de Jessie, se répercutant sur les murs blancs aseptisés, la prenant au ventre.

Pas question.

— Luke ! Je vais faire comme si je n'avais rien entendu. Vous êtes encore en état de choc. Laissez-moi faire mon travail. Je ne veux pas que vous vous vidiez de votre sang.

— Vous avez raison, ça ferait désordre.

Elle s'éclaircit la gorge et enfonça la pointe de l'aguille sous la peau, se concentrant sur la blessure pour oublier ses étonnants yeux gris, sa mâchoire virile, ses lèvres sensuelles.

La main de Luke tressaillit quand elle retira l'aiguille pour piquer sa paume un peu plus loin.

Tout médecin digne de ce nom aurait scruté le visage de Luke pour voir s'il souffrait, mais elle préférait n'en rien faire, sachant trop bien ce qu'elle verrait. En attendant que l'anesthésie agisse, elle s'affaira autour du chariot, refusant obstinément de le regarder.

Il voulait l'embrasser, et elle voulait l'embrasser aussi. Un désir ardent la consumait, qu'elle s'efforçait d'ignorer.

Elle ne pouvait pas l'embrasser. Elle ne *voulait* pas. Un baiser ne ferait qu'alimenter son aspiration à quelque chose qu'elle ne pouvait pas avoir. Elle allait partir. *Partir !*

Elle noua la première suture, attaqua la suivante, imaginant malgré elle le plaisir que ces longs doigts bruns pouvaient dispenser, leurs caresses sur son corps.

Mêlé à l'odeur piquante de l'antiseptique, le parfum d'homme de Luke la rendait folle. Elle ne pouvait pas parler, la gorge nouée par le désir.

Se concentrer.

Troisième point de suture.

Elle noua le fil, consciente que Luke avait changé de position. Si elle tournait la tête, ils seraient face à face. La parfaite distance pour un baiser.

Il voulait l'embrasser.

La quatrième suture fut terminée en un temps record.

Cinquième point de suture, pansement propre, bandage.

Elle avait fini.

Il fallait qu'elle s'éloigne maintenant. Même si la pensée de ce maudit baiser s'attardait, obsédante.

— Bien, on enlèvera les points dans une semaine.

— Merci, dit Luke en se glissant au bord de la chaise. Pour votre information, je sais ce que vous pensez en ce moment.

— Vraiment ? rétorqua-t-elle, les joues enflammées.

— Vous voulez m'embrasser aussi, mais vous avez peur, lui chuchota-t-il à l'oreille.

— Je n'ai peur de rien.

Menteuse.

— Vous voulez m'embrasser, mais vous n'en ferez rien tant que je ne vous y contraindrai pas.

— Je ne veux pas vous embrasser, grommela-t-elle, le cœur battant. Et vous ne pouvez pas m'y forcer.

— Je peux, et je le ferai, murmura-t-il d'une voix douce en posant la main sur son épaule. Je vous défie de m'embrasser.

— Ici ? Au cabinet ? Vous êtes fou ?

Elle se tourna vers lui et se retrouva prisonnière de son regard dangereux, de ses yeux brûlant de désir.

Ses jambes se dérobèrent sous elle.

Oui. *Oui.* Elle voulait l'embrasser. Ici.

— Fou, insensé. Allez, Jessie Price, embrassez-moi.

— Sérieusement, vous avez quel âge ? glousse-t-elle.

— Trente-deux ans, mais je me sens adolescent avec vous. Et je suis assez grand pour savoir ce que je veux.

— C'est-à-dire ? articula-t-elle avec effort, voulant et ne voulant pas entendre ce qu'il avait à dire.

— Vous. Maintenant. Ici. Un baiser, juste un.

Elle déglutit avec effort. Tout son corps vibrait sous la délicieuse langueur qui l'envahissait.

Cela lui avait manqué. Dieu sait qu'elle avait essayé de mettre de la distance entre elle et les autres, mais le contact, le toucher, la chaleur lui manquaient. Le désir, les baisers, l'amour lui manquaient. Mais, surtout, aimer lui manquait.

Ne méritait-elle pas une petite part de ce que tout le monde avait ? Un baiser n'était pas une promesse qu'elle ne pouvait tenir. Un petit baiser ne pouvait pas faire de mal.

Du reste, c'était juste un défi. Idiot. Inoffensif. Amusant.

Et si elle devait embrasser quelqu'un pour relever un défi, autant que ce soit Luke McKenzie.

Le cœur battant, elle plongea son regard dans ses yeux ardents, prit son visage dans ses paumes et posa doucement ses lèvres sur les siennes.

— J'adore les défis, chuchota-t-elle contre sa bouche.

— J'en étais sûr, rétorqua Luke en entrouvrant les lèvres.

Il posa la main sur sa nuque pour l'attirer à lui et pressa son corps dur contre le sien.

Incapable de s'en empêcher, elle sourit béatement.

Elle l'avait fait. Elle avait pris quelque chose pour elle. Un baiser dont elle chérirait le souvenir.

Leurs dents se heurtèrent, et elle s'écarta en riant.

— Désolée. Je ne peux pas m'empêcher de sourire.

— Quoi ? s'enquit-il et, renversant la tête en arrière, il éclata de rire. Décidément, tu es la femme la plus désarmante que j'aie rencontrée.

— Arrête. Tu me fais rougir.

— Tu n'en es que plus belle, plus captivante.

Il lui prit le menton et approcha son visage du sien.

— A présent, faisons ça correctement.

— Un autre défi ?

— Non. Une nécessité.

Elle posa ses mains tremblantes sur sa poitrine musclée, prête à le repousser s'il parlait d'avenir.

— Et ensuite ?

Elle refusait toute promesse, tout engagement qu'elle ne pourrait pas tenir, mais elle voulait le goûter, le humer, sentir sa vigueur. Elle entendait son cœur cogner dans sa poitrine à l'unisson du sien, et tout son corps en frémissait.

— Ensuite, nous ferons nos consultations. Avec peut-être encore quelques baisers, souffla-t-il contre sa bouche.

Elle entrouvrit les lèvres.

La bouche de Luke les effleura, d'abord très doucement, puis il s'enhardit, et sa langue s'insinua en elle avec ardeur.

8

Quatre jours plus tard, planté devant la fenêtre de sa cuisine, Luke sirotait un café en songeant aux baisers qu'il avait promis à Jessie.

Il n'y en avait eu aucun, et c'était une bonne chose. L'embrasser avait été une belle sottise. Et, le plus idiot, c'était qu'il avait envie de recommencer.

Combien de filles instables devrait-il croiser avant de retenir la leçon ?

Heureusement, Jessie avait décliné l'invitation à la fête d'anniversaire de Lucy. Au moins, il pourrait profiter de la fête sans arrière-pensée. Sans songer — encore — au baiser qu'ils avaient échangé.

Le tintement de la sonnette sonna le glas de la paix qu'il savourait avant que trente bambins n'investissent la maison.

La paix ? Pas vraiment. Il ne connaissait pas la paix depuis que Jessie occupait ses pensées.

Il considéra la salle de séjour envahie de ballons, mit la touche finale à son costume et alla ouvrir.

— Jessie ! Que… ?

La question s'étrangla dans sa gorge.

Elle était vêtue d'un kimono rouge vif richement brodé qui lui arrivait au-dessus du genou. Ses cheveux ramassés en chignon étaient hérissés de baguettes, une touche de brillant faisait luire ses lèvres, et elle était chaussée de sandales en strass.

Nonchalamment appuyée au mur, elle tenait un plat protégé d'un torchon.

— Je ne t'attendais pas.

— Maggie a dit que tu avais besoin d'un coup de main. Mais je peux te laisser ça et m'en aller, si tu préfères.

— Lucy va être ravie que tu sois venue.

Mais pas autant que lui, songea-t-il.

Elle recula d'un pas pour inspecter son costume de pirate.

— Le capitaine Sparrow en personne !

— Et toi... Je t'imaginais plutôt en assassin ninja.

— Je garde ça pour une soirée d'adultes. J'ai rapporté ce kimono d'un voyage, c'est mon seul vêtement qui puisse être assimilé à un déguisement pour une fête costumée.

Malgré son sourire, Jessie semblait mal à l'aise. Ses yeux brillaient, mais elle gardait ses distances.

Amis donc, rien d'autre. Leur baiser n'avait rien changé.

En même temps, il avait tout changé. Leurs échanges amicaux avaient fait place à une évidente nervosité. Il ne savait plus que dire ni que faire maintenant qu'elle était là.

— Il vaudrait mieux porter ça dans la cuisine, dit-elle en désignant le plat qu'elle tenait.

— Bien sûr, viens.

— Tu as été très occupé, je vois, dit-elle en désignant les ballons en riant.

Il choisit de prendre un ton détaché.

— Oui. Et, tout à l'heure, ma maison et mon jardin seront vandalisés, mes nerfs à vif et mon portefeuille allégé. Trop chouette. J'ai hâte d'y être.

— Si tu as besoin d'aide pour nettoyer après, dis-le.

Après ? Il songea à ce qu'il pourrait se passer, et sa résolution vacilla. Plus tôt elle quitterait la maison, mieux ça vaudrait.

— Maggie et Becky doivent rester. Ça ira, merci.

Elle lui tendit le plat et enleva le torchon, dévoilant des tranches de pain brioché, du beurre et un pot de vermicelles en sucre multicolores.

— Ma contribution au goûter sain et nourrissant que tu as dû préparer.

— En réalité, j'ai fait appel à un traiteur.

— Je m'en doutais, dit-elle, les sourcils froncés. Des trucs sans sucre et sans fantaisie... Sache que, dans toute fête pour enfants de trois ans, il doit y avoir du pain magique.

— Du pain magique ! Du pain magique ! s'écria Lucy en déboulant dans la pièce. J'en veux !

Le cœur de Luke se serra de tendresse à la vue de sa jolie petite fée bouclée en robe rose froufroutante.

— Je ne peux pas croire qu'elle a déjà trois ans, soupira-t-il. Les années passent trop vite. Il me semble que c'était hier qu'on la ramenait de la maternité.

— Et, bientôt, elle sera adolescente. Trop chouette, commenta Jessie avec malice.

— Merci de me le rappeler, grogna-t-il.

L'adolescence et ses dangers...

Il aimerait sa fille le reste de ses jours, mais, à en juger par sa propre expérience d'adolescent, il n'espérait plus la comprendre dès qu'elle aurait treize ans. C'était pendant des moments de panique comme celui-ci qu'il regrettait que la mère de Lucy ne soit pas là pour le seconder.

Non. Rien ne pouvait lui faire souhaiter le retour de Chloe. Mais le rapport avec sa mère manquerait à Lucy.

— Comme tu es belle ! Joyeux anniversaire, ma puce, dit Jessie en redressant les ailes de guingois de son costume de fée. J'apporte du pain magique pour une princesse des fées. Mais tu devras attendre que je le prépare.

— Je peux t'aider ? demanda Lucy en sautant d'un pied sur l'autre avec excitation. S'il te plaît...

— Bien sûr.

Elle ferait une mère formidable, songea-t-il.

Une pensée parfaitement inappropriée. Cherchait-il une petite amie ? Une mère de substitution pour Lucy ?

Aucune des deux. Et Jessie avait d'autres projets : Dunedin, du travail caritatif international. Il ne pouvait pas lui demander d'y renoncer. Elle ne pourrait que leur en vouloir de la retenir.

Le plat dans une main, il les suivit dans la cuisine en écoutant leur bavardage excité.

— Essuie tes mains avec ce torchon.

Jessie attendit que la fillette ait fini de sécher consciencieusement ses menottes et la hissa sur un tabouret.

— A présent, rassemblons les ingrédients, c'est-à-dire toutes les choses qu'il nous faut pour la recette.

Il posa le plat sur le comptoir et se détourna pour sortir.

— Papa ? Où tu vas ?

— J'ai des choses à faire, mon chou.

— Oh…, protesta Lucy avec une moue de mauvais augure.

Allait-elle faire un caprice ? Pas aujourd'hui, par pitié !

Mais elle sourit, et l'immense amour qu'il avait pour elle lui étreignit le cœur. Il ferait tout ce qu'elle voudrait.

— Il faut nous aider, papa.

— Très bien, soupira-t-il.

Il resta en retrait à les observer.

Jessie était attentive et gentille avec sa fille. Elle se donnait à fond dans tout ce qu'elle faisait, abordant chaque tâche avec le même enthousiasme, le même entrain, le même désir de s'amuser. Contrairement à lui qui se conformait à une routine stricte. Il avait perdu depuis longtemps le goût de l'amusement.

— Bien, dit-elle. Commençons par enlever la croûte des tartines. Je vais le faire avec ce couteau aiguisé. Ces couteaux sont dangereux, hein, papa ?

— Et comment, répondit-il en levant son crochet de pirate. Faites attention, les filles.

Envoûtée par Jessie, Lucy l'écoutait avec une véritable fascination.

Avait-il tort de la laisser s'attacher à elle ?

Il espérait que non. Il ferait n'importe quoi pour l'empêcher de souffrir.

Il regarda son « amie » moulée dans son kimono rouge, la courbe douce de ses lèvres, l'arc sensuel de son cou gracieux.

La seule idée de son départ lui faisait déjà mal.

— Regarde, papa, je fais du pain magique !

— Tu en as, de la chance… Avec tout ce sucre, tu as intérêt à bien te laver les dents ce soir. Et, moi, je saurai qui blâmer pour l'hyperactivité de toute cette marmaille.

— Nous allons tartiner les tranches de beurre, puis on les

coupera en quatre morceaux, déclara Jessie, impassible. On le sait tous les deux, Luke, les études montrent que ce n'est pas le sucre qui rend les enfants hyperactifs mais l'environnement. Ils fêtent un anniversaire, et il est normal qu'ils s'amusent. C'est le but, non ?

Elle pointa le doigt vers lui.

— Allons, haut les cœurs, capitaine Ronchon !

Il lui saisit la main, sentit ses doigts s'enrouler autour des siens et les presser légèrement avant de le lâcher.

Un geste si tendre qu'il eut l'impression que son cœur devenait léger, léger...

Sa fille était heureuse, l'atmosphère de la maison chaleureuse et détendue. Comme la vie de famille qu'il avait imaginée.

La vie de famille ? Il avait passé neuf mois à marcher sur des œufs avec Chloe, faisant attention à tout ce qu'il disait de peur qu'elle s'en aille. Mais elle était partie quand même. Jessie était-elle comme elle ?

Pour l'instant, elle était une brise fraîche qui chassait les toiles d'araignée de leur vie austère et lui montrait comment jouir de la paternité au lieu de la considérer comme un devoir. Elle transformait tout en amusement.

Mais cela durerait-il ? N'aurait-elle pas tôt ou tard besoin de bouger ? Il ne pouvait pas courir ce risque.

— Jess ? s'enquit Lucy en tirant sur sa jupe.

— Oui, mon cœur. A présent, on va presser le côté tartiné dans le vermicelle multicolore, comme ça.

Elle versa les minuscules grains de sucre colorés dans une assiette et y trempa une tartine avant de la retourner.

— Et voilà. Du pain magique !

Lucy prit à son tour une tranche de pain brioché qu'elle recouvrit maladroitement de vermicelle de couleur.

— Et voilà ! s'écria-t-elle en mordant dedans. C'est bon !

— Bravo, commenta-t-il en déposant un baiser sur son front, en prenant garde de ne pas être éborgné par son diadème. Ma fille de deux ans sait faire du pain magique.

— Trois ! protestèrent en chœur Lucy et Jessie.

Il esquiva le torchon que Jessie lui lançait à la tête.

Heureusement, la sonnette retentit à cet instant, lui épargnant les protestations indignées de ces dames, et il alla ouvrir en souriant.

Lucy passait un merveilleux anniversaire. Les choses n'auraient pas pu mieux se dérouler !

Puis il se remémora Jess empêtrée entre les draps de son lit l'autre matin, et il se dit que si, cela aurait pu être encore mieux.

On pouvait rêver, n'est-ce pas ? Quel mal y avait-il à ça ?

— Alors, où en êtes-vous ?

La voix grave de Luke fit sursauter Jessie, lui rappelant pourquoi elle devait rester loin de lui : un mot de lui, et elle ne pensait plus qu'à l'embrasser.

Une idée contraire au plan d'autoprotection qu'elle avait scrupuleusement respecté ces derniers jours.

Préférant ne pas s'attacher à Lucy, elle avait d'abord décliné l'invitation à son anniversaire. Mais Maggie avait joué la carte du pauvre-papa-seul-qui-avait-besoin-d'aide, en rajoutant avec des commentaires désinvoltes sur sa petite-fille-triste-sans-maman. Bref, la secrétaire du cabinet l'avait eue à l'usure.

Elle essuya la crème solaire qui lui collait aux mains.

— Ça va. Ils sont tous protégés par des manches longues, un chapeau et de la crème solaire. Ils peuvent jouer dehors.

En prétextant qu'il fallait protéger les enfants du soleil, elle avait pu s'éloigner de Luke. Jusqu'à maintenant.

— Comment as-tu fait ? Lucy pique toujours une crise quand je veux lui mettre de la crème solaire.

— Facile, lâcha-t-elle malicieusement, se gardant de préciser qu'elle avait promis des sucettes aux enfants s'ils se prêtaient à ses exigences. Le soleil ne brûlera pas leur précieuse peau, capitaine !

— Beau travail, madame Butterfly.

Luke approcha une chaise d'enfant en plastique pour s'asseoir près d'elle. Pendant un moment, il s'agita pour caler son postérieur sur le petit siège moulé, puis il arracha sa perruque de pirate et se gratta la tête.

— Quel dur travail de divertir des enfants !

Elle éclata de rire devant son air sérieux.

— Ce n'est pas censé être un travail, Luke. Détends-toi. Regarde Lucy, elle est aux anges. Bien sûr, c'est un peu affolant, mais ce n'est que du bonheur, non ?

Il étendit ses longues jambes devant lui, l'air peu convaincu.

— C'est tellement éloigné de ma nature. J'étais un étudiant en médecine égoïste et insouciant, comme Zac. On a même eu quelques histoires…

— Oui, j'en ai entendu parler il y a des années. Je me demande comment il a pu finir ses études en faisant tout le temps la fête. L'arrivée de Lucy a dû te réveiller, non ?

— Ce n'est pas rien d'avoir un enfant. Fini l'insouciance. Il y a du danger potentiel partout. Elle peut tomber du toboggan, courir trop près du barbecue, l'excitation peut lui déclencher une crise d'asthme. Je dois sans cesse veiller sur sa sécurité. Tu trouves que j'exagère ?

— Non, il faut toujours être vigilant.

— C'est une énorme responsabilité. Je peux me tromper sur certaines choses, et je n'ai personne avec qui en parler.

— C'est pour ça que tu dépenses une fortune en ouvrages sur l'éducation des enfants ? Je les ai vus près de ton lit. Tu pourrais ouvrir une bibliothèque.

— Ils disent tous des choses différentes, grimaça Luke. Un vrai champ de mines.

Elle lui sourit.

Il était coincé sur son minuscule siège en plastique, et, derrière sa tenue de pirate irresponsable et je-m'en-foutiste, c'était un homme honorable qui voulait bien faire.

— Ne les lis pas tous. Choisis-en un, et passe le temps que tu mettrais à lire les autres à jouer avec Lucy. Ça lui sera beaucoup plus profitable.

Elle se pencha et toucha son faux crochet, puis elle tapota sa main pour sentir sa peau tiède sous ses doigts.

— Crois-moi, quoi qu'on fasse, on ne peut pas éviter l'inévitable…

Elle se mordit la langue. Lui parler de sa triste vie un si beau jour gâcherait la fête. Et sa bonne humeur.

Elle lui adressa un sourire forcé.

— Profite des moments que tu as avec elle. Tu passes trop de temps à t'efforcer de former une famille parfaite, pas assez à en être une.

Il la regarda d'un air songeur puis sourit.

— Comment se fait-il que tu sois si sage ?

Ce n'était pas grâce à l'expérience. Ses jeunes années n'étaient pas un modèle de réussite, mais son instinct lui disait que l'enfance devait être source de plaisir plus que d'angoisse.

— C'est génétique. J'ai eu le cerveau, Zac la beauté.

— Oh ! Je ne sais pas, commenta Luke en penchant la tête, taquin. Zac est aussi intelligent, tu sais.

— Ha, ha, ha.

— Il m'a dit que vos parents étaient géologues. Ça a dû être intéressant, tous ces voyages.

— En fait, c'était mortellement ennuyeux d'observer des pierres au lieu de traîner avec d'autres gosses. Moi, tout ce que je voulais, c'était une maison normale avec quatre murs et des amis avec qui jouer. Comme ici.

Mais, même adulte, elle avait gardé l'habitude de bouger. Sitôt installée quelque part, elle tournait comme un lion en cage jusqu'à ce qu'elle refasse ses valises et s'en aille. Et elle ne voyait pas pourquoi elle envisagerait de vivre autrement.

— Zac dit aussi qu'il ne te voit pas beaucoup.

— Nous ne sommes pas particulièrement proches. Il t'a demandé de m'en parler ? s'enquit-elle, les sourcils froncés.

— Non. Pourquoi ? C'est un sujet sensible ?

— Pas vraiment... J'avais juste envie de le voir pour savoir ce qu'il devenait après tout ce temps.

— Il est un peu égocentrique et ne voit guère au-delà de sa petite personne. Mais, au fond, c'est un type bien.

Elle hocha la tête, mélancolique.

Elle se reprochait d'avoir laissé tomber Zac. Elle aurait aimé lui dire combien l'accident l'avait affectée, partager son fardeau avec lui. Mais elle n'avait pas voulu de sa pitié.

— En fait, c'est ma faute. Ça m'a contrariée qu'il aille à une fête à Queenstown au lieu de rester pour me voir... Mais on aura d'autres occasions.

— Il n'y est pas allé uniquement pour la fête. Il voulait assister à une conférence sur la médecine sportive. Je sais combien il tient à toi.

Oui, son frère tenait à elle, et elle tenait à lui. Quand il lui avait envoyé un e-mail pour lui demander de le remplacer, elle n'avait pas hésité un seul instant. Mais leur enfance vagabonde avait fait d'eux des instables qui ne tenaient pas en place, déconnectés de tout.

Ils contemplèrent le jardin quelque peu dévasté sous le soleil aveuglant. Elle reconnaissait quelques bambins et parents qu'elle avait déjà vus au cabinet.

— Combien d'enfants as-tu invités ? demanda-t-elle.

— Autour de trente.

— Une sacrée vie sociale pour une fillette de trois ans !

— On a invité toute la crèche. On doit être proches de cinquante avec les parents, Becky, Maggie et toi.

En haut de la pente du jardin, Maggie maintenait l'ordre parmi les enfants qui faisaient la queue pour glisser sur le toboggan de fortune, une épaisse bâche noire mouillée par un tuyau d'arrosage. Becky surveillait le trampoline, un grand château gonflable sur lequel sautaient en piaillant un groupe de fées et de princesses, tandis que des chevaliers miniatures combattaient avec des épées en plastique sous le regard amusé de quelques adultes qui bavardaient en buvant une bière.

Tous ces rires étaient contagieux.

— Viens, dit-elle en attrapant la manchette en dentelle de Luke. Allons nous amuser.

Elle le traîna jusqu'au stand de maquillage, le poussa sur le siège et lui maintint les mains dans le dos comme un policier menottant un délinquant.

— Grimez-le, voyons... en ours ! demanda-t-elle à l'employée de la crèche.

— Un ours ? grimaça-t-il tandis qu'on commençait à lui noircir le nez. En costume de pirate ?

— Arrête de gigoter, coupa-t-elle avec un sourire diabolique. Tu me rappelles un grand ours grognon.

Et farouchement protecteur, capable de tuer pour protéger les siens.

Un instant, elle s'imagina enveloppée de ses bras, de sa force — un rêve impossible qui l'emplit de tristesse.

— D'accord, d'accord, céda Luke en riant. Tu n'arrêtes pas de me surprendre, Jess Price.

Lui tenant les poignets d'une main, elle feuilleta le livret de maquillage de l'autre.

— Ensuite, vous me grimerez en… Je sais, en Grinch ! Un Grinch souriant, il faut changer l'image de ce malheureux.

— Si quelqu'un le peut, c'est toi, dit-il.

Il tordit sa main pour lui chatouiller le genou, et elle se tortilla en gloussant. Elle avait envie d'embrasser sa bouche parfaite. De l'embrasser, encore et encore.

Grimé en ours pirate, Luke alla montrer le résultat à Lucy, et elle décida d'en profiter pour manger quelque chose.

Se dirigeant vers le buffet, elle le vit prendre sa fille dans ses bras et la chatouiller pour la faire rire.

Cet après-midi, il y avait de la légèreté dans la tendresse qu'il lui témoignait. Peut-être apprenait-il à se détendre un peu. Ses sages conseils avaient-ils porté ?

« Sages » ? Depuis quand était-il sage de s'impliquer ?

Il était peut-être déjà trop tard. Elle aurait dû partir, maintenant. Chaque instant passé ici lui rappelait ce qu'elle avait perdu, renforçait sa résolution de poursuivre son chemin. Elle avait surmonté pire, non ?

Une pâle jeune femme la rejoignit devant le buffet.

— Docteur Price ?

— Oh ! bonjour, euh…

— Stacey. Stacey Phillips, dit la femme en se servant de la salade de pommes de terre. La mère de Kyle. Nous sommes venus au cabinet en début de semaine.

— Excusez-moi, j'ai vu tant de monde cette semaine, répondit Jessie en salivant devant les appétissantes salades. Comment va Kyle ?

— Il n'a plus mal à l'oreille. Il est en pleine forme. Merci.

— Fromage ? offrit-elle.

— Non merci. Je crains la listériose.

La lumière se fit soudain dans son esprit.

Mais oui, bien sûr, la grossesse non désirée !

— Comment allez-vous ? Vous avez toujours des nausées ?

— Hélas oui. Nuit et jour.

— Ça devrait se calmer après les trois premiers mois.

Elles se dirigèrent vers un coin tranquille. Des abeilles et des papillons voletaient parmi les buissons de lavande, laissant derrière eux un agréable parfum. Elles s'assirent sur un vieux banc de bois à l'abri d'une gigantesque bougainvillée aux fleurs écarlates.

Jessie regarda Luke qui surveillait maintenant le toboggan. Comme s'il sentait son regard, il se retourna et lui fit signe.

Elle agita la main, regrettant de ne pouvoir faire disparaître tout le monde pour rester seule avec lui.

— Comment ça va avec votre mari ? demanda-t-elle à Stacey.

— Il est rentré à la maison.

— Tant mieux. Il est content pour le bébé ?

— Je n'arrive pas à le lui dire, j'ai peur de tout gâcher alors qu'il fait tout pour que ça marche. On fait des efforts.

— Des efforts ?

— On essaie de s'entendre. De parler d'avenir. Kyle est ravi d'avoir retrouvé son papa.

La grossesse de Stacey ne se voyait pas encore, mais dans quelques semaines elle ne pourrait plus la cacher.

— J'essaie de trouver le bon moment pour en parler. Mais ça va perturber ses plans, dit-elle, les lèvres pincées.

Leur situation n'était pas si différente à Luke et elle, songea Jessie. Rester à North Beach, voire envisager un avenir avec lui chamboulerait l'existence de Luke.

— Comment pensez-vous qu'il réagira en apprenant que vous êtes enceinte ? questionna-t-elle.

— Je crains le pire.

— Et le bébé ?

« Aimez-le. Je vous en prie. Aimez-le de tout votre cœur. »

Stacey posa son assiette et caressa son ventre.

C'était la première fois que Jessie la voyait avoir un geste maternel. Elle se surprit à faire la même chose.

Elle le faisait souvent ces temps-ci. Elle devait se contrôler.

— Je me débrouillerai, dit Stacey. J'ai lu les brochures que vous m'avez données. Pas question d'IVG. Le bébé est déjà de la taille d'un citron, vous imaginez ?

— Je comprends parfaitement, dit Jessie en souriant.

Elle comprenait le besoin de Stacey de toucher son ventre, de savourer les changements de son corps. Elle aussi avait regardé avec émerveillement son corps s'adapter à ce nouveau petit être. « Je » était devenu « nous ». Elle s'était mise à manger pour deux, dormir, marcher, penser pour deux. Et Michael avait adoré son nouveau corps.

Elle savait aussi que tout pouvait changer en un instant.

— Colin est un type bien. Il m'aime, mais il s'inquiète pour l'argent, soupira Stacey. Il déteste ne pas pouvoir nous donner tout ce que nous voulons. Mais, s'il est opposé à la venue d'un second enfant, je vais le perdre.

— Je suis encore là pour deux semaines. Si je peux vous aider, n'hésitez pas.

— C'est parfois agréable de voir une femme médecin.

Jessie contempla le beau jardin, les visages heureux, Luke qui riait en se dirigeant vers la maison avec Maggie.

— J'adore être ici, mais il faut que je reparte, dit-elle.

— Jess ! Viens au trampoline ! cria la voix flûtée de Lucy.

— J'allais rentrer, chérie.

La fillette trottina au bas de la pente, essoufflée, les joues rouges, et posa sur son genou une main collante.

— S'il te plaît, pria-t-elle, avant de se mettre à tousser.

— Du calme, ma puce, dit Jessie. Ça va ?

Elle vérifia machinalement son pouls.

Rapide, mais pas anormal. Pas de sifflement. Bon.

— Oui. S'il te plaît, viens, supplia Lucy en la tirant par la main avec un sourire qui la bouleversa.

— D'accord, princesse, tes désirs sont des ordres. Tu pourras prendre une bouffée d'inhalateur en chemin. Je n'aime pas cette toux.

Lucy la toisa avec impatience, les mains sur les hanches.

— Allez, viens, Jess !

Oui, elle grandissait vite. Luke n'avait pas fini d'en voir.

Jessie regarda le monstrueux château gonflable qui oscillait dans le vent et se leva en souriant à Stacey.

— Souhaitez-moi bonne chance.

9

C'était comme le mal des transports mêlé à l'ivresse de l'alcool, songeait Jessie en s'efforçant de garder l'équilibre.

Une masse indistincte de taches roses hurlantes sautait autour d'elle tandis qu'elle rebondissait maladroitement sur le trampoline dans son kimono trop serré.

— Tu t'amuses ? cria Luke depuis la terre ferme.

Du moins pensa-t-elle que c'était lui, car la voix de velours était reconnaissable.

— Oui… aïe !

Sa bouche était entrée en collision avec un crâne. Elle s'écroula, la lèvre fendue, voyant trente-six chandelles.

Elle battit des paupières.

Deux Luke flous la fixaient.

Deux ? L'idée lui plut. Deux fois plus de plaisir.

Deux fois plus d'ennuis.

Elle s'efforça de se relever de sa piteuse position à quatre pattes, mais c'était impossible car le sol remuait sans cesse, la projetant d'avant en arrière.

Le crâne qu'elle avait heurté semblait indemne. Sa propriétaire, une petite princesse toute de rose vêtue, se frotta la tête en souriant et continua de rebondir avec ardeur.

— Ça va ?

Luke penchait vers elle son visage d'ours marqué par l'inquiétude, battant des bras pour garder l'équilibre sur le tapis de PVC qui se dérobait sous ses pieds.

— Ça va, fit-elle comme si elle parlait à travers du coton.

Elle avait un goût métallique dans la bouche, et sa lèvre l'élançait. Elle y porta ses doigts.

— Je crois que je saigne.

Il s'agenouilla devant elle et effleura sa lèvre blessée.

— Tu veux que je te donne un bisou qui guérit ?

— Luke ! s'insurgea-t-elle, les joues brûlantes. Devant tout ce monde ?

— J'embrasse tout le temps les écorchures de Lucy.

Elle sourit, et la douleur lui arracha une grimace.

— Nous devrions descendre de là et nous comporter en adultes responsables.

— Seulement si tu acceptes de remettre ça à plus tard.

— Pourquoi pas jamais ?

Elle ne pouvait pas risquer qu'il voie ses cicatrices et qu'il la rejette. Pas une nouvelle fois.

Il l'enveloppa de ses bras et la plaqua contre son corps dur, excitant son désir à fleur de peau.

— Euh... Il y a toujours du monde, balbutia-t-elle.

— Je sauve une damoiselle en détresse. Je pourrais te faire la respiration artificielle... Ne fais pas cette tête, je plaisantais.

Luke la souleva sans effort apparent, et ils quittèrent le château mouvant. Il la tenait serrée contre sa poitrine et elle appuya sa joue contre son torse, savourant sa chaleur.

Il lui sourit d'un air démoniaque.

— Tu ne crois pas qu'ils soupçonnent déjà quelque chose ? Maggie fredonne la *Marche nuptiale* depuis ton arrivée.

— Je sais, oui, elle essaie de jouer les entremetteuses.

En la faisant venir à cette fête, par exemple.

— Elle est heureuse en ménage depuis vingt ans et veut que je connaisse ça.

Il l'assit sur un banc et se pencha pour examiner sa lèvre fendue.

Fermant les yeux, elle sentit son souffle sur sa peau, laissa ses doigts glisser doucement sur sa lèvre.

— Je vais chercher de la glace.

Bonne idée. Cela refroidirait ses ardeurs...

Ouvrant les yeux, elle aperçut Lucy seule près du toboggan.

La petite fille était pâle, et ses épaules se soulevaient convulsivement. Elle semblait avoir du mal à respirer.

— Luke ! Vite, Lucy a un problème.

Le sourire de Luke s'effaça. En quelques secondes, il fut auprès de sa fille, la souleva et la porta dans la maison.

Jessie les suivit aussi vite que le lui permettait son kimono étroit et les trouva dans la cuisine.

— De quoi as-tu besoin ?

— Qu'elle reste tranquille, répondit-il, tendu, en actionnant le nébuliseur. Elle déteste ça.

Le médicament destiné à soulager l'enfant se vaporisa dans le masque qui couvrait le visage de la fillette.

— Non, non ! cria Lucy en essayant de l'arracher.

— Viens, Lucy, murmura Jessie en l'attirant sur ses genoux, le cœur serré par l'inquiétude.

En sueur, la fillette tirait sur le masque, se débattait.

— Non ! Non !

Luke replaça le masque, prit le pouls de sa fille et compta sa fréquence respiratoire.

— Trop rapide. Calme-toi, Lucy. C'est le médicament magique de papa. Ça t'aide toujours à aller mieux, non ?

Il avait des gestes automatiques, bien réglés. Nébuliseur. Masque. Pouls. Fréquence respiratoire. Il ne montrait aucune émotion. Il faisait face à une urgence. Preuve que ça arrivait souvent et qu'il était rodé. Mais que se passait-il dans sa tête ? Regarder sa fille étouffer devait lui déchirer le cœur, elle-même en était bouleversée.

Elle pria pour qu'on n'ait pas à appeler une ambulance. Elle ne supportait pas l'idée que Lucy soit reliée à une machine quelques minutes après avoir dansé et chanté. L'asthme pouvait tuer, elle le savait. Il fallait absolument faire pénétrer le médicament dans ses poumons.

— Je lui ai fait prendre quelques bouffées d'inhalateur tout à l'heure, dit-elle. Elle semblait aller bien.

— Ces crises arrivent vite. On peut aussi les enrayer rapidement. Ça ira, à condition qu'elle cesse de lutter.

Autrement dit, il fallait la distraire assez longtemps pour que la médication agisse.

Cherchant désespérément une solution, Jessie utilisa la première chose qui lui vint à l'esprit.

— *Un monsieur vivait sur la lune, sur la lune, sur la lune,* chantonna-t-elle.

Elle n'arrivait pas à croire qu'elle chantait ! Mais il fallait tout tenter. Elle se balança lentement, tenant le masque sur le visage de Lucy d'une main, lui caressant les cheveux de l'autre et fredonnant doucement à son oreille.

— *Un monsieur vivait sur la lune, il s'appelait Aikendrune.*

Lucy s'immobilisa, leva les yeux vers elle.

— C'est... pas beau.

— *Ses cheveux étaient des spaghettis, spaghettis, spaghettis,* chanta-t-elle plus fort.

Lucy cessa de se débattre et ouvrit de grands yeux tout en inspirant la brume médicamenteuse.

— Des spaghettis ?

— Des cheveux en spaghettis ? Berk ! s'écria Luke.

La fillette inspira une fois, deux fois, oubliant sa peur et son affolement.

Luke prit son pouls et hocha la tête.

— Super. On continue, chérie.

Parlait-il à Lucy ou à elle ? Peu importait. Jessie ne pensait qu'à tenir le masque pour permettre à la brume magique de pénétrer les minuscules bronches de Lucy.

— *Ses yeux étaient des boulettes de viande, boulettes de viande...*

Elle sentit Lucy frémir.

Elle riait !

— Ou la nébulisation de Ventoline commence à faire effet, ou ma ravissante chanson a eu raison de sa résistance...

— Elle respire mieux et ses lèvres ont meilleure couleur.

— *Son nez était en fromage, en fromage...*

Lucy ne geignait plus, et on n'entendait plus que le sifflement du nébuliseur qui vaporisait le reste de la médication dans le masque. Elle glissa sa menotte dans sa main avec confiance.

Jessie saisit le petit poing crispé et caressa la peau fraîche, émerveillée par les minuscules croissants de ses ongles roses.

Quelle merveille que cette petite fille !

— Il faut te reposer maintenant, lui chuchota-t-elle.

— Tu sais t'y prendre avec elle, murmura Luke.

Il caressa avec émotion la douce joue de sa fille.

— Mais cette chanson va me hanter toute la journée.

— Je ne sais même pas d'où elle sort. C'était mon père qui me la chantait.

Il soupira, perdu dans ses pensées. Il avait les épaules raidies, et sa mâchoire se contractait nerveusement.

— Est-ce que ça va ? chuchota-t-elle pour ne pas réveiller Lucy qui somnolait sur ses genoux.

Il se passa la main sur le front.

— Oui. Elle aura encore besoin de nébulisations régulières pendant un jour ou deux.

Malgré son maquillage d'ours joyeux, il semblait abattu, fatigué, effrayé.

Après l'action, l'émotion. C'était toujours ainsi pour un médecin. Pour un parent aussi, apparemment.

— Je déteste la voir comme ça. Merci pour tout, Jess. Tu m'as bien aidé.

— Je n'ai rien fait de spécial. Il fallait juste la distraire.

— Quand elle est dans cet état, j'endosse mon rôle de médecin pour la soulager. Je sais qu'elle a peur, mais je dois utiliser tous les moyens nécessaires pour lui faire absorber ses médicaments. Je n'ai jamais essayé de chanter. Mais, avec ma voix, ça vaut peut-être mieux, fit-il en riant.

— Chloe doit te manquer dans ces moments-là.

— Pas du tout, rétorqua-t-il avec une colère froide. On a diagnostiqué l'asthme de Lucy après son départ. Elle n'a jamais eu à regarder souffrir sa fille.

— Tu te débrouilles très bien, Luke.

— C'est parfois difficile d'être parent unique. Il vaut mieux être deux pour la tenir et lui faire sa nébulisation.

Il contempla l'enfant assoupie et baissa la voix.

— Je me soucie surtout de sa sécurité et de son bien-être.

Mais, tu as raison, on devrait s'amuser davantage. Je ne suis pas démonstratif. En la voyant jouer avec tes cheveux, te regarder, je me rends compte de ce qui lui manque... Heureusement qu'on n'a eu qu'un enfant, Chloe et moi.

— Tu comptais en avoir un autre ?

— Oui. On l'aurait eu pour recoller les morceaux, ce qui était stupide. Pourtant, je l'ai envisagé.

Il ôta son masque à Lucy, la souleva dans ses bras et l'emmena dans le salon. Ils l'allongèrent sur le canapé et la couvrirent d'un plaid en laine mohair. Luke s'assit par terre contre le sofa, et Jessie s'accroupit près de lui.

— Je ne voulais pas un seul enfant. J'ai souffert d'être fils unique, et j'ai toujours désiré une ribambelle de rejetons.

Elle aurait pu s'en douter, mais l'entendre de sa bouche lui fendit le cœur.

— Si Maggie arrive à ses fins, tu connaîtras certainement la félicité conjugale, articula-t-elle avec effort.

— C'est une proposition ? s'enquit-il avec malice.

— Une façon de parler, rectifia-t-elle. De toute évidence, elle fait tout pour te caser.

— Même Zac s'est mis en tête de me trouver une femme. Deux soirées désastreuses m'ont appris à ne plus jamais me fier au goût de ton frère dans ce domaine !

On frappa à la porte, et ils se retournèrent.

Stacey Philips se tenait sur le seuil, tenant Kyle par la main.

— Lucy va bien ?

— Mieux, merci. Mais elle est épuisée, répondit Luke. La fête bat toujours son plein ?

— Tout le monde est en train de partir. Nous venons juste vous dire au revoir et vous remercier. Maggie vous fait dire qu'elle a tout rangé et qu'elle raccompagne plusieurs enfants chez eux.

— Merci, Stacey. J'espère que la crise de Lucy n'a pas gâché la fête.

— Oh non, c'était génial ! Mais avec tout ça, Jessie, j'imagine que vous n'aurez plus très envie de rester et que vous chercherez un endroit plus tranquille ?

— Tu envisages de rester, Jess ? s'étonna Luke, les yeux brillants.

— Nous en avons parlé, c'est tout… Nous devrions mettre de l'ordre ici, dit Jessie en rassemblant des gobelets. Je vous raccompagne, Stacey.

A peine Stacey et son fils furent-ils partis que Lucy poussa un petit cri.

— Ça va, ma chérie ? s'enquit Jessie, se ruant à son chevet.

— Mon gâteau ?

Seigneur, le gâteau d'anniversaire ! Ils l'avaient complètement oublié dans le feu de l'action.

— Oh ! ma puce, tout le monde est parti…

Le petit visage se décomposa.

Que faire ? Comment faire oublier à la petite princesse le moment magique où elle aurait soufflé ses trois bougies, entourée de frimousses ravies ?

— Quand tu iras mieux, nous pourrons aller à l'aquarium ou… Je sais, au planétarium ! On pourra observer le monsieur de la lune au télescope, qu'en dis-tu ?

— Oui ! s'écria Lucy avec un pâle sourire. Maintenant !

— Pas aujourd'hui, dit gravement Luke. Tu dois te reposer. A présent, il est l'heure de se coucher, demoiselle, ajouta-t-il en la soulevant dans ses bras. A tout à l'heure, Jessie ?

— Oui. Je vais ranger un peu en attendant.

Elle n'était pas pressée de partir. Rester était peut-être risqué, mais cela valait mieux que retrouver une maison vide.

Rassemblant les ballons en un bouquet multicolore, elle ne put s'empêcher de repenser à l'intérêt qu'avait montré Luke quand elle avait parlé de rester à North Beach.

Plus le temps passait, plus elle en avait envie, même si elle avait conscience que c'était imprudent. Surtout maintenant qu'elle savait qu'il voulait remplir sa maison d'enfants.

Elle se sentait misérable de ne pouvoir le satisfaire. Et il fallait songer à Lucy. Elle ne devait pas prendre trop d'importance dans la vie de l'enfant, qui avait déjà été abandonnée par sa maman. Mais les tenir à distance devenait aussi impossible que rester à North Beach.

Elle regarda Luke emporter Lucy, et un frisson glacé la parcourut. Son départ les meurtrirait peut-être, mais qu'en serait-il d'elle ?

Quand Luke trouva Jessie dans le salon, parmi les ballons et les cadeaux, son souffle s'accéléra.

Maintenant qu'il était seul avec elle, il ne savait pas quoi dire. Il avait le choix entre : « Merci, tu veux passer la nuit ici ? » ou encore : « Merci, et bonne nuit. »

De toute façon, il devait faire quelque chose pour détendre l'atmosphère. Le désir palpable qui planait entre eux devenait trop oppressant.

Il lui servit du pinot gris bien frais et la regarda passer le verre glacé sur sa lèvre enflée.

Elle en but un peu, et sa gorge frémit délicatement, si blanche comparée à son horrible maquillage vert. Puis elle posa son verre sur le rebord de la fenêtre et entreprit de plier des papiers d'emballage pour les mettre à la poubelle.

— Elle s'est endormie facilement ?

— Sans problème, répondit-il en allumant le baby-phone. Je ne m'en sers plus, mais ce truc peut être utile dans des cas comme celui-ci. Dommage, elle s'amusait bien avant sa crise d'asthme.

— Moi aussi, rétorqua Jessie avec malice. Je regrette que tu te sois lavé le visage. Tu me plaisais bien en ours grognon.

— Le maquillage me grattait. Comment va cette lèvre ?

— Un peu douloureuse. Mais ça me fait une moue géniale. Des femmes paient des fortunes pour gonfler leurs lèvres avec des produits douteux.

— Viens avec moi, dit-il.

Il lui prit la main et l'attira devant l'évier de la cuisine.

— J'ai un sentiment de déjà-vu, s'esclaffa-t-elle. Mais, cette fois, c'est mon visage qui est vert, pas mes cheveux. Que vas-tu faire ?

— Ce qu'on aurait dû faire plus tôt. Mettre de la glace dessus.

Elle riait, mais son regard était grave. Il y lut un mélange de désir et de peur.

Peur de quoi ? De lui ? De souffrir ?

La coinçant contre l'évier, il lui enleva soigneusement son maquillage vert avec du papier essuie-tout.

— C'est mieux. Je te vois, maintenant. Tu es si belle.

Elle ouvrit la bouche pour dire quelque chose, puis parut se raviser et se contenta de le scruter d'un air étrange.

Il ouvrit le congélateur et en sortit un sac de petits pois surgelés qu'il appliqua sur sa lèvre blessée.

— Voilà. Tu vas vite retrouver figure humaine.

Il n'arrivait pas à détacher les yeux de son visage. Elle était si belle. Et, contre toute attente, étonnamment fragile.

— Merci. Tu es gentil.

Il lui caressa la joue avec tendresse.

— A propos de ce baiser que tu m'as promis...

Elle posa le sac congelé sur l'égouttoir et secoua la tête.

— Non, Luke, nous étions d'accord là-dessus. Juste amis.

— Tu as raison, dit-il en reculant. Pardonne-moi...

Mais, comme il se détournait, elle lui saisit le poignet.

Il regarda ses doigts agrippés à son bras et lui sourit.

Ses grands yeux bleus le fixaient avec une expression nouvelle. De la confiance ?

C'était un grand pas pour elle. Et pour lui !

Il pencha la tête à quelques centimètres de sa bouche.

— Je serai doux, murmura-t-il en glissant l'index sur sa lèvre meurtrie.

— Doux ? Pas question, gronda-t-elle.

Elle noua ses bras autour de son cou, et, le souffle court, il s'empara de sa bouche.

Elle avait les lèvres glacées et sentait le vin doux. Il avait envie de la boire jusqu'à la dernière goutte. Avec une infinie douceur, il parcourut de baisers légers ses lèvres sensuelles en faisant attention à ne pas lui faire mal.

Mais il voulait plus. Au diable la prudence. Il voulait la capturer tout entière, elle et son univers insensé de drôlerie et de fragilité. Il la voulait dans son lit, à ses côtés.

Il inhala son parfum fleuri, grisé par son odeur.

Souhaitait-il qu'elle reste ? A cet instant, tout semblait possible, mais il n'arrivait pas à penser clairement. Seuls comptaient son corps doux dans ses bras, leur baiser.

— Jess, souffla-t-il en enlevant les épingles de ses cheveux, qui croulèrent sur ses épaules.

Il enfouit ses doigts dans ses boucles blondes.

Elle se pressait contre lui, et à travers son kimono il sentait la rondeur de ses seins, la courbe de ses hanches.

Elle s'écarta, haletante.

— Pourquoi s'arrêter ? questionna-t-il, fou de désir.

Elle était si douce et il avait tant envie d'elle qu'il en était incapable.

Il saisit sa taille fine, effleura son ventre.

Elle s'écarta avec un hoquet et le repoussa.

Plaquant les mains sur ses reins, il la ramena contre lui.

— J'avais juré de garder mes distances avec toi, protesta-t-elle, les yeux brûlant d'un feu ardent.

— Et alors ?

— Ce n'est pas gagné...

Il défit le premier bouton de son col et baisa sa peau pâle.

Puis, d'un geste vif, il la hissa sur l'égouttoir, et le kimono remonta sur ses cuisses douces.

Il déglutit, luttant contre le désir de la prendre là, sur la paillasse de la cuisine.

Jessie enroula ses jambes autour de la taille de Luke.

— On devrait arrêter, gémit-elle entre deux baisers.

Elle appuya la tête contre son front, et leurs respirations s'apaisèrent. Puis il s'écarta, les sourcils froncés.

— J'ai fait quelque chose ? s'enquit-elle, le cœur battant.

— Non. Tu embrasses comme une déesse, et je n'ai pas envie de m'arrêter. Mais il faut que nous parlions.

« Non. Je t'en prie », supplia-t-elle en silence.

Sentait-il ses cicatrices à travers la soie du kimono ? Avait-il deviné quand elle avait écarté ses mains de son ventre ?

Elle se blottit contre lui, consciente de son sexe dur, palpitant de vie, de chaleur, de désir.

Non, il n'avait pas deviné. Il la désirait toujours.

— Est-ce vraiment nécessaire ?

— Crois-moi, je le regrette autant que toi. J'ai très envie de toi, mais je sens que tu caches quelque chose, et je dois savoir quoi.

Elle eut soudain envie de fuir son regard inquisiteur et se laissa glisser de son perchoir.

— Je t'en prie, Luke. Non, murmura-t-elle en s'attaquant à la vaisselle.

Elle savait ce qui allait venir. Il ne savait pas sur quel pied danser avec elle, et il méritait une explication honnête. Mais cela ne les mènerait nulle part. Et puis, elle n'était pas encore prête à lui raconter son histoire.

— Je ne suis pas douée pour les relations, confia-t-elle, les mains dans l'eau savonneuse. Je suis mieux sans attaches.

C'était vrai. Après l'accident, elle avait été affreuse avec Michael, et il le lui avait bien rendu. Tant de culpabilité, tant de reproches alimentaient leurs disputes qu'ils n'étaient même pas capables de se saluer sans s'insulter.

Luke prit l'assiette qu'elle lui donnait à essuyer.

— Tu n'as peut-être pas rencontré le bon jusqu'ici ?

S'il y en avait un, c'était lui. Mais c'était impossible.

— Peut-être.

— Je n'imagine rien, Jess. Il y a entre nous quelque chose de fort, d'intense. C'est bien réel.

Il avait une voix douce, compréhensive. Dans ses yeux, elle voyait de la compassion, avec encore un peu de la passion qu'ils venaient de partager.

— Oui. C'est réel, admit-elle. Mais ça ne peut mener nulle part puisque je pars dans quelques jours, tu l'as dit toi-même.

Luke recula d'un pas pour fuir Jessie, son parfum envoûtant, ses boucles folles, sa bouche exquise.

— Tu as raison. Je prends mes désirs pour la réalité.

La tête lui tournait. Heureusement qu'il ne lui avait pas demandé de rester. Il s'était assez ridiculisé comme ça.

— De toute façon, je ne suis pas une affaire. Qui voudrait d'un père célibataire avec une fillette asthmatique ?

— Toute femme aurait beaucoup de chance de vous avoir. Chloe devait avoir perdu l'esprit…

Il y eut des crépitements dans le baby-phone. Une toux sifflée résonna dans le haut-parleur, amplifiée par les raclements rauques qui venaient de l'étage.

— Elle a besoin de moi, dit-il.

Dans le vestibule, il déposa un chaste baiser sur la joue de Jessie.

Comment pourrait-il lui dire de rester ? Il ne savait même pas s'il voulait qu'elle reste quelques minutes ce soir ou pour toujours. Il ne pouvait pas. C'était à elle de décider.

Mais, pour ça, il faudrait qu'elle le veuille, et pour l'instant elle semblait déterminée à s'en aller.

10

Plus que sept nuits avant son départ pour Dunedin…

Les heures cliquetaient dans la tête de Jessie comme un métronome de plus en plus rapide. L'échéance approchant, la perspective de quitter Luke et Lucy l'emplissait de terreur.

Ils ne parlaient pas de son départ imminent, mais cela empoisonnait l'atmosphère entre eux, plombait leurs conversations.

Au cabinet la journée, elle remplaçait Luke qui avait pris un congé pour s'occuper de Lucy. La nuit, seule dans son lit, elle luttait contre le désir d'aller le rejoindre.

Le samedi, Lucy allait mieux, et ils se rendirent au planétarium

— Tu es sûr qu'elle a assez chaud ? s'inquiéta Jessie en regardant les bras pâles de la petite fille. Elle a pris sa Ventoline ?

Luke franchit les portes vitrées avec sa fille et sourit.

— Tu es pire que moi. Elle va bien. Regarde-la.

Les yeux écarquillés, Lucy souriait en pénétrant dans le fascinant décor étoilé de l'univers.

— Moi qui me demandais si une enfant de trois ans s'intéressait à ce genre de chose, haleta Jessie alors qu'ils fonçaient d'un stand à l'autre, entraînés par une Lucy insatiable.

— De toute évidence, tu ne connais pas la curiosité de ma fille. Attends, je vais faire une photo de mes femmes à côté de cette combinaison de la NASA.

— *Tes* femmes ? railla-t-elle. Possessif, hein ?

Ses femmes. C'est ainsi que Luke avait appelé Chloe et Lucy. Cela lui avait échappé en voyant Jessie avec sa fille.

Oui, ces dernières semaines, il avait eu le sentiment d'appartenir à une famille, contrairement à l'époque où il était avec Chloe.

La pensée de son ex lui arracha un frisson.

Il devait se souvenir de cette expérience. Il avait placé sa confiance et sa foi dans son mariage, et Chloe lui avait brisé le cœur. Il lui avait fallu deux ans pour s'en remettre.

— Excusez-moi, dit une touriste en brandissant un appareil numérique. Vous voulez bien nous prendre en photo ?

Six jeunes beautés des USA le regardaient en souriant, s'extasiant sur le charme du pays, la douceur de ce mois de février, l'adorable fillette.

Il prit plusieurs clichés avec l'appareil et contempla Jessie qui bavardait avec le petit groupe.

Une belle femme et une enfant merveilleuse. *Ses* femmes.

Toute la semaine, Jessie lui avait manqué pendant la journée, et il avait compté les heures avant sa visite du soir, lorsqu'elle venait prendre des nouvelles de Lucy. Chaque fois, il avait eu envie de la toucher, mais Lucy s'était interposée, et l'instant était passé.

Il avait peur. Peur de lui demander de rester. Peur d'avoir le cœur brisé quand elle partirait.

— Merci, c'était très gentil, dit la jeune Américaine avec un sourire immaculé montrant des dents parfaites. Vous avez une ravissante petite fille, monsieur. Elle vous ressemble.

Elle regarda Jessie qui avait glissé son bras sous le sien d'un air possessif.

— Et elle a le sourire de sa maman. Une belle petite famille.

— Je… Merci, balbutia Jessie en rougissant.

— T'es ma maman, Jess ? demanda innocemment Lucy, les yeux brillants. Dis oui !

Il eut l'impression que le ciel lui tombait sur la tête.

C'était justement ce qu'il avait voulu éviter ! Que sa fille s'attache à elle avant d'être encore abandonnée.

S'agenouillant devant Lucy, il prépara son discours habituel : sa maman était loin, mais elle pensait toujours à sa petite fille chérie…

Jessie le devança.

— Non, bêtasse, dit-elle en la chatouillant pour la faire rire, tu as déjà une maman. Tu sais bien que, moi, je suis le Grinch.

— Toi, bêtasse, fit Lucy en gloussant. T'es pas méchante, t'es gentille !

Jessie riait aussi. Avait-elle conscience de l'effet qu'elle avait sur les gens ? A quel point elle illuminait l'univers de Lucy ? Comment pouvait-elle partir ?

— Je ne suis pas ta maman, on n'en a qu'une seule, dit-elle. Mais je suis ton amie. Pour toujours.

Elle lui caressait les cheveux et jouait avec ses boucles avec une tendresse que Chloe n'avait jamais eue envers sa fille.

— Où que tu sois, tu pourras toujours contempler le ciel le soir en sachant que nous regardons la même lune. Tu diras : « Salut, Jess ! » Et, si tu as besoin de moi, je serai là.

Il sentit une émotion douce-amère lui serrer la gorge.

Il regrettait tant que Chloe ait détruit sa confiance et que Jessie ait des projets différents des siens !

Ensuite, Jessie lui sourit, l'air penaud.

— Je ressemble à mon père, avec mes promesses creuses... Mauvaise idée. Où est le stand des glaces ?

Devant le comptoir, il se retourna pour lui demander son parfum préféré et remarqua une trace de larme sur sa joue.

— Merci, murmura-t-il, ému, en lui entourant les épaules de son bras. Cette jeune Américaine voulait juste être gentille, tu sais.

— Je sais, dit Jessie en se dégageant. Et tu lui plaisais énormément.

Le moment était passé. Elle l'avait balayé aussi aisément qu'elle avait séché ses larmes. Le sujet était clos.

Mais il ne pouvait s'empêcher de continuer de l'imaginer en mère pour Lucy.

— Mais non, protesta-t-il. Elle voulait bien faire.

— Elle voulait surtout savoir ce que tu faisais ce soir, répliqua-t-elle en lui donnant un coup de coude.

— Hou, la possessive, fit-il avec un clin d'œil.

Dans la salle de cinéma du petit planétarium, où un alien les emmena en voyage dans l'hyperespace, l'excitation de Lucy retomba. Confortablement installée entre Jessie et lui, elle sombra dans un sommeil paisible.

Il contempla sa fille endormie, fruit de son insouciance passée.

C'était elle sa priorité, pas une femme de passage comme Chloe qui n'était heureuse qu'avec un billet d'avion en poche.

Les émotions se bousculaient en lui : loyauté envers Lucy, désir pour Jessie, mêlé d'une profonde tendresse.

A quoi songeait-elle en ce moment ? Que voulait-elle vraiment ? Lui, peut-être ?

Il voulut lui toucher le bras puis se reprit. Il ne devait pas céder à ses impulsions. Cela lui avait déjà coûté assez cher.

Mais Jess ne ressemblait pas à Chloe ni à ses aventures d'une nuit. C'était une femme rare. Et qui serait suffisamment loin dans quelques jours. Trop loin.

Le film destiné aux enfants ne passionnait pas Jessie. Elle se surprit à contempler le profil de Luke, son nez fort, son menton racé.

Elle en prenait conscience à présent, elle avait un besoin viscéral de cet homme. C'était venu peu à peu, insidieusement. Parce qu'il était gentil, qu'il riait à ses blagues douteuses, qu'il avait un rire craquant, irrésistible.

Mais elle devait partir, car elle ne pouvait pas lui donner ce qu'il méritait.

L'innocente question de Lucy l'avait déstabilisée. Si seulement on pouvait se choisir une mère, se choisir une vie. Si seulement les choses pouvaient être aussi simples !

Mais elles ne l'étaient pas. La vie était compliquée, émaillée de regrets, d'erreurs.

Luke ne pouvait pas être une erreur. Il lui avait appris l'affection, la douceur d'une main tendue. Ça ne pouvait pas être une erreur. C'était une expérience qu'elle emporterait avec elle, qu'elle chérirait et ne regretterait jamais.

Il s'aperçut qu'elle l'observait, et leurs regards se soudèrent dans l'obscurité.

— Qu'est-ce que tu regardes ? chuchota-t-il.

— Toi, répondit-elle, comme si c'était évident.

Il souleva Lucy pour la changer de siège et se rapprocha d'elle.

— Rasoir, ce film, hein ? chuchota-t-il. Moi aussi, je préfère te regarder. Tu es si jolie !

La main chaude de Luke enveloppa la sienne, et elle caressa doucement sa cicatrice.

Il n'avait plus de pansement, et elle sentait de petits bourrelets réguliers sous ses doigts.

Ils avaient parcouru du chemin depuis cet accident. Ils avaient connu la tentation, la frustration. Jamais elle n'avait autant lutté pour contenir ses sentiments, jamais elle n'avait autant désiré un homme.

Elle souleva la main de Luke, posa les lèvres sur sa paume et embrassa sa cicatrice. Puis elle ferma les yeux et fit un vœu : une fois dans sa vie, être à lui.

Quand il reprit sa main, elle éprouva une sensation de vide et rouvrit les yeux.

Il la regardait, les yeux brûlant de désir.

C'était de la folie. Il lui faisait penser des choses insensées, agir follement, croire en un univers où tout était possible.

En sortant du cinéma, elle fut contente de retrouver l'air libre.

— C'est malin, lui chuchota Luke à l'oreille. Maintenant, j'ai de nouveau envie de t'embrasser.

— C'était le but, fit-elle en glissant sa main dans la sienne.

— Plus tard ? voulut-il savoir.

Elle émit un soupir tremblant.

Elle savait qu'ils avançaient en terrain miné. Qu'un coup d'œil à ses cicatrices le ferait partir en courant et qu'il serait trop content de la voir s'en aller quand il connaîtrait son secret. Mais elle n'arrivait plus à stopper cette folle course en avant, elle n'arrivait plus à contenir son désir. Pendant une nuit, il serait à elle.

— Oui, promit-elle ardemment. Plus tard.

— Dîner ? proposa Luke en ouvrant la porte de la maison, laissant sa fille se précipiter dans sa chambre.

Une question apparemment innocente, mais il n'y avait aucune innocence dans le regard qu'il posait sur Jessie.

— Tu es sûr ? fit-elle avec un sourire tremblant.

— Absolument. Et toi ?

Si elle franchissait cette porte, il n'y aurait pas de retour possible... Mais elle était déjà allée si loin qu'elle pouvait bien sauter le pas. De toute façon, elle ne serait plus là le week-end prochain, et ils ne se verraient plus jamais.

— D'accord pour le dîner, répondit-elle.

— Donne-moi dix minutes pour préparer quelque chose.

— Je ne me rappelle pas la dernière fois que l'on a cuisiné pour moi. Tu es un homme bourré de talents.

Le regard de Luke s'attarda sur son T-shirt, et elle sentit son corps s'embraser à la pensée de ses mains sur elle.

Il lui fit un clin d'œil.

— On pourrait passer directement au dessert, souffla-t-il.

— C'est toujours meilleur l'estomac plein, répondit-elle en le repoussant. Dépêche-toi, je meurs de faim.

— Papa, viens m'aider à faire de la peinture, appela Lucy.

— Mais où trouve-t-elle cette énergie ? soupira Luke. Je prépare le dîner, chérie ! Pardon, Jess. Elle a eu un chevalet pour ses trois ans, et j'ai promis de peindre avec elle.

Jessie consulta sa montre.

— Bah, elle sera dans le coma avant 8 heures. Occupe-toi du repas, je me charge d'elle.

Et elle monta l'escalier en balançant les hanches, sans se presser, sachant que le regard de l'homme de ses pensées s'attardait sur elle.

Barbouillée de peinture, Lucy lui saisit la main et l'entraîna sur le petit balcon de sa chambre.

— J'ai fait ça pour toi, Jess.

— Oh ! merci, souffla-t-elle, les yeux fixés sur les taches informes qui recouvraient le papier.

Elle aurait peut-être mieux fait de se charger du dîner. L'art enfantin lui était étranger, et pour elle l'œuvre de Lucy ressemblait à deux spermatozoïdes pris dans une tornade.

— C'est très joli, Lucy. Qu'est-ce que ça représente ?

— Moi, dit la fillette en désignant une petite tache.

— Mais oui ! Je reconnais ta robe rose, admit Jessie, incapable d'identifier autre chose.

— Papa (un gros pâté gris).

— Il est beaucoup plus grand que toi, bien sûr.

— Et là, c'est toi. Tu tiens ma main.

— Moi ? Ah oui, la verte, bravo !

— Et ça, ajouta la fillette, gloussant devant un gribouillis gris argent, c'est le monsieur de la lune !

Le cœur serré, Jessie la serra dans ses bras, émue par son odeur de crème solaire et la fraîcheur de sa peau.

Elle la lâcha en soupirant et, prenant un pinceau, se barbouilla la paume gauche de peinture argentée.

— Faisons des empreintes de main, suggéra-t-elle.

Hochant sa tête bouclée, Lucy l'imita et pressa sa main peinte sur une feuille de papier.

— Comme ça ?

— Magnifique. Ma main est plus grande que la tienne.

Elles firent d'autres empreintes et les comparèrent en riant, enchantées par leurs œuvres.

Comme un cliquetis de vaisselle montait du rez-de-chaussée, Lucy fonça dans sa chambre.

— Papa ! Papa ! Oh...

Silence.

Jessie se rua dans la chambre et la trouva figée près de la porte, l'air atterré.

— Qu'est-ce qu'il se passe, Luce ? Tu t'es fait mal ?

— Non, mais papa va être en colère, souffla la petite en lui montrant le mur.

Une parfaite empreinte de main ornait le papier peint rose bonbon.

Jessie ne put s'empêcher de sourire.

— Je vois, pouffa-t-elle, en étudiant l'intéressant contraste de la tache argentée sur le mur rose vif... Ecoute, j'ai une idée. En fait, c'est génial !

Elle allait laisser à Luke un souvenir mémorable.

On entendait ses pas vaquer d'une pièce à l'autre, et il n'allait pas tarder à les appeler pour dîner. Une délicieuse odeur d'ail et de cumin flottait dans la maison.

Elle courut chercher la peinture.

— Vite ! Nous n'avons pas beaucoup de temps, dit-elle en

appuyant sa main humide de peinture sur le mur à côté de l'empreinte de Lucy. Regarde comment je fais.

Et elle orna le mur d'une nouvelle empreinte de main sous le regard d'abord horrifié puis jubilatoire de Lucy.

Quand Luke monta les chercher quelques minutes plus tard, la partie inférieure du mur près de la porte était recouverte d'empreintes de paume.

— J'ai pensé qu'on pourrait pique-niq... Qu'est-ce que c'est que ça ? tonna-t-il.

Elle déglutit.

Ce n'était peut-être pas une si bonne idée, tout compte fait.

— Je regrette, chuchota-t-elle, j'ai cru bien faire... Oh ! et puis zut ! Tu étais d'accord pour que l'on atténue ce rose, non ? Cette chambre avait besoin d'être arrangée, et on l'a fait. *Je* l'ai fait, fit-elle, les bras croisés.

Luke arpenta la pièce en s'efforçant visiblement de maîtriser son irritation. Il s'arrêta devant le mur et scruta les empreintes argentées qui scintillaient dans le soleil couchant, comme pour le narguer.

— Tu aurais pu m'en parler avant.

— Allons, Luke. Ce n'est que de la peinture. On s'est bien amusées, toutes les deux.

Luke prit le poignet de sa fille et examina sa paume, la comparant avec la sienne. Il fit la même chose avec Jessie.

Retenant son souffle, elle attendit en silence.

Pendant quelques secondes, il la fixa gravement, puis il trempa le pinceau dans la peinture argentée et en badigeonna sa paume. Après quoi il plaqua sa main au-dessus d'une des empreintes de sa fille.

— Oh ! gloussa Lucy. Papa aussi...

Il éclata d'un rire tonitruant.

— Exactement, chérie. C'est beau, non ? Continuons.

— Tu es sûr ? fit Jessie, hésitante.

— Ne joue pas les rabat-joie, Jess, dit-il avec un sourire démoniaque. C'est drôle, hein, ma puce ?

— Oh oui, papa ! s'écria Lucy, ravie, en pressant sa menotte sur le mur.

Jessie sourit en contemplant ce tableau.

C'était la première fois qu'elle voyait Luke aussi détendu avec sa fille. Il avait enfin compris qu'il devait s'amuser avec elle. Sans le moindre livre pédagogique.

En quelques minutes, le mur se retrouva tapissé d'empreintes palmaires de trois tailles différentes.

Luke recula pour admirer leur travail et souleva Lucy d'un bras, glissant l'autre autour de la taille de Jessie.

Jessie lui sourit, la gorge nouée.

Ce fragment de vie de famille était pour elle un cadeau du ciel, une bénédiction. Enfantillages, amusement, pardon, tendresse. Un moment fugace qu'elle chérirait toujours.

Elle avait toujours fui ce genre de chose, mais c'était infiniment bon.

— J'ai d'abord eu un choc. Puis j'ai pensé à ce que tu m'avais dit, avoua Luke un peu plus tard.

Jessie et lui étaient assis à l'ombre du vieux pohutukawa dont les fleurs formaient un tapis cramoisi autour d'eux. Comme les confettis d'un mariage…

Il grimaça.

Comme bouquet de mariée pour Jessie, il verrait plutôt des roses bardées d'épines. Pour le piquer.

Pourquoi pensait-il au mariage ? Après sa triste expérience, il s'était juré de ne plus recommencer.

Mais, à cet instant où la fine silhouette de Jessie se détachait sur les derniers rayons du soleil couchant, tout semblait possible. Elle était plus belle que jamais avec son vieux T-shirt et son pantalon de bricolage constellé de taches de peinture, ses cheveux dénoués sur ses épaules.

— Jess ? souffla-t-il. J'avoue que la chambre de Lucy est plus jolie ainsi. Moins…

— Rose ? fit-elle avec un sourire.

— Lucy l'adore. Du moment qu'elle ne croit pas avoir carte blanche pour refaire la déco chaque fois qu'elle sort ses pots de peinture…

Il se remémora le visage ravi de sa fille quand elle était allée se coucher, pour une fois sans protester.

Jessie ne se prenait peut-être pas pour Mary Poppins, mais elle avait réalisé des prodiges avec Lucy. Et avec lui aussi. Il ne s'était jamais autant amusé. Elle avait raison, il fallait qu'il vive un peu plus et qu'il s'inquiète un peu moins. Même si ce n'était pas si simple.

— Parle-moi du Viêt-nam, Jess. Pourquoi ce pays-là ?

Jessie prit une gorgée de vin.

— J'y suis allée un peu par hasard, et j'en suis tombée amoureuse. Je faisais le tour de l'Asie, alors j'ai décidé d'en profiter pour me rendre utile.

— Qu'as-tu fait exactement ?

— J'ai commencé à travailler pour une œuvre caritative locale qui s'occupait de sans-abri. Même tant d'années après la guerre, les retombées sont encore énormes. Les gens ont été déplacés, blessés, les services sanitaires sont débordés...

Le soleil avait disparu derrière la maison, la brise fraîche arracha un frisson à Jessie.

Tout naturellement, il la prit dans ses bras, et elle se blottit contre lui tandis qu'il s'adossait au tronc de l'arbre.

— Puis on m'a chargée de donner des soins en orphelinat. Un travail bouleversant, mais qui rend accro.

— J'imagine.

— Il y a tant d'enfants sans toit, là-bas ! La moitié d'entre eux ont des parents qui ne peuvent pas les garder faute de pouvoir subvenir à leurs besoins.

Elle soupira, le cœur serré. Au début, elle avait souffert de voir tous ces enfants abandonnés. Son accident était récent. Elle avait du mal à supporter la vue de bébés souffrant de malnutrition et voulait les ramener tous chez elle.

— On rase la tête de ceux qui ont des parents en leur laissant trois touffes de cheveux pour les différencier de ceux qui sont adoptables et ont la tête entièrement rasée.

— C'est terrible.

— Sans doute, mais c'est un travail très gratifiant.

— Tu comptes y retourner ?

— J'aimerais beaucoup, quand j'aurai assez d'économies. Je voudrais aussi retourner en Inde. Mais il y a des tas d'autres endroits où on a besoin d'assistance médicale.

Le soleil avait fait place à des nuages menaçants. Une odeur métallique imprégnait l'air, mêlée au parfum de l'ail et des épices. La brise tomba, et le calme se fit autour d'eux.

Elle se blottit contre le corps chaud de Luke.

— North Beach doit te paraître insipide en comparaison. Tu seras contente de partir, non ?

C'était étrange de parler de séparation en un tel moment de communion.

— Non. J'adore ce coin, il me manquera.

« Tu me manqueras. »

Elle aurait voulu lui dire ce qu'elle ressentait, mais elle ne le savait pas elle-même. Un curieux mélange de confusion, d'excitation, de confort et de peur. Y avait-il un mot pour décrire cela ?

— Vous avez préparé un festin, docteur McKenzie, dit-elle en mordant dans du pain *ciabatta* trempé dans la sauce. L'équilibre entre le citron et l'ail est parfait. Je n'aurais pas pensé à faire du *hommous* chaud. C'est une bonne idée.

Fasciné, Luke regarda Jessie passer sa langue sur ses lèvres.

— J'ai juste suivi la recette, dit-il modestement.

— Et ces crevettes sont un délice.

Elle arracha la tête d'un crustacé et croqua le corps rose avant de se lécher les doigts.

— Laisse-moi faire.

Incapable de résister, il l'attrapa par le poignet et lui lécha lentement les doigts.

— Luke ! protesta-t-elle.

Mais elle le laissait faire et regardait sa langue glisser autour de ses phalanges, les yeux étincelants.

A ce moment, une, deux, trois gouttes de pluie s'écrasèrent sur eux, les faisant tous deux tressaillir.

Jessie commença à rassembler les restes.

— Il va tomber des cordes. Vite, rentrons !

Quelques instants plus tard, ils couraient sous les trombes d'eau d'une violente averse tropicale, les bras chargés d'assiettes et de bouteilles.

Jessie éclata d'un rire joyeux.

— C'est comme la mousson, dit-elle dans un gracieux entrechat, les assiettes en équilibre précaire sur son bras. Mais au Viêt-nam, on ne court pas, on danse !

Devant la porte, il posa son chargement par terre avant de la débarrasser du sien et la contempla, captivé.

La pluie plaquait son T-shirt sur ses seins, son pantalon mouillé épousait ses jambes galbées. Elle avait renversé la tête et s'amusait à attraper des gouttes de pluie dans sa bouche. Ses cheveux trempés pendaient sur ses épaules. Les bras tendus, elle virevoltait, la tête en arrière. Jamais elle n'avait été plus belle.

Il lui prit la taille et l'entraîna dans une valse. Il la fit tourner un moment puis ralentit sans quitter des yeux son visage heureux.

Il ne l'avait jamais vue aussi détendue, aussi insouciante.

Puis elle lui jeta un regard éloquent, lui noua ses bras autour du cou, pressa son visage contre le sien, et le monde extérieur s'éclipsa.

Ils continuaient de tourner, juste tous les deux. Rien d'autre n'existait que ce moment magique hors du temps. C'était ainsi qu'il se souviendrait d'elle quand elle serait partie : trempée, rieuse, insouciante, fixant sur lui un regard lourd de désir.

Elle s'immobilisa soudain.

— Arrête, j'ai la tête qui tourne.

— C'est toi qui me fais tourner la tête.

Il prit son visage entre ses mains et l'embrassa.

Jessy ne savait plus très bien comment ils étaient arrivés dans la chambre de Luke. Ils avaient continué de s'embrasser en gravissant l'escalier.

— Enlevons ces vêtements mouillés, lui chuchota-t-il. Tu claques des dents.

Il lui leva les bras pour lui ôter son T-shirt puis s'attaqua à la fermeture Eclair de son pantalon.

Elle émergea juste assez du brouillard où elle flottait pour se rendre compte de ce qu'il faisait.

Il la déshabillait ? Bien...

Bien ? Et ses cicatrices ?

Trop tard. Elle ne pouvait plus stopper l'inévitable. Mais elle allait se déshabiller elle-même. Dans le noir.

— Non, dit-elle, repoussant sa main.

— Tout va bien, dépêchons-nous avant de tomber en hypothermie.

— Je t'en prie, Luke. Non !

— Comme tu voudras.

Il se mit à rire et, la soulevant dans ses bras, il l'emporta dans la salle de bains.

Dans la cabine de douche, il la reposa doucement et ouvrit le robinet.

L'eau chaude ruissela sur elle et, dans la vapeur qui envahissait la cabine, il la contempla. Sans la toucher, bien qu'elle aspire à sentir ses mains sur elle. Sans parler, bien qu'elle brûle d'entendre sa voix. Osant à peine respirer.

Quand elle eut cessé de claquer des dents, il lui versa du shampooing sur la tête et lui lava les cheveux.

La douce pression de ses doigts sur son crâne lui arracha de délicieux frissons. Elle ferma les yeux pour mieux savourer cet instant de pur bonheur.

Elle jouait un jeu dangereux, mais c'était si bon !

— Ça va ? demanda-t-il en lui rinçant abondamment la tête.

— Mmm. Epatant...

Il posa une main douce sur sa joue.

— T'ai-je dit combien j'avais envie de toi ?

— Je l'ai compris, répondit-elle, frémissant de désir, en sentant son membre dur contre elle.

— Je te désire tant, grogna-t-il avant de prendre fiévreusement sa bouche.

Ils heurtèrent le mur de la cabine de douche et, quand elle

essaya de lui enlever sa chemise, son coude cogna durement la paroi vitrée.

— Aïe !

Il lui planta un baiser sur le coude en riant.

— Sortons d'ici, dit-il.

Il lui saisit les poignets, les maintint au-dessus de sa tête et, la plaquant contre le mur, il couvrit sa gorge de baisers. Ses dents mordillèrent doucement la dentelle de son soutien-gorge, excitant la pointe de ses seins et exacerbant son désir.

Puis ils titubèrent jusqu'au lit, étroitement enlacés, et Luke la coucha sur les draps blancs.

Ce qu'il ne formulait pas avec des mots, son regard le disait : ce moment leur appartenait. Qu'importait l'avenir. Qu'importait le passé.

Elle distingua un gémissement presque animal et s'aperçut qu'il venait d'elle. Toute pensée rationnelle l'avait désertée.

Meurtrissant sa bouche sous ses baisers, il tira sur la fermeture de son pantalon.

Oh ! Seigneur.

Elle recula.

— Eteins la lampe. S'il te plaît. Ne regarde pas.

Luke se figea.

— Qu'est-ce qu'il y a, Jess ?

Elle se sentait mortifiée. Certaines avaient des derrières plantureux ou de grosses cuisses qu'elles ne voulaient pas montrer, mais elles n'étaient pas abîmées comme elle.

— L'accident de voiture… Je ne t'ai pas tout dit.

Il s'écarta légèrement pour la regarder.

— Mais ça va maintenant, n'est-ce pas ? s'enquit-il avec douceur en la caressant. Tu n'as pas mal ?

— C'est ce qu'on appelle gâcher l'instant, dit-elle avec un rire forcé. En fait, un morceau de métal m'a labouré l'abdomen. J'en ai gardé des cicatrices.

— Je comprends mieux, murmura-t-il en posant sur elle un regard empreint de douleur.

— Quoi donc ?

— Pourquoi tu te touches le ventre quand tu es nerveuse.

Elle passa la main sur son ventre et sourit.

— Ce n'est pas très joli, tu sais.

— Qu'est-ce que tu as cru ? Que ça allait me dégoûter ? questionna-t-il en lui embrassant la main. Il faut plus que quelques vieilles cicatrices pour me décourager.

— On ne sait jamais...

— C'est pour ça que tu me repoussais ? Pourquoi ne pas m'en avoir parlé avant ?

— Parce que...

Michael avait été incapable de la regarder après l'accident. Il ne pouvait pas accepter la femme qu'elle était devenue. Il avait cherché le réconfort dans les bras de son assistante et l'absolution dans leur divorce.

— Tout le monde n'est pas aussi compréhensif que toi.

Luke éteignit la lumière, et la chambre ne fut plus éclairée que par la pâle clarté de la lune. Il caressa tendrement les lèvres gonflées de Jessie tandis qu'elle le fixait, partagée entre l'horreur et le désir.

Une fureur irrépressible s'empara de lui.

A présent, il comprenait pourquoi l'intimité lui faisait si peur. Son ex l'avait blessée, la laissant embarrassée, honteuse.

— Jess, jamais je ne te ferai souffrir, tu dois me croire.

Il fallait qu'elle le croie. C'était important.

— Fais-moi confiance, Jess. Laisse-toi aller. Tu es magnifique, à l'intérieur comme à l'extérieur. Tu apportes de la joie dans la vie des autres. Dans la mienne. Dans celle de Lucy. Je suis fou de toi, Jess, murmura-t-il en promenant ses lèvres sur ses seins superbes.

Il la sentit trembler.

— Luke...

— Chut.

Il titilla une pointe qui durcit sous la caresse.

Il aimait lui donner du plaisir, la sentir se cambrer de volupté, voir le feu qui consumait ses yeux. Il aurait voulu que ce moment ne finisse jamais, ses sens étaient en ébullition, il brûlait d'être en elle.

— Je suis fou de toi, et tu es une belle personne.

La sentant se crisper quand ses lèvres glissèrent vers sa taille, il remonta le long de ses côtes. Elle voulut se redresser, mais il la força doucement à s'étendre.

— Reste tranquille.

Avec une infinie douceur pour ne pas ajouter à son stress, il fit glisser son pantalon et son slip sur ses hanches. Les lignes sombres de ses cicatrices apparurent dans la pénombre, bourrelant sa peau pâle.

— Rien n'est laid en toi, Jess. Tu es une femme vivante, drôle, merveilleuse, murmura-t-il en pressant contre sa cuisse son intimité palpitante. Et la plus sexy des femmes.

— Mais...

— Mais rien. Que te dit mon corps ? questionna-t-il, insistant.

— Je... Je ne sais pas.

— Voyons, Jess, tu es médecin. Tu sais comment ça marche. Je te désire. Mon corps te désire. Sens-le. Dis-le.

— Tu...

— Dis-le.

— Tu me désires, soupira-t-elle.

— Grands dieux, oui !

Promenant doucement les lèvres sur la peau noueuse, il embrassa son corps ravagé. Dans l'obscurité, il ne mesurait pas l'étendue des dommages, mais il sentait l'endroit où la peau de pêche laissait place à un enchevêtrement de bourrelets durs et noueux.

— Tu es forte et courageuse. Ces cicatrices font partie de toi, mais elles ne sont qu'une infime portion de ce que tu es. Tu es parfaite, et je te désire plus que tout au monde.

Elle essaya de le repousser.

— Comment peux-tu me trouver attirante ? Mes cicatrices ressemblent à une carte routière en relief !

— Une carte qui me guide vers toi.

Il l'embrassa lentement, tendrement. Un baiser qui lui promettait qu'il ne la ferait jamais souffrir.

Enfin, elle soupira, et il la sentit se détendre contre lui : elle le croyait.

— Je te désire aussi, Luke, murmura-t-elle en défaisant la fermeture Eclair de son jean. J'ai besoin de te sentir en moi.

Elle le prit dans sa main, et il gémit de plaisir.

— Tu es sûre ?

Mais, déjà, son adorable bouche se tendait vers la sienne, ses mains agrippaient ses hanches pour l'attirer en elle.

— Doucement, Jess chérie...

— Nous prendrons notre temps la prochaine fois, soupira-t-elle à son oreille.

— Et la fois d'après...

Elle était dans ses bras, dans son lit. Elle était si vivante, si pleine de vitalité. Toute petite sous lui, elle incarnait tout ce dont il avait toujours rêvé.

— Laisse-moi prendre un préservatif...

— Inutile, nous ne risquons rien.

Il s'écarta. Il ne prendrait aucun risque avec elle. Une grossesse non programmée, cela suffisait.

— Tu es sûre ?

— Tu peux me faire confiance, répondit-elle.

Elle se déplaça insensiblement, et il entra en elle comme dans un rêve. Mais c'était encore meilleur, car bien réel !

Il bougea en elle en écartant tendrement les cheveux qui lui tombaient dans les yeux, ses beaux yeux sensuels qui pénétraient au plus profond de son âme et lui disaient si bien ce qu'elle éprouvait.

Elle prit son visage et l'embrassa longuement, le fixant avec un amour qu'elle ne pouvait plus nier.

Car il n'y avait pas d'autre mot pour décrire cela. Il le voyait sur le visage de Jessie, il le sentait dans son cœur, comme un joyau scintillant de mille feux.

Avec un soulagement teinté de joie et de surprise, il comprit qu'il l'aimait.

Il lui fallut plusieurs minutes pour se ressaisir.

Il avait un nœud à l'estomac.

Il ne pouvait pas l'aimer ! C'était une aventure amusante, oui. Intense, vibrante, absolument. Mais l'amour ? Ce n'était pas censé se produire. Il ne voulait pas. Il ne savait pas quoi faire.

Brillante idée, vraiment, de tomber amoureux d'une femme qui partait dans une semaine !

Voulait-il en parler ? Non.

Voulait-il dormir ? Non.

Voulait-il l'aimer ? Oui. Non. Oui, bien sûr que oui !

Mais il ne pouvait pas lui demander de renoncer à sa vie trépidante pour rester avec lui à North Beach. Il avait un sentiment de déjà-vu.

« Je ne suis pas le genre à m'établir, Luke. »

Il n'allait pas repasser par là.

— Ça va, Jess ?

— Oh oui, soupira-t-elle en se nichant contre lui avec un bâillement. C'était délicieux...

— Tu as envie de parler ?

— Pourquoi ? Tu veux te retourner et t'endormir ?

Ses cheveux blonds s'étalaient sur l'oreiller comme une nappe dorée, son corps exquis était empêtré entre les draps, et il sentait son odeur sur sa peau. Tout aurait dû être parfait.

Mais ça ne l'était pas.

— C'est ce que tu es censé faire après l'amour, gloussa-t-elle avec malice. Ou fumer une cigarette, au choix.

Elle couvrit sa poitrine de baisers et lui titilla un bout de sein du bout des dents.

Sentant son désir se réveiller, il s'écarta légèrement, mais elle ne parut pas le remarquer.

— J'ai aimé cette journée, Luke.

— Moi aussi.

Seigneur, il n'avait aucune idée de ce qu'il devait faire maintenant !

Il se dressa sur un coude et promena sa main libre sur la peau bosselée de son ventre.

Il se sentait perdu, surpris par l'envie qu'il avait d'elle, intimidé par ses cicatrices, paralysé à l'idée des effets que son départ auraient sur sa fille et sur lui.

— Cette fille avait raison, Lucy sourit comme toi, remarqua-t-il. Tu es géniale avec elle. Tu n'as jamais pensé à t'établir ? A avoir une famille ?

Jessie se raidit, et soudain il eut froid.

Sa tension était palpable. Elle s'assit, remonta les draps sur elle.

— Non. C'est impossible.

— Ah, très bien.

Il avait tout gâché. Les paroles de Chloe résonnaient dans sa tête. « Ne me coupe pas les ailes. J'ai besoin de voler. »

Submergée par la douleur qu'elle avait réprimée si longtemps et qui remontait brusquement à la surface, Jessie s'éloigna de Luke pour lui cacher sa souffrance.

— Luke… L'accident… J'étais enceinte d'une petite fille. Elle n'a pas survécu.

— Oh ! Jess, je suis tellement désolé.

Elle sentit sa pitié derrière la compassion. Elle avait enduré ce cauchemar seule trop longtemps, le partager était un soulagement. Elle ferma les yeux. Il était plus facile de parler, de refouler ses larmes les yeux clos.

— Moi aussi. J'étais enceinte de cinq mois et demi.

Il caressa sa cuisse avec tendresse.

— Tu as dû vivre un enfer.

Elle déglutit, la gorge serrée.

— Il m'a fallu un peu de psychothérapie et beaucoup de voyages. Mais ça va, maintenant. J'ai les photos des échographies montrant ma petite fille agitée et bien vivante… Le simple fait de savoir qu'elle était là m'aide beaucoup, ajouta-t-elle en passant la main sur son ventre.

Sa grossesse avait été le seul moment où elle avait été tentée de se fixer. Elle avait essayé de construire un foyer avec Michael, mais il s'était désintégré quand elle avait perdu son enfant. L'accident lui avait volé à la fois son bébé et son avenir.

— Je n'arrive pas à imaginer ce que tu as vécu. Perdre Lucy m'aurait été intolérable.

La douleur avait été insoutenable. Une souffrance qui ravageait le corps, meurtrissait les os. Avec, écrasante, une envie folle de tenir contre elle sa petite fille. Ses bras et son corps s'étaient sentis tellement vides ! Et ce n'était rien comparé à son cœur.

— C'est étrange ce qu'on se rappelle quand on se débat dans le chagrin, murmura-t-elle, les lèvres tremblantes. On ne m'avait pas dit que je rêverais constamment d'elle. Ni quoi faire des petits vêtements dont nous n'avions plus besoin. Que, même si elle était minuscule, elle avait des paupières, des ongles, et qu'elle était parfaite...

Que son cœur en miettes ne guérirait jamais vraiment.

Luke l'attira contre lui, et elle sentit son cœur battre contre son dos. Fort, régulier, constant.

— Lui avais-tu donné un nom ?

Elle s'efforça de prononcer ce nom synonyme de tant de promesses, de tant de peine.

— Charlotte...

— C'est joli.

— Elle l'était. Minuscule, parfaite. Seul Michael connaissait son nom.

Et, depuis qu'il était parti, elle n'avait eu personne avec qui en parler, personne avec qui partager le souvenir de sa fille.

— Tu as été courageuse de porter ça toute seule, Jessie.

Luke avait une voix si douce qu'elle eut envie de lui dire le reste. Elle se mordilla la lèvre et prit une profonde inspiration.

— Je ne peux plus avoir d'enfants, Luke. Mon utérus a été abîmé dans l'accident. Les médecins pensaient pouvoir le réparer pour une future grossesse, mais j'ai eu une infection, et ils ont dû me faire une hystérectomie. Alors non. Je ne peux pas envisager de me fixer ni d'avoir une famille. Cela m'est impossible.

La nuit tiède les enveloppait, il y flottait encore le doux parfum de leur étreinte, avec une question tacite : Et maintenant ?

Luke ne dit rien. Il continua de la bercer contre lui dans le silence ouaté de la nuit.

11

Quand Jess s'éveilla, Luke était parti.

Il lui manquait déjà. Les draps froissés gardaient encore son odeur.

S'assurant qu'il n'était pas dans les parages, elle enfouit son visage dans son oreiller et respira son parfum boisé.

Un coup d'œil au réveil lui apprit qu'il était tard.

Elle avait bien dormi. Il l'avait réveillée en pleine nuit pour lui faire l'amour, prenant cette fois tout son temps…

Une odeur de pain grillé et de café flottait dans la maison, et elle s'aperçut qu'elle mourait de faim.

Elle s'étira voluptueusement sur le lit king-size, un sourire béat sur les lèvres.

Elle avait passé une nuit merveilleuse. Il avait été merveilleux. Elle n'aurait jamais cru partager un jour quelque chose d'aussi beau, d'aussi *juste*. Elle voulait se noyer sous ses baisers, faire l'amour avec lui, encore et encore.

Mais, comme elle posait les yeux sur leurs vêtements épars, leurs maigres perspectives d'avenir s'imposèrent à elle, chassant les doux souvenirs de la nuit, et elle refoula l'espoir qui lui gonflait la poitrine.

Il n'avait rien dit sur sa stérilité.

Qu'aurait-il pu dire ? Que cela n'avait pas d'importance ?

Cela en avait, bien sûr. Il voulait donner des frères et sœurs à Lucy. Comment lui demander d'y renoncer ?

Cette nuit d'amour était une terrible erreur. Belle, merveilleuse, mais une erreur quand même.

Son cœur sombra. Une vague de tristesse la submergea à l'idée qu'elle allait perdre cet homme rare et son adorable fille.

Il ne lui avait rien demandé mais, même s'il avait envie qu'elle reste, pouvait-elle, elle, faire fi de l'avenir de Luke ?

Non. En dépit de sa confusion, elle savait ce qu'elle devait faire. Ce qui était juste.

Dans le silence de la chambre, elle s'interrogeait sur la meilleure façon de lui dire adieu quand des petits pas précipités annoncèrent la fin de sa tranquillité.

— Papa ?

Lucy s'engouffra dans la chambre en pyjama et tutu, association pour le moins incongrue mais adorable.

— Jess ! fit-elle avec un sourire ravi. Tu fais la sieste ?

Jessie s'empressa de remonter le drap jusqu'à son menton et regarda nerveusement les vêtements trempés éparpillés sur le tapis.

Oui, une monstrueuse erreur.

— Coucou, toi. Oui, j'ai fait une petite sieste, mais il est temps de s'habiller.

Nullement gênée, Lucy grimpa sur le lit et tira sur le drap.

— Je peux venir aussi ?

— Non, mon cœur. Je vais me lever.

— C'est pas juste ! Je veux faire la sieste aussi, protesta Lucy en arrachant le drap, dévoilant son corps nu.

— Non !

Jessie se couvrit les seins avec un oreiller et saisit la couette pour cacher ses cicatrices.

— Chérie, s'il te plaît, j'ai dit non ! articula-t-elle avec autorité, ne voulant pas non plus l'effrayer.

— Tu as un bobo ? souffla Lucy en pointant du doigt ce qui dépassait de son abdomen balafré. Tu veux un bisou qui guérit ?

Non. Non. Non, gémit intérieurement Jessie. Où diable était Luke ?

La réaction de Lucy la faisait fondre et la glaçait à la fois. La petite ne devait pas voir ça. Il lui fallait des souvenirs gais, charmants, heureux, pas des images cauchemardesques.

Elle dégagea le drap, s'en couvrit.

— Non merci, chérie. Ça va mieux, maintenant.

— Pauvre Jess, commenta Lucy en la scrutant, la tête penchée, les sourcils froncés. On fait de la peinture ?

Jessie réprima un sourire.

La vue de son ventre ravagé n'avait pas traumatisé Lucy.

C'était facile, l'enfance, quand les cicatrices faisaient partie du quotidien et n'avaient qu'un intérêt éphémère ! La fillette lui avait témoigné de la compassion, et en acceptant les balafres elle s'en était désintéressée. Elle n'avait montré ni dégoût ni peur. Elle les avait regardées et était passée à autre chose.

Une belle leçon de vie.

— Petite chérie, murmura-t-elle en lui caressant la joue, le cœur débordant de tendresse.

Si sa fille avait vécu, elle aurait voulu qu'elle lui ressemble. En fait, Lucy lui inspirait des sentiments aussi forts que ceux qu'elle avait éprouvés pour Charlotte.

— Pas de peinture maintenant, chérie, je dois m'habiller.

Luke s'encadra à la porte en boxer-short, portant un plateau avec des toasts et du café.

— Bien dormi ? s'enquit-il en lui tendant une tasse de café, ébouriffant les cheveux de sa fille au passage.

Il souriait, énigmatique. A quoi pensait-il ?

— Je suis désolée, balbutia-t-elle. J'aurais dû me lever plus tôt. Ma présence a dû sembler bizarre à Lucy…

— Ne t'inquiète pas, elle s'en remettra.

Il s'assit sur le lit et écarta une mèche de son visage. Lucy sauta sur ses genoux, et il la chatouilla.

— Si tu allais t'habiller, jeune fille ? Mets la robe à pois. J'arrive dans une minute.

— Jess ? s'enquit la fillette avec un sourire plein d'espoir. On va encore peindre, dis ? S'il te plaît !

— Non. Jess va rentrer chez elle, maintenant, déclara Luke.

Il tapota les fesses de sa fille, qui détala dans sa chambre.

Jessie se mordit la lèvre.

Ce sourire énigmatique était donc un sourire d'adieu. Comment aurait-il pu en être autrement ? D'ailleurs, elle avait déjà préparé sa tirade d'adieu.

Elle s'enveloppa dans le drap et se leva.

— Tu as raison, je dois partir.

— Il faut d'abord que je te parle.

Elle refoula rageusement ses larmes. Elle ne pleurerait pas.

Il la fit asseoir sur le lit et la contempla avec une tendresse mêlée de désir.

— A propos d'hier...

— Ne dis rien, coupa-t-elle d'une voix tremblante.

Elle posa un doigt sur sa bouche et frissonna quand il l'embrassa. L'attirance était toujours là, irrépressible.

— Tout va bien, Luke. Je sais que c'était stupide.

Il secoua la tête.

— Je dirais plutôt irréfléchi. Mais la nuit dernière a été la plus belle de ma vie.

— Je suis une grande fille, bredouilla-t-elle, le cœur douloureux. J'assume les conséquences de mes actes. J'ai surmonté bien pire. Tout va bien.

Il acquiesça en souriant.

— Nous avons besoin de temps. Nous avons tous deux des choses à régler, et pour être honnête je me sens un peu perdu. Je connaissais à peine Chloe quand je lui ai confié mon avenir. Je ne veux pas recommencer. Ni pour moi ni pour Lucy.

— Tu oublies ma stérilité. Je n'ai rien d'autre à t'offrir que moi. Et tu mérites mieux que ça.

Il lui fit face.

— Crois-moi, Jess, tu es plus que suffisante. Mais, comme je te l'ai dit, nous avons des choses à régler.

Elle aurait voulu graver dans sa mémoire cette image de lui à demi-nu, ébouriffé par leur nuit d'amour, et tendre, si tendre.

— Toujours raisonnable.

— Il faut que je le sois. Je dois penser à Lucy, quel que soit mon désir de te garder. Il te reste une semaine à passer ici, et j'aimerais profiter de chaque minute. Mais tu vas *partir*, Jess.

Nous ne devons plus faire ça. Pas tant que nous ne saurons pas où nous allons. Pas si nous voulons en sortir indemnes.

— Nous savions que nous n'avions aucun avenir ensemble, dit-elle, sur la défensive. Mais on s'est bien amusés.

Amusés, oui, et tellement plus ! Leur relation avait été exceptionnelle. Idéale. Comme lui.

Il lui avait dit ce qu'elle avait prévu, au mot près. Il était si gentil. Parfait gentleman, amant attentionné...

Mais cela ne l'empêchait pas de souffrir le martyre, car il ne lui avait pas demandé de rester.

— Luke, pardon de te déranger, Maggie m'a dit que tu avais peut-être besoin d'aide.

Luke leva les yeux vers Jessie debout à la porte de son cabinet de consultation.

Ses lèvres roses lui rappelèrent leurs baisers, leur nuit ensemble. Il se souvint du goût de sa bouche, de la douceur de ses cheveux...

Il mourait d'envie de se perdre encore en elle, mais ils étaient convenus de garder leurs distances. Et pour l'instant sa priorité était le garçonnet qui hurlait de douleur.

— Un peu d'aide ne sera pas de trop, admit-il, tout en se disant que des bouchons d'oreilles seraient les bienvenus.

Jessie jeta un regard compatissant au petit garçon à la paume couverte de cloques rouges.

— Pauvre chou ! Tu t'es bien amoché, on dirait ?

L'enfant la regarda et hocha la tête, oubliant de pleurer.

Luke esquissa un sourire.

« Eh oui, mon garçon, elle a le même effet sur moi ! »

— Barbecue. Brûlure dermique superficielle, expliqua-t-il en tamponnant délicatement la peau lésée avec une compresse. Et ça fait très mal, hein, Callum ?

— Je vais te poser un pansement spécial, dit Jessie. Puis on jouera pendant que ta maman s'occupe des papiers. On a des sabres laser, tu pourras te servir de ta bonne main.

— Des sabres laser ? *Cool.*

— Il faudra revenir dans deux jours nous montrer ta main.

— Ça fera mal ?

— Un peu, avoua-t-elle de la voix douce qu'elle prenait avec Lucy, la voix qui lui manquait tant. Mais cet examen est nécessaire pour que tu guérisses. D'accord, mon grand ?

Une voix tendre et chaude. Une voix maternelle.

Le cœur de Luke se fendit. Elle aurait été une mère formidable.

— D'accord, répondit gravement Callum en la regardant lui poser un pansement hydrocolloïde.

Oui, le même effet, soupira silencieusement Luke. Jeunes ou vieux, elle les faisait tous manger dans sa main.

Des cernes noirs marquaient ses yeux et elle avait l'air sombre. Son masque enjoué leurrait les patients, mais il ne s'y trompait pas. A l'évidence, il n'était pas le seul à ne pas dormir. Elle souffrait.

Cinq jours plus tôt, ils s'étaient tout dit. C'était fini avant même d'avoir commencé. Avant qu'ils se soient donné une chance. Il avait pourtant secrètement espéré qu'elle renonce à partir...

Il aurait dû se réjouir d'avoir échappé à cette relation vouée à l'échec, pourquoi son cœur lui faisait-il aussi mal ?

Ses consultations finies, Jessie repassa par le cabinet de Luke. Elle pénétra dans la pièce et referma la porte.

— Quelles sont les nouvelles de M. Jenkins ?

— Il a été transféré en médecine générale et est en voie de guérison. Je vais aller le voir à l'hôpital.

— Tu ne me demandes pas de t'accompagner ? souffla-t-elle. Tu as peur que j'essaie de te séduire en route ?

Il aurait voulu se laisser aller, n'être plus ni médecin ni père. Mais il refusait de perdre son temps à revivre la conversation stérile qu'ils avaient déjà eue alors qu'elle avait qu'une hâte, sortir de sa vie.

— Ne t'inquiète pas, je me contrôlerai, ajouta-t-elle tristement. J'aimerais voir M. Jenkins. On n'a pas souvent l'occasion d'avoir un patient qui survit à un arrêt cardiaque.

Il hocha la tête.

Le trajet jusqu'à l'hôpital se déroula dans un silence pesant. Il avait tant de choses à lui dire, mais les émotions l'étouffaient, bloquant les mots dans sa gorge.

Pendant tout le voyage, Jessie tritura son sac à main en regardant droit devant elle, crispée sur son siège.

Peut-être se sentait-elle frustrée comme lui ? Ou était-ce sa phobie de la voiture ? Il n'arrivait pas à la percer à jour.

A l'hôpital, M. Jenkins les accueillit avec un sourire las. Il échangea avec lui une poignée de main et gratifia Jessie d'un baiser paternel.

— Vous allez mieux que la dernière fois que nous vous avons vu, remarqua-t-elle avec un sourire en parcourant son dossier. Vous étiez un peu... mal fichu, dirons-nous.

— Vous formez une sacrée équipe, tous les deux. Vous m'avez sauvé la vie, et jamais je ne vous remercierai assez, déclara M. Jenkins en frottant son sternum, d'où partait la rangée d'agrafes témoignant de son opération à cœur ouvert. Mais je crains que ma carrière de top model ne soit terminée.

Sa femme haussa les épaules en souriant.

— Je n'arrête pas de lui répéter que les cicatrices peuvent avoir du charme, qu'elles sont une preuve de courage et de force de caractère.

Luke sourit à la vieille dame.

Il n'aurait pas pu mieux dire ! Fallait-il que tout ce qu'il faisait, tout ce qu'il entendait lui rappelle Jessie ?

— Faites attention, Harold. Vous allez devoir repousser les assauts des infirmières, avec une cicatrice pareille !

Pendant qu'il parlait, les souvenirs de sa nuit avec Jessie l'assaillirent. Il croisa son regard et comprit qu'elle pensait à la même chose.

Il espérait que, quoi qu'il arrive, elle n'oublierait jamais qu'elle était belle et désirable.

Ils quittèrent l'hôpital vingt minutes plus tard.

— Cela fait plaisir de le voir aussi en forme, commenta Jessie en montant dans la voiture. Topons-là, confrère, on peut se féliciter de notre travail !

Il lui tapa la main avec un sourire sans entrain.

Jessie retira vivement sa main, consciente de l'effet qu'avait sur eux deux ce simple attouchement.

Elle regarda Luke tourner la clé de contact et démarrer, les mains crispées sur le volant.

Il ne supportait pas de la toucher, lui non plus.

Elle l'évitait depuis des jours. Elle avait cessé de lui rendre visite le soir. Elle se rendait au cabinet et en revenait à pied, passait ses journées à travailler. Mais chaque geste, chaque souvenir, chaque pensée la ramenait à lui.

— As-tu réfléchi à... Tu sais, à nous ?

— Tout le temps, dit-il en lui jetant un regard troublé. Et toi ?

— Oui... As-tu des réponses ?

Haussant les épaules, il s'engagea sur le parking du cabinet médical.

— Tu permets que j'aille chercher un inhalateur pour Lucy ? J'ai oublié de le prendre tout à l'heure.

— Je viens avec toi.

Maggie était en train de fermer le cabinet.

— Vous avez oublié quelque chose ? s'enquit-elle en voyant Luke disparaître dans le couloir.

— Il va chercher un inhalateur pour Lucy. Nous fermerons.

— Je sais quand je suis de trop, commenta Maggie avec un sourire malicieux avant de s'éloigner.

Luke reparut en brandissant une boîte bleue. Elle admira son torse athlétique sous son élégante chemise, sa démarche sensuelle. Il lui sourit nonchalamment, et elle en eut le souffle coupé. Allait-elle laisser tout cela derrière elle ?

Mais elle n'avait pas le choix.

— Jess ?

— Allons-y, dit-elle en saisissant la poignée de la porte.

Il posa sa main sur la sienne, leurs regards se soudèrent, et elle sentit son cœur s'affoler.

Elle ne voyait plus que sa bouche tout près de la sienne.

— Jess, souffla-t-il comme une caresse. Un dernier baiser.

Ils s'embrassèrent avec toute la passion, tout le désir accumulés ces cinq derniers jours. Les doigts dans ses cheveux, il lui massait la nuque, lui donnant le vertige. Elle avait noué ses bras autour de son cou et se pressait ardemment contre lui.

Luke ferma les stores vénitiens d'un geste impatient et la plaqua contre la fenêtre, faisant cliqueter les lattes en métal.

Elle tira sur sa chemise en riant tandis qu'il arrachait son chemisier de son pantalon.

Le contact de sa main fraîche sur sa peau lui coupa le souffle.

Stupide, stupide.

Elle s'efforça de chasser cette pensée importune : Luke était un homme bien, un merveilleux amant. Il embrassait divinement. Comment cela pouvait-il être stupide ?

Arriverait-elle jamais à se rassasier de lui ? Un dernier baiser, comme si c'était possible ! Elle en voulait encore et encore. Elle n'en aurait jamais assez. Tout son corps vibrait, palpitait de désir pour lui.

Elle finit par s'arracher à lui. Front contre front, ils attendirent que leurs respirations s'apaisent.

Du self-control. Il devait retrouver son self-control, se répéta Luke.

— Nous devons arrêter de faire ça, murmura-t-il en caressant les lèvres meurtries de Jessie. On a promis.

— Je sais… Et maintenant ?

— Chez moi ou chez toi ?

Elle lui tapa le bras en riant.

— Tu es incorrigible !

— Et, toi, tu es irrésistible.

Voyant son indécision, il lui mordilla l'oreille, et son expression changea, son regard se troubla. Son sourire était une promesse.

Il sentit son cœur bondir.

Il était piégé. Malgré tout ce qu'elle avait enduré, Jessie avait donné un nouveau sens à sa vie, drôle, joyeux, positif.

Leur relation n'était pas purement physique et éphémère, elle se prolongeait vers l'avenir. Avec Lucy. Ensemble. Une famille. Comment pourrait-il la laisser partir ?

Il s'était promis d'attendre pour voir comment évoluaient les choses, de peser le pour et le contre. Mais comment mesurer le poids de l'amour ?

— Jess, je veux te garder. Reste, pria-t-il impulsivement.

La dernière fois qu'il avait dit ça, il s'était retrouvé prisonnier d'un mariage voué à l'échec. Mais, la dernière fois, il avait agi par devoir. Cette fois, il agissait… par besoin.

Voilà, il l'avait dit et ne reprendrait pas ses paroles. Il les pensait.

— Je sais que c'est beaucoup demander. Mais reste, Jess.

Le cœur de Jessie s'envola.

Il lui avait demandé de rester !

— Tu penses ce que tu dis ?

— Absolument, répondit Luke en lui saisissant le bras. Nous formons une équipe du tonnerre. Même M. Jenkins le dit.

— Nous bâtirions notre avenir sur l'opinion d'un patient ? commenta-t-elle, sourcils froncés. Ça paraît un peu léger.

— C'est un début.

— Tu n'as pas réfléchi, Luke.

— Je ne fais que ça depuis cinq jours.

— Et les enfants que tu veux avoir ? Et mon travail ?

— Je n'ai pas toutes les réponses. Je sais juste que je ne veux pas que ça se termine, dit-il en lui prenant la main. Promets-moi d'y penser.

Elle pressa brièvement sa main.

— Luke, un jour tu m'en voudras de ne pas pouvoir te donner des enfants. Je suis déjà passée par là. Michael a prétendu qu'il l'acceptait, mais il m'a quittée. Tout homme doit assurer sa descendance, c'est inscrit dans son ADN.

— Foutu Michael, gronda-t-il avec mépris. Je ne suis pas comme lui.

Elle tendit la main pour caresser sa joue assombrie par une barbe naissante.

— Non, tu n'es pas comme lui… Et Lucy ? s'enquit-elle.

— Elle serait ravie que tu restes. Elle n'est pas Charlotte, personne ne la remplacera jamais, mais nous pourrions être une famille, tous les trois. Mes femmes et moi…

Elle ferma les yeux.

C'était ce qu'elle avait toujours désiré : aimer et être aimée.

Appartenir. Aimer un homme qui l'aimait en retour.Un nouvel avenir était à portée de sa main. Une nouvelle aventure un peu effrayante. Faire confiance, aimer, se lâcher. S'abandonner à un futur qu'elle avait cru ne jamais connaître. Etre mère enfin, après tant de chagrin.

Son cœur se dilata de joie. C'était comme voir la lumière après des années de ténèbres.

— Alors, oui.

Luke glissa les mains autour de sa taille, l'attira contre lui.

— Tu vas rester ? s'enquit-il, les yeux brillants.

— Je vais y réfléchir…

Ils furent interrompus par des coups sourds.

Ecartant le store, elle distingua deux silhouettes dans la pénombre.

— Il y a quelqu'un ? cria une voix féminine. Vite. Aidez-nous !

— Stacey ! s'écria-t-elle en courant ouvrir la porte.

D'une pâleur de cendre, la patiente entra, soutenue par un homme que Jessie ne connaissait pas.

— Qu'est-ce qu'il se passe ?

— Je crois que je suis en train de perdre mon bébé.

Un frisson glaça l'échine de Jessie.

Oh ! mon Dieu.

— Un bébé ? répéta Luke, perplexe, en prenant la main de Stacey. Trouvons un endroit plus confortable. Par ici, Colin.

Il avait une voix ferme, rassurante. Et tout le monde semblait lui faire confiance. Elle voulait désespérément en faire autant. Et le ciel lui était témoin qu'elle allait essayer. Même si elle était terrifiée.

Elle vérifia le rythme cardiaque de Stacey.

Apparemment, celle-ci pouvait marcher, et elle ne perdait pas de sang.

— Par ici, dit Luke en ouvrant la porte de son cabinet de consultation et en aidant la patiente à s'allonger sur la table d'examen. Dites-moi ce qu'il se passe, Stacey.

— J'ai eu une douleur au ventre. Et je perds du sang.

— Pouvez-vous décrire cette douleur ?

— Sourde, comme une crampe. Elle a disparu maintenant. J'ai peur, souffla Stacey d'une voix tremblante.

— Je sais que c'est effrayant, dit-il en lui enfilant le brassard du tensiomètre. Je vais prendre vos constantes.

Blanche comme un linge, Stacey voulut se redresser, mais Jessie posa la main sur son épaule.

— Essayez de rester tranquille, Stacey. Nous sommes là pour vous aider.

— Sauvez mon bébé, je vous en prie, sanglota Stacey.

Jessie eut l'impression qu'un poignard lui fouaillait les entrailles, elle ne pouvait plus respirer.

Elle avait prononcé les mêmes mots. Son bébé...

Elle se ressaisit, refoula ses larmes.

Elle n'avait pas le droit de se laisser aller en un moment pareil. Elle devait prendre exemple sur Luke, calme, stoïque, professionnel jusqu'au bout des ongles.

— Voyons d'abord ce qu'il se passe.

La médecine ne pouvait pas faire grand-chose pour empêcher une fausse couche à treize semaines, mais il était trop tôt pour le dire à Stacey.

— Tension douze-sept. Pouls soixante-douze, dit Luke.

Il n'y avait pas de danger immédiat pour Stacey. Ni pour le fœtus. Le bébé de Stacey.

Elle lui caressa le bras.

— Votre tension est normale pour l'instant. Il faut que je sache quelle quantité de sang vous avez perdue.

Elle poussa Luke et Colin hors de la pièce et tira les rideaux autour du lit.

— Ça va aller ? lui chuchota Luke avant de sortir.

Il était adorable. Mais elle était une professionnelle, elle saurait être forte. Courageuse.

— Va rejoindre Colin, dit-elle en souriant. Il a besoin de toi. Il est choqué.

L'examen gynécologique révéla que l'hémorragie s'était arrêtée.

— Les saignements sont courants pendant la grossesse. Certaines femmes en ont jusqu'au terme et ont des bébés en parfaite santé. Mais, vous le savez, le risque de fausse couche est plus élevé les trois premiers mois.

La patiente acquiesça en se mordillant la lèvre.

— Mais je suis à treize semaines, objecta-t-elle faiblement.

Jessie se rappela une conversation similaire dans un autre service hospitalier. Mais le souvenir était brouillé par la morphine et la douleur.

Elle inspira profondément.

— Je ne dis pas que vous faites une fausse couche, mais c'est une possibilité.

— Que dois-je faire ?

— Dans ce cas-là, nous renvoyons les patientes chez elles se reposer et attendre la suite des événements.

— Je veux avoir mon bébé, hoqueta Stacey, en larmes.

— Je comprends, Stacey, murmura Jessie, la gorge nouée.

— Comment savoir s'il est toujours en vie ? Vous ne pouvez pas faire une échographie ?

— Nous ne sommes pas équipés. Vous devez aller à l'hôpital. Je vais vous prendre rendez-vous pour demain…

Elle s'interrompit, les yeux fixés sur le placard contenant le matériel médical.

— Je peux peut-être essayer de capter les battements de cœur, si vous voulez ? proposa-t-elle.

— Et si vous n'y arrivez pas ?

— Ça ne voudra pas dire que vous avez perdu le bébé. Juste que je ne le trouve pas avec la sonde. Souvent, nous n'entendons pas le cœur avant quatorze, quinze, voire seize semaines. Il vaudrait mieux faire une échographie…

— Allez-y, coupa Stacey en lui agrippant le poignet.

Jessie sortit dans le couloir pour appeler Luke et le vit s'approcher avec soulagement.

— Ça va, chérie ? chuchota-t-il en lui posant la main sur sa joue. Ça doit être dur pour toi.

Elle s'aperçut alors qu'elle avait la bouche sèche et qu'elle tremblait.

— Ça va. Je vais tenter un Doppler. Elle veut savoir.

Il écarta ses cheveux et l'embrassa sur le front, lui insufflant le courage qui lui manquait.

— J'ai jeté un œil à son dossier. Je comprends mieux pourquoi tu voulais faire un test de grossesse le premier jour. D'accord pour le Doppler. Je fais entrer Colin ?

— Oui. Stacey a besoin de soutien... Et moi aussi.

Pendant qu'elle versait du gel sur le ventre de Stacey, Colin s'assit près de sa femme et prit sa main.

— J'ignorais que tu étais enceinte. Si j'avais su, j'aurais mieux veillé sur toi. J'aurais été là...

Elle lui serra la main.

— Je n'osais pas te le dire.

S'efforçant de placer le Doppler dans la bonne position, Jess s'immobilisa et écouta.

Rien.

« Manifeste-toi, bébé, pria-t-elle silencieusement. Stacey a besoin de toi ! »

— Est-ce qu'une fausse couche est causée par le stress ?

Luke regarda Colin avec compassion.

Le pauvre allait perdre son enfant juste après avoir appris qu'il allait être père, et manifestement il se croyait responsable.

— Non, Colin, répondit-il. Il y a des tas de raisons à une fausse couche. C'est la nature qui décide.

— C'est juste que... J'ai été un imbécile, Stacey. Je n'ai pas voulu t'écouter. Désormais, je serai là pour toi. Pour Kyle. Et le bébé.

Quelle serait sa propre réaction s'il avait perdu Lucy ?

C'était tout simplement inimaginable. Mais Stacey et Colin vivaient ce drame en ce moment. Jessie avait traversé la même épreuve pratiquement seule, avec ses conséquences, et voilà qu'elle la revivait par personne interposée. Mais elle contrôlait ses émotions comme une vraie pro.

— Tu veux que je fasse un essai ? proposa-t-il en se plaçant à côté d'elle pour l'aider à tenir le Doppler. Parfois, il suffit de trouver le bon angle.

Il inclina légèrement la sonde, la tourna vers l'endroit où pouvait se trouver le cœur du fœtus.

Ils retinrent leur souffle.

Toujours rien.

Jessie leva vers lui ses yeux cernés et secoua la tête.

— Juste un dernier essai, dit-il, ne voulant pas renoncer, pour Stacey et Colin, pour Jess. Essayons ici...

Une autre torsion, une inclinaison, une légère pression.

Personne ne parlait. Personne ne respirait.

Et soudain... un petit coup, un autre, puis un autre. Le battement d'un cœur minuscule. Là.

Stacey tenta de se redresser, et le Doppler glissa. Le bruit disparut.

— C'était ça ? souffla la future mère, bouleversée.

Luke hocha la tête, trop ému pour prononcer un mot.

Il affrontait ce genre de situation tous les jours, mais le partager avec Jess lui donnait une tout autre dimension.

Son cœur se mit à battre la chamade à la pensée qu'ils allaient partager infiniment plus à partir de maintenant.

Un battement de cœur. Un bébé viable.

Jessie avait les jambes en coton. Elle regarda les visages extatiques qui l'entouraient.

Stacey souriait parmi ses larmes. Colin semblait pétrifié, choqué, et fier. Et Luke. Magnifique. Presque aussi rayonnant que Colin, et tout aussi ravi. Il était tout proche, sa main couvrait encore la sienne. Sa chaleur, sa force se diffusaient en elle.

Sans son aide, elle n'aurait pas capté les battements de cœur. Sa main sûre, sa ténacité avaient permis de trouver ce qu'elle n'avait pas pu déceler.

Hébétée, elle le regarda sourire à Colin.

Quelques minutes plus tôt, il lui avait demandé de rester.

Mais comment pouvait-elle le priver du bonheur que connaissait Colin ? La promesse d'une nouvelle vie, d'un avenir, d'un nouveau commencement.

Elle avait le choix : s'appuyer sur lui et prendre le confort et la sécurité qu'il lui offrait. Ou s'en aller.

Elle sentit son cœur se briser.

Elle s'efforça de rire avec les autres, comme si elle pleurait de joie.

Elle serra la future maman dans ses bras.

— Oui ! On l'a tous entendu, n'est-ce pas ?

Quand le couple fut reparti, fort des recommandations nécessaires, Luke et elle se retrouvèrent seuls. Elle finit de ranger pendant qu'il éteignait l'ordinateur et redressait les stores vénitiens avec un sourire contrit.

Elle aussi se rappelait le baiser passionné qu'ils avaient échangé avant l'irruption de Stacey et Colin...

— Que d'émotion, soupira-t-elle. Au fait, merci. Je ne sais pas si j'aurais réussi à trouver le cœur sans toi.

— Bien sûr que si, répondit-il en glissant un bras autour de ses épaules. Prête à rentrer à la maison ?

La maison ? Elle ne savait pas où était sa maison, mais ce n'était pas ici. Elle se sentait nerveuse, elle avait froid. Elle avait besoin d'être seule pour réfléchir.

Elle s'arracha à ses bras.

— Je crois que je vais rester encore un peu.

— Je t'avais dit que nous formions une bonne équipe.

— Nous n'avons pas fait grand-chose, objecta-t-elle. Stacey n'était pas en danger, et le bébé non plus.

— Mais elle est venue car elle avait confiance en nous.

Elle lui ouvrit la porte.

— Il se fait tard, Luke. Rentre retrouver Lucy. A demain.

— Jess, à propos de ce que je t'ai dit tout à l'heure...

— Va-t'en, Luke. J'ai besoin de réfléchir.

Il était tard quand elle arriva dans l'impasse, accompagnée par les stridulations des cigales. L'air moite lui collait à la peau et la sueur ruisselait dans son dos. Elle avait marché longtemps. Et elle avait pris sa décision.

Luke était assis sur la dernière marche de la véranda dont la lumière attirait les phalènes, une bière à la main.

Elle sentit son cœur manquer un battement.

Il l'attendait, bien sûr. Luke se comportait toujours comme il convenait, accueillant Chloe sans la connaître, lui demandant à elle de rester alors qu'elle ne pouvait pas lui donner d'enfant. Quand obtiendrait-il ce qu'il désirait, lui ?

— Je m'inquiétais pour toi. Où étais-tu ? demanda-t-il en lui ouvrant la grille.

Sa résolution vacilla.

Allons, il la remercierait quand il aurait une ribambelle de petits McKenzie. Elle devait lui parler maintenant, pendant qu'elle en était capable. Elle y arriverait à condition de ne pas le toucher.

— J'ai marché, et j'ai réfléchi, répondit-elle. Je vais à Dunedin. Je pars. Pour de bon.

Luke parut se vider de son sang.

— Pourquoi ?

— Il le faut. Ce... Ce n'est pas possible entre nous.

Il la fit asseoir près de lui sur une marche tiède.

— Bien sûr que si, chérie. Il suffit de le vouloir.

Elle s'arracha à lui.

— Tu es formidable, Luke. Tout ici est formidable. Mais j'ai trop peur. Je dois partir.

— Peur de quoi, Jess ? Je ne te ferai pas de mal.

Savoir qu'elle ne pouvait pas l'avoir lui faisait déjà du mal.

— Luke, rappelle-toi comme Colin rayonnait de joie et de fierté quand il caressait le ventre de Stacey. Tu n'as pas vu Chloe s'arrondir, tu n'as pas senti les petits coups de pied sous ta main. Tu mérites de connaître ça, toi aussi.

— Peu m'importe tout ça. Je te veux toi !

— Moi aussi, Luke, mais je ne peux pas te demander d'y renoncer. Un jour viendrait où tu me détesterais de t'empêcher de l'avoir. Et je ne veux pas t'aimer en sachant que je risque à tout moment de te perdre. J'ai déjà trop perdu.

— Je n'échangerais pas une vie avec toi contre un autre enfant. Reste, Jess ! Sois ma femme et la mère de Lucy.

— Je ne peux pas.

— Tu veux dire que tu ne *veux* pas, rétorqua-t-il avec colère. Moi aussi, j'ai peur. La dernière fois que j'ai demandé à une femme de rester, elle a tenu neuf mois. Tu crois que j'ai envie de revivre ça ? Mais je t'aime.

— Oh ! Luke, souffla-t-elle avec un serrement de cœur à la fois douloureux et merveilleux. Tu ne peux pas m'aimer.

— Je sais, commenta-t-il avec un petit rire. Tu es folle, imprévisible, complètement allumée. Et entêtée avec ça, exactement comme Chloe ! Sauf que tu n'es ni égocentrique ni intransigeante. Et que tu es merveilleuse avec Lucy, et qu'elle t'aime. Et, moi aussi, je t'aime. Ensemble, nous pouvons être heureux. Reste. Tu es courageuse, bon sang !

— Non, je ne suis pas courageuse, dit-elle en lui caressant la joue. Tu veux juste que je le sois. En un sens, nous nous ressemblons. Nous avons chacun un plan de vie. Le tien est d'avoir une existence ordonnée, le mien est de fuir, je le sais maintenant. En Asie, je ne cherchais pas une vocation, je fuyais. Seule et effrayée. Mais ça me convient.

Elle se leva.

— Je m'en vais, Luke. Tu ne me feras pas changer d'avis.

— Ce que nous partageons est unique, Jess. L'avais-tu déjà ressenti avant ?

— Non, répondit-elle, le cœur broyé.

— M'aimes-tu ?

— Je ne sais pas. Peut-être.

— *Peut-être ?* rugit Luke. Lui prenant le menton, il plongea les yeux dans les siens. Réponds, m'aimes-tu ou non ?

Elle ne le dirait pas, ça rendrait les choses encore plus difficiles.

— Tu m'aimes, Jess. Je le vois. Tu veux me faire croire que c'est faux, mais tes yeux me le disent.

Elle s'arracha à lui et voulut lui tourner le dos, mais ses jambes lui refusaient tout service.

— Je pars pour Dunedin. C'est mieux ainsi, personne ne souffrira.

— Parce que tu ne souffres pas maintenant ? tonna-t-il. Si tu es trop effrayée pour prendre le risque d'aimer, je ne peux rien faire. Mais sache que tu as tout à perdre, Jess.

— Tu es quelqu'un de bien, je sais ce que je perds, crois-moi. Je suis désolée, Luke, sincèrement.

Elle se raidit pour ne pas fondre en larmes. Lui effleurant la joue de ses lèvres, elle respira une dernière fois son parfum boisé pour s'en imprégner et le garder au fond de sa mémoire comme un trésor.

— Ainsi, nous ne conserverons de cette aventure que les bons souvenirs.

12

Si la dernière semaine avait été éprouvante pour Jessie, chaque seconde de ce vendredi fut une torture.

Tout était fini, et elle souffrait le martyre. Mais elle pouvait partir en sachant qu'elle avait agi au mieux des intérêts de tous. Il fallait juste qu'elle tienne une dernière journée.

Elle alla courir pendant sa pause-déjeuner, espérant que l'activité physique l'aiderait à supporter son chagrin, mais elle rentra épuisée. Le sentier dans les dunes n'eut d'autre effet que de lui rappeler sa promenade avec Luke, et elle s'efforça en vain d'effacer son visage de son esprit et de chasser son odeur de sa peau.

Si elle avait cru que lui rendre sa liberté lui faciliterait la vie, elle s'était lourdement trompée. Elle aurait volontiers troqué une seconde de cette liberté solitaire contre une minute dans ses bras, un dernier baiser, voire un tendre regard.

Mais cela ne les mènerait nulle part.

Et la vue de Lucy agitant tristement la main en la voyant rentrer chez elle lui brisa le cœur.

Comment la fillette pouvait-elle comprendre ce que les adultes eux-mêmes ne comprenaient pas ?

Elle avait hâte d'être au lendemain, jour de son départ pour Dunedin. Là-bas, elle aurait des projets. Du moins essayait-elle de s'en convaincre.

Debout dans son bureau, Luke regarda s'éteindre la lumière de la chambre de Jess.

Son impuissance le rendait fou. Elle allait partir, et il ne pouvait rien y faire. Elle était têtue comme une mule. Il avait espéré lui faire entendre raison, prendre la mesure de ce qu'elle rejetait, mais il avait échoué.

Elle avait tout à y perdre, lui avait-il dit. Mais lui aussi. Et le vide qu'elle laissait dans sa vie lui était intolérable.

Un gémissement lui parvint de la chambre de Lucy. Une toux rauque.

Il se détourna de la fenêtre, éteignit la lampe et alla s'occuper de sa fille.

Le trajet jusqu'à l'aéroport parut interminable à Jessie. Des travaux obligèrent le taxi à traverser le centre d'Auckland et à passer devant le planétarium, réveillant des souvenirs tendres, drôles, douloureux.

Ça ira mieux à Dunedin.

Qui essayait-elle de leurrer ? Comme si quelques milliers de kilomètres pouvaient améliorer les choses !

Une fois à l'aéroport, après avoir réglé la course, elle vérifia qu'elle n'avait pas de message sur son téléphone portable. Elle avait vingt minutes à tuer avant l'embarquement, et aucune envie de faire les boutiques *duty free.*

Au stand de presse, elle feuilleta des magazines et regarda de nouveau son portable. Elle prit un capuccino au bar et jeta un nouveau coup d'œil à sa messagerie.

Qu'espérait-elle ? se fustigea-t-elle en scrutant l'écran pour la énième fois. Pourquoi Luke lui enverrait-il un message ?

C'était impossible. Elle ne pouvait pas partir sans l'appeler une dernière fois pour... Pour lui souhaiter bonne chance.

« Pour entendre sa voix, reconnais-le, espèce d'idiote ! »

Elle eut directement son répondeur et ne laissa pas de message, ne sachant que dire.

« Au moins, tu as entendu sa voix, ma petite Jess »

Jess ? Quand avait-elle cessé d'être Jessie pour devenir Jess ? Quand avait-elle commencé à se voir comme il la voyait, comme Lucy voulait qu'elle soit ?

Luke l'avait changée. Ils l'avaient changée, tous les deux. Ils lui avaient fait croire qu'elle était belle, qu'elle était une femme bien, que tout était possible…

Et elle avait choisi de fuir. Luke lui avait demandé de prendre un risque pour lui, et elle était partie, trop effrayée pour retenter l'expérience. Par peur de souffrir.

Mais quoi ? Elle souffrait quand même. Donner son cœur lui faisait peur, mais vivre sans Luke la terrifiait encore plus.

Peut-être était-il temps de suivre son conseil et de commencer à vivre. De commencer à aimer ?

Une petite lueur d'espoir s'alluma en elle. Avec un coup au cœur, elle prit conscience qu'elle l'aimait déjà éperdument, d'un amour profond qui la liait à lui, à sa fille, à cet endroit. Un amour que la distance ne pourrait pas détruire. Un amour qu'elle était lasse de fuir.

Elle composa frénétiquement le numéro de Luke.

N'avait-elle pas totalement gâché ses chances avec lui ? L'écouterait-il ?

Tandis que la sonnerie d'appel résonnait à son oreille, une voix éthérée déclina la destination et le numéro de son vol dans le haut-parleur.

— Embarquement immédiat.

Son courage vacilla. Et s'il la repoussait ?

Elle continuerait de vivre. Luke et Lucy lui avaient redonné confiance en elle. Lui et sa ravissante petite fille lui avaient beaucoup appris sur la vie, la joie, l'amour.

Une dernière tentative, sur son téléphone fixe cette fois.

Pas de réponse.

Où était-il ?

Elle parcourut des yeux la salle d'embarquement, comme s'il pouvait être là.

Allons ! On n'était pas dans un film romantique où le héros retrouve l'héroïne à l'aéroport, les bras chargés de fleurs. Elle avait déjà assez éconduit Luke !

Il n'était pas à l'aéroport, il n'était pas chez lui. Où diable se trouvait-il, à 7 heures du matin ?

— Dernier appel pour les passagers du vol…

La maison était déserte.

Le cœur battant, Jess revint en courant vers le taxi qui patientait.

— Conduisez-moi à l'hôpital de North Beach.

C'était la seule explication. Il ne l'avait pas rappelée, n'avait pas répondu à ses textos. Lucy avait dû avoir une crise d'asthme.

Seigneur, non ! Luke avait besoin d'elle pour la nébulisation, et il était nul pour chanter !

Tandis que le taxi redémarrait, elle regarda autour d'elle le décor où vivait sa petite famille.

Sa famille, oui. Elle voulait être des leurs si Luke voulait encore d'elle. Elle l'aimait, elle les aimait tous les deux. Elle prenait enfin conscience de sa stupidité.

Et si elle arrivait trop tard ?

Non, Lucy allait se remettre, il le fallait.

Ce fut alors qu'une silhouette familière apparut en trottinant au coin de l'allée.

— Arrêtez !

Elle sauta de la voiture et fourra une poignée de billets dans la main du chauffeur éberlué.

— Lucy !

— Jess !

La fillette courut vers elle.

Elle portait un minuscule maillot deux-pièces rose à pois blancs avec un chapeau assorti et des sandales fluo. Elle avait une bouée rose autour de la taille et tenait un seau et une pelle rouges.

— On a été à la plage, dit-elle en glissant sa petite main potelée dans la sienne. Papa a fait des châteaux de sable !

— Quel gentil papa…

Elle allait le tuer.

— Où est-il ?

Son portable sonna à cet instant.

— Jess ? J'ai des tas d'appels manqués de toi sur ma messagerie. Où es-tu ? s'enquit Luke en surgissant à l'angle de la rue, magnifique en short de surf et tongs.

Sa voix s'adoucit quand il l'aperçut, et il ferma son portable, la fixant avec un sourire incertain.

— Jess, tu es revenue !

Le souffle court comme la première fois qu'elle l'avait vu, comme chaque fois qu'elle le voyait, elle lâcha la menotte de Lucy et lui tapa sur le bras.

— Ne me fais plus jamais une peur pareille, tu m'entends ? J'ai cru qu'elle était à l'hôpital, je me suis fait un sang d'encre. J'ai eu peur, Luke. Peur de revenir, peur de te voir, peur pour Lucy. Et toi, tu *jouais* à la plage ? Ne recommence plus jamais ça !

— Nous n'arrivions pas à dormir, nous sommes allés faire une petite promenade matinale. Pourquoi es-tu là, Jess ? demanda-t-il, la fixant de son regard intense.

— Je...

Elle avait prévu des tas de choses à lui dire, mais les mots lui manquaient devant son beau visage marqué par l'insomnie.

— J'ai besoin que tu sois honnête, Jess, murmura-t-il en l'entraînant hors de portée des oreilles de Lucy. Je ne te laisserai pas lui faire du mal. Ni à moi. Alors, si tu ne dois pas rester, pars tout de suite. Prends cet avion pour Dunedin.

— Je ne veux pas aller à Dunedin, Luke.

— Pourquoi ?

— Parce que tu n'y es pas. Je veux être ici avec toi. Je t'aime.

Voilà, elle l'avait dit. Elle avait risqué son cœur, son âme. Et maintenant tout semblait plus facile.

— Je t'aime, Luke McKenzie. Je t'aime.

— Je sais, idiote, commenta-t-il en riant. Je l'ai su quand nous avons fait l'amour. Je le sais depuis longtemps. Moi aussi je t'aime, Jess. Plus que tout au monde.

Elle sentit ses yeux s'emplir de larmes qu'elle n'essaya pas de contenir.

— Et les enfants ? Lucy a besoin de frères et sœurs.

— Il y a une solution à tout. Tu as déjà entendu parler de l'adoption ? L'essentiel est de s'aimer, d'être une famille.

— Il y a des tonnes d'amour ici, Luke, dit-elle en prenant sa main pour la placer sur son cœur. Pour toi, Lucy, et tous les enfants que nous pourrons avoir.

Elle essuya ses larmes en riant.

— Combien penses-tu en avoir au juste ?

— Un ou deux, ou cinq, fit-il, malicieux. Et tout un poulailler. Approche...

Sa bouche chercha la sienne, et elle s'abandonna à son baiser en riant de bonheur.

C'était si bon d'être dans ses bras, de partager sa vie, d'affronter l'avenir avec lui !

Épilogue

Deux ans plus tard

— C'est un garçon.

La main crispée sur le téléphone, Jess sourit aux anges.

Luke ne plaisantait pas quand il avait dit qu'il voulait beaucoup d'enfants. Elle n'aurait pu imaginer une vie plus belle.

Elle regarda par la fenêtre et vit trois petites têtes émerger d'une brouette, puis l'enchevêtrement des bras et des jambes des enfants qui chahutaient, tandis que Luke poussait la brouette en bavardant avec Zac.

Elle retrouva les deux hommes au poulailler où Lucy, Angel et Tom ramassaient des œufs du jour.

— Je viens d'avoir un appel de l'assistante sociale. C'est un garçon, annonça-t-elle en ébouriffant les boucles noires de Tom, son fils de deux ans si plein de vie, si adorable. Ça nous fera deux garçons et deux filles. L'idéal.

— Oui, acquiesça Luke. Deux coquins et deux princesses, ajouta-t-il en chatouillant Angel, leur fille de cinq ans adoptée au Viêt-nam, dont le visage grave s'illumina.

Après deux ans, Jess s'étonnait toujours de l'amour inconditionnel qu'il portait à leurs enfants adoptifs, trouvant encore des réserves de tendresse pour les petits qu'elle gardait en nourrice.

— Il n'a que neuf mois, précisa-t-elle. Il faudra descendre les affaires de bébé du grenier.

— Je t'aiderai, intervint son frère en glissant un bras autour de ses épaules.

Elle l'embrassa sur la joue.

— Encore du baby-sitting en perspective pour leur tonton chéri, dit-elle en l'étreignant.

Jamais elle n'aurait pensé que Zac et elle se fixeraient au même endroit. Malgré leur enfance déracinée, ils avaient trouvé un point d'ancrage commun.

— Quelle est l'histoire du petit dernier ? demanda-t-il.

— Ses parents ont été tués dans un accident de voiture, chuchota-t-elle pour ne pas être entendue des enfants. Les services sociaux veulent le confier à une famille d'accueil en vue d'adoption.

Luke l'attira contre lui.

— Pas de regrets, ma douce ?

— D'avoir renoncé à mon travail humanitaire ? Jamais de la vie. Nos enfants ont besoin de nous.

— Presque autant que nous avons besoin d'eux.

Ils regagnèrent la cuisine bras dessus bras dessous.

Elle laissa son regard errer sur l'énorme pile de linge et sur le mur tapissé de dessins d'enfants.

Elle songea à sa petite Charlotte et lui envoya mentalement un baiser.

Elle n'avait pas pu porter un enfant, mais elle remerciait chaque jour le ciel de lui avoir fait ce cadeau précieux : une famille.

Harlequin® est une marque déposée du groupe HarperCollins France – 83/85, Bd Vincent Auriol – 75646 Paris cedex 13. SA au capital de 1 149 680€ – R.C. Paris. Siret 31867159100069/APE5811Z.